超级战兵

一丝不苟 ◎ 著

9 古武大会

二十一世纪出版社集团
21st Century Publishing Group
全国百佳出版社

图书在版编目(CIP)数据

超级战兵. 9 / 一丝不苟著. -- 南昌：二十一世纪
出版社集团, 2018.4
ISBN 978-7-5568-2829-6

Ⅰ. ①超… Ⅱ. ①一… Ⅲ. ①长篇小说–中国–当代
Ⅳ. ①I247.5

中国版本图书馆 CIP 数据核字(2018)第 052388 号

超级战兵. 9

一丝不苟/ 著

责任编辑　敖登格日乐
出版发行　二十一世纪出版社集团
　　　　　　（江西省南昌市子安路 75 号　330025）
　　　　　　www.21cccc.com.　cc21@163.net
出 版 人　张秋林
经　　销　新华书店
印　　刷　北京鑫瑞兴印刷有限公司
版　　次　2018 年 5 月第 1 版　2018 年 5 月第 1 次印刷
开　　本　640mm×960mm　1/16
印　　张　17
字　　数　220 千
书　　号　ISBN 978-7-5568-2829-6
定　　价　28.00 元

赣版权登字—04—2018—45

目 录

第一章
【神秘来客】

　　此时，叶天辰还不知道自己已经被人盯上了，他正带着南渊梦，一路朝着嵩山派的方向而去。叶天辰不敢走得太快，也不敢走得太慢，根据在"天下第一包子楼"得到的信息，几乎整个古武界的人都已经知道，嵩山派的掌门贝冷石抓住了田剥光，会在古武界大会召开的那一天将田剥光杀掉，也知道自己跟田剥光结拜的事情，必定会预防他去救人。这样看来，想要救出田剥光实属不易，但兄弟情义不可不顾，哪怕是龙潭虎穴，他叶天辰也要闯一闯。

　　"天色不早了，距离嵩山派已经很近了，今晚我们就在这里休息，明天继续赶路！"叶天辰看了看南渊梦说道。

　　"天辰……这次前往嵩山派实在是太危险了，你有把握吗？"南渊梦忍不住担心地问道。

　　"放心吧，我不会鲁莽行事的，得知了那么多的秘辛之后，我真的太想去帝星看看了，去见识见识这个广阔的武道大世界。而且，不到达武道巅峰，我是不会死的。明天你就在嵩山派外面等我，等我救出了田大哥就一起离开。"叶天辰微笑着对南渊梦说道。

　　"都怪我体内的武道真力被封印了，不然还能帮上你的忙。"南渊梦有些着急地说道。

　　"你体内的封印很奇怪，这种符咒我用本源真力去试探过，除非是武圣修为境界的高手，不然是解不开的。"叶天辰皱了皱眉头说道。

　　南渊梦体内的武道真力被一种奇怪的符咒封印，这种符咒就像是融化进了南渊梦的血液中似的，无法将其一点一滴逼出来。叶天辰也有些担心，身为一个武者，无法使用武道真力，跟一个普通的人有什么区别？而且南渊梦是古墓派的弟子,也是古墓派的掌门人,再这样下去,问题会非常严重。

"武圣境界的高手,整个古武界中,除了方正大师、风起扬前辈、一剑道长和贝冷石之外,就再也没有其他人了。方正大师已经坐化,风起扬前辈和一剑道长更是行踪飘忽不定,至于贝冷石,肯定不奢望他为我解开符咒……"南渊梦有些伤感地说道。

"你也不用太担心,地球曾经是修行盛世,就算是到了现在也有古武界存在,无门无派的散修也不少,这里面肯定存在着很多隐藏的高手,武圣修为的强者应不止这四个人。"叶天辰认真地说道。

从踏入古武界到现在,叶天辰越发感觉到这方武道大世界的深不可测,有些存在,隐藏得很深。

"顺其自然吧!"南渊梦叹了一口气说道。

两人找了一个地方休息,升起篝火后,叶天辰将猎杀到的兔子拿出来烤,南渊梦就坐在一旁烤火。两个人就这样安静地坐着,谁也没有说话。这里已经距离嵩山派不远,还有不到两天的时间,古武界的大会就要开始了,叶天辰在思考接下来该怎么办。

"我们就这样上嵩山派那是肯定不行的……"南渊梦开口说道。

"我暂时也没有想到什么太好的办法,嵩山派的眼线很多,并且贝冷石修为高深,知道我会去的话,肯定会加强戒备,只怕我们还没有进入嵩山派,就已经被人围杀了。"叶天辰皱着眉头说道。

"如果我体内的武道真力没有被封印,便可以以古墓派的掌门人身份上去,你只需要用变骨术易容即可。现在却不能这么做,贝冷石是武圣初期的修为,一眼就会看穿,那样只会让我们陷入更加危险的境地,加大救田剥光的难度。"南渊梦继续说道。

"先不说这些了,来吃点兔子肉,味道不错……"叶天辰微笑着撕扯下一只兔腿给南渊梦。

南渊梦看了一眼叶天辰,发现这家伙总是这样淡定,真的是让人羡慕。她接过兔腿吃了起来,叶天辰伸手准备去撕扯另外一只兔腿,哪知道还没有触碰到,整只架在木棒上面的兔子就移动了位置。当叶天辰与南渊梦惊讶地看向一边的时候,只见一位蓬头垢面的老叫化已经抱起整只兔子大口大口吃了起来。

突然冒出来的老叫化让叶天辰和南渊梦都有些不知所措，他似乎很饥饿的样子，三下五除二就将一只烤兔子吃光了，还吃得咳嗽连连，南渊梦赶忙递上竹筒，老叫化喝下几口之后才缓过来。

"前辈，你没事吧？"南渊梦关心地问道。

"没事没事，你们小两口这是要去嵩山派参加大会？"老叫化蓬头垢面，看不清楚他的相貌，身形比较佝偻，只有一双浑浊的眼睛看着南渊梦问道。

"嗯，我们准备去嵩山派见见世面。"南渊梦微笑着点头说道。

"呵呵，这个世面可不好见啊，会有生命危险的，没什么太重要的事情就别去了！"老叫化笑着说道。

"喂，老头儿，你在这里唧唧歪歪干什么？吃光了我的烤兔子，是不是该给我补上？我可还没有吃晚饭呢！"叶天辰有些郁闷地看着老叫化说道。

老叫化看了一眼叶天辰，然后笑着说道："你小子就没有这姑娘善良，倒也不坏，天赋悟性也蛮高的，又有大机缘，是个修行的天才，但你这样不知道尊敬前辈，那是要吃大亏的……"

听到老叫化的话，叶天辰简直无语，南渊梦也忍不住摇头笑笑。这老叫化还真是厉害，明明是他没有礼貌，先冲出来一口气吃光了别人的晚餐，现在被叶天辰抱怨几句，竟然反过来说叶天辰不尊敬长辈。

"我……我说老爷子，似乎我们不是很熟吧？你一出来就吃光了我的烤兔子，现在我抱怨几句，还反倒成了我的不对了？"叶天辰无语地问道。

"哎呀，年轻人要懂得尊敬前辈，你看我几天几夜没吃东西了，实在是太饿了，所以才会如此，你就不能体谅一下吗？"老叫化看着叶天辰说道。

"啊？那老爷子的意思是不是我现在应该再去给你烤一只兔子，再弄一壶酒，然后你再享用享用？"叶天辰看着老叫化，讽刺道。

"难得年轻人有这样的孝心，去吧！"老叫化嘿嘿一笑说道。

叶天辰郁闷地看了一眼老头，然后坐在火堆旁边烤火，不再搭理老头。他可没有闲工夫耍嘴皮子，还要好好想想，怎么顺利潜入嵩山派，神不知鬼不觉地把田剥光救出来。

倒是南渊梦，反正无聊，就坐在老叫化身边跟他聊了起来。老叫化应该也是古武界的人，他给南渊梦讲了一些古武界的事情，而南渊梦听得津津有味，不时地插嘴两句。

"老前辈，不知道你是什么来历？"南渊梦认真地问道。

"来历？你是在说我的身份吗？"老叫化笑着说道。

"嗯，我感觉老前辈不是一般人，若是普通人，半夜三更怎么敢进入深山老林呢？"南渊梦直接问道。

"呵呵，好聪明的女娃，老头子我吧，浑浑噩噩地活了几十年，四方游历，也就是图个乐子！"老叫化笑着说道。

"那敢问前辈高姓大名？"南渊梦认真地问道。

对于老叫化的来历和身份，南渊梦和叶天辰两个人自然不是笨蛋，肯定不会认为老叫化是一个普通人，若是一个普通人的话，怎么可能半夜三更到这里？若是一个普通人的话，怎么可能到来的时候，叶天辰没有一点儿感觉呢？要知道叶天辰是武尊中期的高手，神念的感知也是非常强大的，不要说一个人，就是一只蚊子飞过来，他都能够察觉得到，偏偏这老叫化过来的时候，叶天辰没有一点儿感觉，心里当时就惊讶了。不过，他没有感觉到老叫化身上的杀气，应该不是恶人，故此才不动声色。

"我的名字啊？似乎很久没有人叫过我的名字了，连我自己都要忘记了，你就叫我疯老吧！"老叫化笑着说道。

"疯老，疯了，我看你真是个疯子。"叶天辰没好气地说道。

老叫化看了一眼盘膝而坐的叶天辰，微微一笑说道："年轻人，你想通过这种方式激将我，那是没用的，不过我倒是很看好你，古武界好久没有你这样的人才出现了！"

"我倒是很不看好你！"叶天辰依然没好气地说道。

"天辰，你就不要生气了，老前辈也是太饿了，要不你再去弄一只烤兔子吧，我们一边吃一边聊天啊！"南渊梦使劲儿朝着叶天辰使眼色说道。

叶天辰愣了一下，随后无奈地起身离开原地，不一会儿就打回了两只兔子。兔子处理好刚架上木棍，老叫化便抢过一只，自顾自地烤了起来，搞得叶天辰无比郁闷，想要说几句，却被南渊梦用眼神制止了。

南渊梦知道，这个老叫化肯定不是一般人，再怎么说也是一位在古武界行走了多年的前辈，说不定这次也是来参加古武界大会的，要是能够得知一点内幕消息，那就最好了。

不一会儿，两只兔子都烤好了，老叫化迫不及待，像是几年没有吃肉一样，赶忙撕扯下一只兔子腿吃了起来，将一只兔子腿吃完之后，才心满意足地打了一个饱嗝，意犹未尽地说道："这兔子肉的确很香啊，要是有一口酒那就更好了，让我当神仙都不换！"

"神仙？这世上哪有仙！"叶天辰随口说道。

忽然，老叫化一改之前玩味的样子，紧盯着叶天辰，认认真真地说道："古往今来，这个武道大世界不知道死了多少修士，他们都是为了仙路神形俱灭，前赴后继，纵死无悔。倘若有这样的手段，就算没有仙域，也要创造出一个仙域来……"

"就算没有仙域，也要创造出一个仙域来……前辈……"叶天辰恍然大悟，似乎想到了什么，整个人都振奋了起来。

这个时候，老叫化已经站起身来，抬头看着星空，浑浊的双眼中多了一丝异样的光，自言自语道："寻大道沧海桑田，死无悔求仙问天……亿万修士们路在何方？"

"前辈……"南渊梦也有些伤感。

"好了，我吃了你们的烤兔子，也该给你们一点回报！"

"唰！"

一道光圈将南渊梦笼罩，从上而下的洗礼，惊得叶天辰都是一愣。他能够感受到这股力量的强大，南渊梦也能感觉到，自己全身的经脉都在贯通，有一种脱胎换骨的感觉。

"啪！"

南渊梦忽然拍出一掌，将前方的一棵大树打得粉碎，整个人高兴不已，忍不住说道："好啦，我体内的符咒被解除了，谢谢前……"

正当南渊梦高兴得不行，准备转身谢谢老叫化时，对方已经不见了踪影。叶天辰也疑惑地看着刚才老叫化站立的位置，他完全没注意到对方是怎么离开的。现在才发觉，这个老叫化是一名绝顶高手，强大到了一个高深莫测的地步，从来到离开，他和南渊梦都丝毫没有察觉，而且轻描淡写之间就解除了南渊梦体内的符咒封印，这起码也是武圣境界的修为。

"这老前辈到底是谁？"叶天辰忍不住问道。

"应该是一名世外高人，我们运气太好了！"南渊梦感激地说道。

第二章
【九幽地府】

第二天一早,南渊梦和叶天辰便准备前往嵩山派。古武界的大会将在日落之前召开,他们必须抓紧时间将田剥光救出来。

"天辰,既然我现在恢复了修为境界,那我们就以古墓派弟子的身份进入嵩山派吧!"南渊梦在叶天辰的身后说道。

"没问题!"叶天辰点了点头。

"不过,你还是得使用变骨术,我们古墓派可没有男弟子!"南渊梦笑着说道。

"这不是问题,关键是我们进入嵩山派之后,如何打探出田大哥被关押在什么地方,这才是最重要的。"叶天辰认真地说道。

"不能急躁,要随机应变!"南渊梦皱着眉头说道。

没用多长时间,御气飞行的两人已经离嵩山派不远了,只要翻过前面的一座大山,就进入嵩山派的范围了。

"我记得前面有一个小村庄,大概有十户人家的样子,我们到那里歇息一下,你也好施展变骨术,随后就要进入嵩山派的范围了!"南渊梦看了看前方说道。

"嗯,我们的首要目的是救出田大哥,之后再想办法全身而退!"叶天辰点头说道。

这一次前往嵩山派营救田剥光,可以说相当凶险,嵩山派一直以来都是古武界实力强大的门派之一,尽管没有像五毒门这样的门派传承久远,却也绝对不可小视。尤其是现在的掌门人贝冷石,处心积虑,谋划了这么多年,一心想要独霸整个古武界,他的实力修为已经到达了武圣境界,不可谓不强大。以叶天辰和南渊梦两人现在的修为，就是加在一起，只怕都不是贝冷石的对手。除了少林的方正大师，华山派的风起扬前辈，武当派的一剑道长，还有一些隐藏闭关多年的老一辈强者，只怕没有人是贝冷石的敌手，否则，贝冷石也不敢这样明目张胆地召开古武界大会。

叶天辰与南渊梦两人一边朝着小村庄走去，一边讨论如何打探田剥光被关押的位置。突然间，两人都是眉头一皱，他们都感觉到了一股强烈的血腥气息，愣了一下，两人便快步朝着小村庄里走去。

当进入村庄，看见眼前一幕的时候，叶天辰和南渊梦都惊呆了，随即眼中都充满了愤怒的杀气。尤其是叶天辰，他浑身都在颤抖，拳头紧握，紧咬牙关说道："好残忍的手段，竟然屠杀了整个村庄的人，连小孩子都没有放过……"

"连手无缚鸡之力的普通人都不放过，到底是谁这般狠毒？"南渊梦也气得浑身颤抖地说道。

眼前尸骨累累，鲜血满地，不仅有大人的尸体，还有孩童的，任何有血性的人，看到这一幕，恐怕都会杀意爆发。

"天辰，这里看来不宜久留，我们还是走吧。这样滥杀无辜的人，迟早会受到天谴，不会有好下场的。"南渊梦眼眶泛红地说道。

"如果让我知道是谁干的，就算追到天涯海角，我也要杀了他！"叶天辰紧紧地握了握拳头说道。

带着愤怒和心痛，叶天辰与南渊梦离开了小村庄，离开的时候，叶天辰用神术将所有的房屋都毁掉了，将村庄里惨死之人的尸体也掩埋了起来，他现在虽然无法帮他们报仇，但起码能让他们不暴尸荒野。

离开村庄，往前面走了大概不到一万米的样子，叶天辰忽然皱了皱眉头，南渊梦也迅速靠近叶天辰，两人都本能地警觉了起来，因为一股无形的血腥之气已将他们包围，头顶上的天空都暗了下来，遮住了原本刚刚露头的太阳。

一团血红的影子慢慢出现在前方，由淡转浓，但依然感觉朦胧一片。叶天辰心里一惊，凭借他的强大神识，竟然都看不清那究竟是什么东西，可见对方的实力很是强大。

"你是什么人？"叶天辰镇定地看着前方问道。来者不善，而且实力不弱，恐怕不好对付。

"我刚刚杀了一个村子的人,没想到就有人追了上来,凡是遇到我的人,都要死……"那血影冷冷地看着叶天辰说道。

"原来是你杀害了那么多无辜,自动送上门也好,省得我费力去查!我今天就要杀了你,为那些枉死的人报仇!"叶天辰紧紧握了握拳头说道。

"哈哈哈,杀我?我还是第一次听到这种话……"

"啪!"

那道血影忽然大笑出手,朝着叶天辰一掌拍了下来。

叶天辰丝毫没有退缩,直接冲了出去,一道金色的拳芒轰击而出,硬撼血影的血手掌。

"嘭!"

叶天辰被震退了出去,心里惊讶无比,感觉四周的空气仿佛都凝固了一般,一股无形的威压震落了下来,越来越向他靠近。他根本就捕捉不到这股气息,只能依靠本能反应去攻击,尤其是刚才他一拳打在了血影的手掌上,竟然有一种武道真力被吸走的感觉,太可怕了。

"唰!"

"唰!"

南渊梦也出手了,玉女剑斩出了两道精粹的剑气,撕开了空间,朝着血影杀去。血影快速移动闪躲开来,不由得皱了皱眉头惊讶地说道:"古墓派的玉女剑法,小姑娘,你还没有练到家……你们都要死!"

血影口中的"死"字刚刚落音,数十道血手掌便瞬间将叶天辰与南渊梦包围了,朝着两人镇压了下来,惊得叶天辰狠狠一皱眉头,全身的武道真力都激发了出来,同时催动金刚不坏神功与金刚神拳。他知道,再不出全力挡住血影的杀招,他和南渊梦都要死在这里。

"嘭!"

南渊梦挨了一掌,嘴角流下了血渍,脸色苍白地倒在地上,失去了战斗力。要不是玉女剑横在胸前,挡住了大部分血手掌威力,恐怕南渊梦已经香消玉殒了,对方的战力真的很强大。

"跟在我身后,我带你杀出去!"叶天辰沉声对南渊梦说道。

"嘭,嘭,嘭……"

叶天辰挥动双拳，一条条金色的拳芒冲击而出，硬撼数十道血手掌，让站在一旁的血影不由得一愣，不禁疑惑地说道："金刚神拳？你得到了《易筋经》的传承，你就是叶天辰？"

"正是你爷爷我！"叶天辰一声大吼，一拳打出了一条金龙，硬生生撞上了一道血手掌，打了一个势均力敌。

"没想到是你，看样子，我还不能太快杀你，得让你说出《易筋经》的法诀才行。这次出来若是能将《易筋经》带回去，阎君一定会非常高兴。"血影冷笑着说道。

"阎君？你……你来自九幽地府？"南渊梦大惊失色地问道。

"咯咯，没想到还有人记得我们九幽地府。古武界的门派都以为我们九幽地府断了传承，殊不知，只是阎君闭关了而已。现在阎君醒来，将会再次统治阴阳两界！"血影的声音就像来自冥域一般，摄人心魂。

"天辰小心，九幽地府传承久远，深不可测！"南渊梦赶紧提醒叶天辰。

"地府？世上本无仙，何来鬼之说？"叶天辰压根儿就不信什么地府鬼怪，连长生成仙都是奢望，怎么可能存在对立面的东西？肯定是有人装神弄鬼。

"世上可以无仙，但任何人身死都要归我地府管辖。让你看看九幽地府的手段！"

血影在听到叶天辰的话之后，大吼一声，数十道血手掌全都朝着叶天辰镇压而下，压塌了虚空，遮盖了日月。

第三章
【老叫化又出现了！】

　　数十道血手掌朝着叶天辰拍了下来，震动得整片天空都在颤抖，每一道血手掌上都有一个像是鲜血凝聚而成的漩涡，不管是看得见的实物，还是看不见的武道真力，都被血色漩涡吞噬进去了。难怪刚才叶天辰一拳打在血影手掌上的时候，会有一种武道真力被吸走的感觉。

　　"唰！"

　　"唰！"

　　"唰！"

　　几十道剑气斩出，叶天辰右手中出现了泰阿剑，每一剑劈出，都是一股巨大的威道之力划破天空，硬生生将震落下来的数十道血手掌斩得粉碎，惊得血影怪叫连连："你真是带给我太多惊喜了，不但得到了《易筋经》的传承，竟然还得到了上古神剑，哈哈哈哈，这些都是我的了……"

　　血影完全像疯了一般，朝着叶天辰扑了过来，双手中出现了一个奇怪的印咒。当血影冲到距离叶天辰只有不到百米的时候，一个巨大的死神影像出现在了血影的身后，那就像是一个死神一般，耸立在天地间，头颅像一颗南瓜，全身布满了密密麻麻的鬼符，右手中有一把死神之刀，一双冷眸紧紧盯着叶天辰，一刀瞬间就劈了下来。

　　"唰！"

　　叶天辰也斩出了一剑，可这一剑下去，并没有打中什么实质的东西，反而感觉自己的体内像是被某种东西牵制住了，有一种灵魂要被撕扯出来的感觉。这种感觉让他浑身冒冷汗，不知道血影施展的是什么神术，竟然这样恐怖。

"嘎嘎，你中了我的幽冥鬼手，灵魂会被一点点撕扯出来，没人能够在这神术下逃生。"血影阴恻恻的声音传来。

"金身佛像！"

万般危机之下，叶天辰感觉自己的灵魂一点点快脱离肉身了，不禁大吼了一声，浑身一震，其身后出现了一座高大的佛像，佛光笼罩，将对面的那尊死神刺得睁不开眼睛。

血影大惊，狠狠皱了皱眉头，忍不住说道："没想到你还是一个有大机缘和大悟性的人，非要逼我亲自出手杀你，那好，看我取你性命！"

"嗖！"

血影朝着叶天辰冲了过去，叶天辰尽管感觉到自己的灵魂都快要被拉扯出来了，却还是强提一口真气，手持泰阿剑冲了上去，跟那血影来了一个正面的交锋。

南渊梦脸色苍白地看着天空中，叶天辰与一道血影展开厮杀，血手掌漫天都是，泰阿剑剑气纵横。这样厮杀了将近一个小时，一声巨响之后，叶天辰和血影的身影才分开。叶天辰降落在地上，嘴角流出了鲜血，可依旧眼神坚毅地看着高空之上的血影，他手中的泰阿剑这一刻光芒大盛，发出让人不敢轻视的剑气。

"你是第一个中了幽冥鬼手还能活着的人，了不起！"血影冷冷地看着叶天辰说道。

"今日我杀不了你，有朝一日必定斩你，为小村庄那些无辜惨死的人报仇！"叶天辰冷冷地看着血影说道。

"哈哈哈哈，好大的口气，我幽冥血魔还是第一次听到有人说斩我，记住，我迟早会来找你拿泰阿剑和《易筋经》的法诀。"血影大笑着说道。

"欢迎你随时来送死，我也想为那些无辜死去的人报仇。"叶天辰眼神坚毅地看着血影说道。

"哼，你中了我的幽冥鬼手，就算没有立刻毙命，也活不了多久了，这世上能救你的人不出三个，你还是先想办法保住自己的命再说吧！"说完便离开了。

血影退去，天空又恢复了晴朗，直到最后，叶天辰也没有看到血影的真面目。

九幽地府究竟是个什么样的组织？听那血影的口气，就像是真正掌管人生死的地府一般。可他叶天辰绝对不相信会有"地府"存在，没有仙，何来的鬼？就像是黑与白一样，都是并存的，一定是有什么魔头在装神弄鬼。

"天辰，你没事吧？"南渊梦赶忙走了过去，搀扶着叶天辰问道。

"小伤，不碍事，那家伙也中了我一剑，否则我们今天就危险了！"叶天辰咬牙说道。

"那我们先离开这里吧。"南渊梦想了一下说道。

"走吧，先找个地方疗伤。"叶天辰强忍住想要喷血的冲动说道。

大概往前面御气飞行了一个小时，叶天辰再也忍不住，降落在了一片树林中，"噗"的一口鲜血喷了出来，脸色变得极其苍白，他赶忙盘膝而坐，运功疗伤。

南渊梦吓得花容失色，她知道叶天辰受了伤，本以为没什么大碍，却没有想到竟伤得如此之重。现在叶天辰脸色苍白，额头上满是冷汗，最重要的是他自己运功疗伤，脸色也是一红一白，这说明叶天辰根本就压制不住体内的伤势，他这是在强行运功，有走火入魔的危险。

"天辰……"

情急之下，南渊梦双掌拍击在叶天辰的背心处，不断注入武道真力，想要帮助叶天辰疗伤。哪知道，当她双掌拍到叶天辰背部的时候，顿时感觉到叶天辰体内的武道真力四散冲击，在奇经八脉中乱窜，这样下去，叶天辰肯定会走火入魔而死。尤其是他丹田中还有异能量存在，倘若被引发出来，那就危险了。

"啊……"

南渊梦惨叫了一声，整个人被弹飞了出去，她根本就无法将自身的武道真力注入叶天辰体内。

"天辰！"

"别过来，那人的神术太过诡异，直接攻击武道者的神识，从内而外地将其吞噬个干净，你若沾染上，会有危险……"叶天辰脸色苍白，咬紧牙关，对南渊梦说道。

"不，就算是死，我也要跟你死在一起，我们生死与共！"南渊梦再也没有什么顾忌了，见到叶天辰这般的难受，生命垂危，哪儿还顾得上什么女孩子的矜持。

南渊梦不顾一切地再度走到叶天辰的面前,就算自己受了伤,就算刚才被震飞了出去,南渊梦依旧全力提起一口武道真力,要帮助叶天辰驱除体内的幽冥鬼手。根据现在叶天辰体内武道真力乱窜的速度,就算没有让叶天辰经脉爆裂而亡,他的神念也会被幽冥鬼手吞噬干净。

"小姑娘,你就算是将体内的本源力量过渡给他,也无法治疗他的伤势,他中的是幽冥血魔的幽冥鬼手,这是来自九幽地府的一种很诡异的神术,直接攻击人的神念,同时打乱人体内的武道真力,难解!"

就在这个时候,一个熟悉的声音响起,不知道什么时候,那个神秘的老叫化,自称叫"疯老"的人出现在了旁边,他背靠着一棵大树,手里拿着一个酒葫芦,一边淡然地说着话,一边喝着酒,让叶天辰与南渊梦都不由得一惊。

南渊梦愣了一下,赶忙走到老叫化面前,准备跪下求救,却被老叫化给拦住了。南渊梦连忙说道:"前辈,还请你救救我的朋友。"

"不用客气,我们三人很有缘分,上次我吃了你们两只烤兔子,为你解除了体内的封印符咒,那就是还欠你们一个人情。他中了幽冥鬼手,这是一种咒怨的神术,任何外力都是无用的,只有修炼过神光大炎咒的人才能给他治疗!"老叫化笑着说道。

第四章
【老叫化究竟是谁？】

"神光大炎咒？传说中能够驱除一切黑暗,给天地带来光明的神术？可它早就失传近万年了……"南渊梦有些惊讶和失落地说道。

"九幽地府的传承久远,神秘莫测,幽冥血魔更是修为高深,凡是中了幽冥鬼手的人,灵魂都会被拉出来, 只有神光大炎咒能够救其一命, 别无他法！"老叫化看着南渊梦,摇头说道。

"可神光大炎咒失传了近万年,古武界不可能有人会这样的神术,那天辰他……"南渊梦说不下去了,美目之中满是泪水。

这个时候,叶天辰缓缓睁开了眼睛,眼中没有一点生气,全身都充满了死亡的气息。他冷静地看着老叫化说道:"前辈,身为武道者,连长生成仙路都那样虚无缥缈,纵使活得再久远,又能够如何呢？我很赞同前辈的那句话,如果我能够活着,能够屹立在武道巅峰,就算是没有仙,也要创造出一个仙域来……"

老叫化看着叶天辰,不由得皱了皱眉头,紧紧盯着叶天辰,眼中多了一丝异样的神色,随后开口说道:"这方武道大世界难得出现你这样的奇才,你是一个有大毅力、大机缘和大悟性的人,只可惜命运坎坷,不知几时就会陨落……"

"就算现在陨落,只要有一口气在,也要争朝夕仙路……"叶天辰斩钉截铁地说道。

"哈哈哈哈,好,好,好,你有这样的决心,有这样的天赋,我为何不助你一臂之力呢？很不巧,我恰好就会神光大炎咒之术！"老叫化忽然哈哈大笑着说道。

"什么？你会神光大炎咒？前辈，求求你救救他……"南渊梦激动得喜极而泣，半跪在了地上朝着老叫化请求道。

"快起来，快起来，我一定会救他的，这小子是一个异数，我们也算有渊源，至于他能够走多远，那就全看他自己的造化了。"老叫化微笑着看着叶天辰说道。

随后，南渊梦和老叫化两人带着叶天辰离开了那里，来到了一处瀑布旁，叶天辰盘膝坐在一块大岩石上，老叫化坐在他对面，两人之间隔着瀑布。至于南渊梦，则紧张地站在下方，看着老叫化为叶天辰疗伤，心里十分紧张，不知道叶天辰能不能痊愈。

"屏气凝神，神守其心……"老叫化的声音回荡在瀑布中，竟然将激流而下的瀑布都分割开来了，让人惊叹不已。

此时的叶天辰，体内的武道真力到处乱窜，最关键的是他感觉到自己的灵魂、神识像被拉扯出来了一般，有一种全身爆碎的感觉，连灵魂都感觉到了疼痛，可想而知他的肉身承受了多大的痛苦。换作一般人，恨不得干脆死了算了，也算解脱了。可叶天辰的毅力坚韧，尤其是他勇往直前的道心不是这么简单就能被撼动的。听到老叫化的话，叶天辰双手合十，渐渐平复自己的心情，那一刻，他似乎感受不到肉身的疼痛，整个人的心神都沉浸在了一种玄妙的境界之中。

老叫化见到叶天辰如此之快就平复了心绪，任由体内的武道真力乱窜也不理会，固守本心，这种大毅力和大悟性让他感到不可思议，不禁想起了一个传说。传说在很多年以后，这方武道大世界会出现一个改变其规则的传奇人物，会是此子吗？

这个时候，老叫化站了起来，看了一眼叶天辰说道："我现在就施展神光大炎咒，为你化解幽冥鬼手的黑暗之气，不过，神光大炎咒不是一般人能够承受的，你若承受不住，就会化为灰烬，这需要你自身强大的毅力，哪怕是被燃烧至最后一滴血，也要固守本心！"

"前辈，你尽管施展神光大炎咒，我还有很多事情没有完成，怎么能在这里丢了性命呢？"叶天辰嘴角露出了一丝自信的笑容。

"好！"

老叫化不再啰嗦，慢慢地飘飞了起来，手中不断结印，在半空中游走，看得下方的南渊梦目瞪口呆。老叫化画出的每一道神纹都非常复杂，生涩难懂，当数十道繁杂的神纹交汇在一起时，在叶天辰的面前居然出现了一只火凤凰的形状。这火凤凰栩栩如生，就像刚从仙界降临一般，一双神眼紧紧盯着叶天辰，而老叫化快速后退几步，张嘴喷出一道火焰打在了火凤凰身上，刹那间，那只火凤凰"活"了。

火凤凰周身都是熊熊燃烧的火焰，径直朝着叶天辰冲了过去，还没到达叶天辰面前，这条大瀑布便彻底干涸了，就连周围的岩石都燃烧了起来，可想而知，这火凤凰身上所带的火焰有多么强大。难怪老叫化会找一个有瀑布的地方来施展"神光大炎咒"，应该是怕这样强大的火焰一开始就会将叶天辰烧为灰烬。

"嘭咚！"

冲天的火光炸开了，要不是老叫化早就布置下了阵法，火势不知会绵延几万里，只怕整条延绵的山脉都要被点燃。一大团神火在叶天辰盘膝而坐的地方炸开，他整个人都淹没在了火光中。

"天辰……"南渊梦大惊失色，想要冲过去看看，却被老叫化给拦住了。

"前辈，让我过去。"南渊梦美目含泪地看着老叫化说道。

"不行，这是他自己选择的路。神光大炎咒焚天裂地，威力巨大，一般人是承受不住的，就算是武圣境界的强者，也不见得能够承受这样的痛苦，可是，想要解除幽冥鬼手的侵蚀，唯有这个办法，以毒攻毒。能不能过这一关，就看他自己了。"老叫化紧锁眉头，看着那团飘飞在大岩石上的神火说道。

"天辰，你一定要坚持下来！"南渊梦紧紧咬住自己的嘴唇说道。

此时此刻，在五毒门的大殿中，毒万里冷冷地站在那里，眼中的怒火仿佛要吃人一般。在他面前，一名头发乌黑、脸上戴着一颗骷髅头的男人，坐在一张布满了骷髅头的椅子上，眼眸里的冷光射出了很远的距离，看得毒万里都有些心里发怵。

"你跟一个叫叶天辰的人交过手？"宝座上的中年男人语气平淡地问道。

"父亲，你怎么知道？"毒万里惊讶地问道。

"我只需要你告诉我结果！"中年男人冷声说道

毒万里看了一眼坐在上面的父亲，心里不禁咯噔了一下，自己本来想隐瞒在外面失利的事情，看样子是瞒不住了，只能硬起头皮说道："我的确跟叶天辰交手过,不过,他不堪一击……"

"不堪一击?为什么你没有杀掉他?"中年男人有些生气地问道。

"这……他诡计多端,从毒圣烈焰旗之下逃走了……

"嘭!"

毒万里的话音刚落,整个人就被一股强大的威压打中,倒飞了出去,重重地摔在门口,嘴里鲜血喷出,惊恐地看着宝座上的父亲,然后赶忙站起来说道:"都怪我一时大意,还请父亲给我一次机会,我必定能够杀掉叶天辰!"

"大意?你是我毒天奇的儿子,五毒门的圣子,古武界年轻一辈的绝顶高手,就是因为你的大意,让你弟弟毒丸惨遭叶天辰的毒手,神形俱灭而死!"

第五章
【险象环生,战力再提升】

"什么？弟弟死了？被叶天辰所杀？这……"毒万里完全震惊了。

"不可能的,不可能的……弟弟的修为不低,还有父亲你的一缕神念守护,叶天辰就算是再厉害,也不可能……"毒万里完全不相信。

"我的那一缕神念被叶天辰毁了,相隔太远,我无法发挥出那缕神念的战力,毒丸在天下第一包子楼碰上了叶天辰,被他杀了！"

"这……父亲,我一定会杀了叶天辰,为弟弟报仇的！"毒万里咬牙切齿、无比愤怒地说道。

毒天奇看了一眼毒万里,思考了一下说道:"古武界的大会就要召开了,我要去嵩山派,没空去杀叶天辰这只蝼蚁,所以这件事情交给你去办。我的命令是,不管你用什么手段,都要将叶天辰杀掉,你弟弟的死是小事,关键是我毒天奇的颜面,如果杀不了叶天辰,我怎么能稳坐古武界执掌者之位？"

"父亲,你放心,我一定会杀掉叶天辰,他逃不出我的手掌心。"毒万里狠狠地说道。

"如果这次你还让我失望,就跟你弟弟毒丸一起去死吧！对我毒天奇来说,有没有你们这两个儿子,都无关紧要。"毒天奇狠辣无比地说道。

毒万里听到父亲的话,心里发憷。毒天奇这一生中有过十一个儿子,每个儿子一出生就会被他扔进一堆剧毒之物中,活下来的只有毒万里和毒丸,而他俩在毒天奇眼里,也不过就是个杀人工具,没有丝毫父子亲情。毒万里丝毫不会怀疑,如果这一次他无法杀掉叶天辰,毒天奇会亲手将他杀掉,不会有一点犹豫。

"是,父亲！"毒万里赶忙点头说道。

此时,在距离嵩山派不远的一个地方,一团神火在岩石上燃烧着,那块大岩石被烧得通红,不断有碎石粉末掉下来,眼看就要爆碎了,而叶天辰还没有从神火中冲出来,南渊梦急得都快哭了。

"前辈,天辰他……"南渊梦忍不住着急地问道。

"已经过去三个小时了,他还没有冲出来,看来都是天意,他该有这一劫,神形俱灭……"老叫化遗憾地开口说道。

"不,不,不会的,天辰不会死的,他还有很多事情要做,他还没有站上武道巅峰,他一定不会死的……"南渊梦不顾一切地朝着大岩石上的神火冲去,却被老叫化用神术给捆住了,无法前进分毫。

"神光大炎咒,不是一般人能够抵抗的,你过去,一样会神形俱灭,化为灰烬。"老叫化痛心地说道。

"不……天辰……"南渊梦泣不成声,她知道这关很难过,却没有想到叶天辰真的会死在这里。

老叫化走到大岩石前,不禁自言自语地说道:"叶天辰乃是异数,这方武道大世界千万年才会一见的天才,拥有大悟性、大毅力、大机缘。可这样的人也会受到上天的嫉妒,天妒英才,让其早逝……上天,你真的这么残忍,要断了亿万修士的希望吗?"老叫化抑制不住内心的冲动,仰天大吼了起来。

"嘭咚!"

猛然间,那团燃烧在大岩石上的神火炸开了,巨大的岩石被炸得四分五裂,完全变成了粉末。老叫化和南渊梦忍不住抬头一看,只见从神火中冲出来一个人,这人周身围绕着金光,尤其是他的那一双眼睛,射出的金光将空间都给撕裂了,仿佛能够洞穿天地,威势惊人,看得老叫化与南渊梦都是一愣,觉得难以置信。

"好!太好了!这小子果然有大毅力和大悟性啊!"老叫化忍不住激动地说道。

当那一团神火完全消失的时候,老叫化和南渊梦终于清楚地看到了叶天辰的状况,他的肌肤变成了淡金色,看得老叫化都震惊不已,尤其是那一双眼睛,喷射出的金光,像是要洞穿天地一般。

"唰!唰!"

两道金光从叶天辰的眼睛之中急射而出,将前方的两座大山夷为平地,看得老叫化和南渊梦惊讶连连,他们都感觉到了叶天辰的强大,这家伙的战力似乎又上升了一个台阶。

"天辰!"南渊梦再也控制不住自己的情绪,一下子扑进了叶天辰的怀里。

叶天辰愣了一下,随后拍了拍南渊梦的背部,微笑着说道:"没事了,我可没那么容易死!"

"呵呵,恭喜你,战力又提升了,只是你的修为还停留在武尊中期,这样也好,可以迷惑强敌,一旦你出手,就会给对手一记重拳!"站在一边的老叫化笑着说道。

南渊梦这时才想起来,还有老叫化这个前辈在面前,不禁脸蛋一红,将叶天辰推开,走到了一边去。叶天辰尴尬地笑笑,走到老叫化面前认真说道:"多谢前辈的救命之恩!"

当时,叶天辰被"神光大炎咒"包裹,整个人痛苦到了极点,他虽然感觉到体内的幽冥鬼手之力在一点点消退,可他自身的血肉也在燃烧。若就这样下去,他只有一种结果,那就是被神光大炎咒活生生烧成灰烬,肉身与神识一起不复存在。

就在叶天辰感觉自己快支撑不下去,浑身上下都猛烈燃烧起来的时候,他忽然想起了老叫化的那一句:"屏气凝神,神守其心……"

一个武道者,最根本的命源在于神识,只要神识不灭,肉身便可以想办法重组;可一旦神识被灭了,就算肉身完好无损,也再也没有一点用处了。

随后,叶天辰不再将包裹自己的神光当成一种威胁和危机,反而视作锻造自己的神术,全身心放松了下来,只用体内的本源真力将神识好好守住,保证其不被神火侵蚀。至于肉身,便随意让神火煅烧,叶天辰知道,只要自己固守本心,就算肉身被化为灰烬,对他来说也不是什么致命的伤害。

到最后,叶天辰感觉自己的双眼都被神火锻造,眼中射出的神芒竟然有了一股杀伐的气息,十分强大。他暗自欣喜,自己创出的"黄金瞳"杀术在这一刻升华了,并且是彻彻底底地以武道真力升华,这真是个大惊喜。

"你不必谢我,这都是你的机缘。能够忍受神光大炎咒的灼烧,脱胎换骨而出,你还是第一人。就凭这份毅力,我相信你以后的成就会远远超越我!"老叫化微笑着说道。

"不管何时何地,不管我修为如何,前辈都是我叶天辰的救命恩人。"叶天辰认真地说道。

"我这辈子最大的遗憾，就是只知道一味地修行，追求力量的巅峰，却忽略了身边爱着自己的人，希望你小子别辜负了！"老叫化突然开口说道。

叶天辰看了一眼在不远处生火的南渊梦，认真地点了点头。的确，南渊梦跟着自己出生入死，一路走来，两人早已不是普通朋友，一切都只是心照不宣而已。总之，只要有他叶天辰在，就会护着南渊梦的周全，不会让任何人伤害她。

"前辈，我再去打两只兔子，我们一边吃一边聊如何？"叶天辰笑着问道。

"好啊，反正我也没什么事情！"老叫化欣然答应。

不一会儿，香喷喷的烤兔子就弄好了，叶天辰这次直接将一只兔子递给了老叫化，他是由衷地尊敬这个老前辈。当然，这也不是说在被老叫化救之前就不尊敬他，而是当时叶天辰对老叫化的身份存疑，在这个弱肉强食，充满了血雨腥风的武道世界，他不敢轻易地相信别人。

老叫化也不客气，接过烤兔子，就撕扯下一只兔腿，啃了一口说道："话说回来，你小子能够和幽冥血魔打个平手，将其伤到，真的是让我惊讶！"

第六章
【原来"地府"是这样的！】

"前辈,幽冥血魔到底是何人？"叶天辰忍不住问道。

跟幽冥血魔的一战,让叶天辰真正感觉到了心惊肉跳,那种诡异的气息,勾魂夺魄的力量,绝对能够让任何人胆颤心惊。在早就不适合修行的地球上,居然还隐藏着如此强大的传承,这个自称来自"九幽地府"的人,就像勾魂的恶魔一般,手段残忍至极,战力深不可测。

老叫化啃了一口烤兔子,看了看叶天辰,又看了看南渊梦,然后说道:"你们跟幽冥血魔的一战,我看见了,就战力而言,你跟他还有一段差距,若不是你手中的泰阿剑,只怕你早就死在他手上了。当然,以你武尊中期的修为,能够将幽冥血魔打伤,这是他自己也没有料到的事情,这才退走了。不过,你最好有个心理准备,你跟九幽地府之间的恩怨将会没完没了,甚至会一直延续到你坐化的那一天。"

"前辈,我曾听人提起过九幽地府,世上真的有地府吗？"南渊梦忍不住开口问道。

"地府？那不过是他们自己认为的罢了,世上没有仙,哪儿来的鬼？"老叫化冷笑着说道。

"那这地府……"叶天辰疑惑地问道。

"在地球还是修行盛世的时候,这地府就存在了,而且,这地府不光存在于地球上,在这方武道大世界中,到处都有九幽地府的传承。"老叫化说道。

"九幽地府的传承久远至深,可以追溯到太古时代,这到底是一个什么样的存在,居然到现在都没有断了传承,真是太不可思议了！"南渊梦惊讶地说道。

"九幽地府的传承到底有多久远,我不知道,它太神秘了。但我知道,那里的人能够控制别人的神识,控制死尸肉身,所以九幽地府的阴兵众多,整个武道大世界中,到处都是九幽地府的传承,似乎永远都不会断绝一般。"老叫化说道。

叶天辰皱了皱眉头,他没有想到这九幽地府如此深不可测,光是它能控制别人的肉身这一点,就非常可怕了。要知道,古往今来,整个宇宙繁衍到现在,不知道逝去了多少人,在这些人中又有多少强者,甚至是帝者境界的至尊也陨落了不少,倘若九幽地府也将这些人的肉身控制住了,后果将无法想象。

"这地府虽喜好装神弄鬼,但也强大到不可想象,不知道这个传承的始祖想要干什么。"叶天辰回过神来,忍不住说道。

"至强者都想要长生,想要成仙,或许他走的是另一条路,但这是一条狠毒异常、以天下苍生为蝼蚁的路,行的是灭绝之事!"老叫化说道。

"为了自己长生成仙,不惜以整个武道世界的众生为垫脚石,实在是太疯狂太残忍了!"南渊梦忍不住生气地说道。

"呵呵,这本就是一个天地不仁,以万物为刍狗的世界,为了多活几年,那些人什么事都干得出来,可叹,可悲!"老叫化不禁摇头笑着说道。

在这个残酷的武道世界,人族、妖族、太古异族并存,人族历尽千辛万苦才繁衍到现在,却还是有人为了一己私欲,不惜对自己的族人动手,他们跟妖族和太古异族也没什么区别。

"幽冥血魔,我跟他迟早有一场生死之战。"叶天辰眼神坚毅地说道。

"以你现在的修为战力,还无法顺利击杀幽冥血魔。我原本以为地球上的九幽地府传承现在应该没多少了,力量也不会太强大,却没想到幽冥血魔竟然还活着,而且还在执行着九幽地府的指令。我想,地球上的九幽地府现在应该是他在掌管,在地球不适合修行的时候,原本的掌管强者离开了地球,否则,九幽地府也不会销声匿迹这么多年!"老叫化开口说道。

"只要九幽地府存在一天,他们就会不断地行灭绝之事,残杀各种强者,也不会放过世俗凡人。"南渊梦紧紧握了握粉拳说道。

"等嵩山派的事情结束之后,我会想办法找到九幽地府,将其彻底连根拔起,我不能眼睁睁看着那些普通人枉死。"叶天辰认真地说道。

"如果有这么一天，老夫也愿意出一臂之力，只是这条路太漫长，九幽地府的传承遍布了整个武道大世界，就像是佛门的传承一样，久远至深，影响太大。"老叫化点了点头说道。

　　"前辈，我想知道您的高姓大名。"叶天辰认认真真地看着老叫化说道。

　　老叫化看了一眼叶天辰，微微一笑说道："我说了，叫我疯老就行。时间也不早了，我还有事情要办，临走之前，我有一套剑法施展给你看，能掌握多少，就看你自己的悟性了。"

第七章
【老叫化留下的剑法】

老叫化始终不肯说出自己的名字，或许在他看来，名字只是个符号，没什么意义。身为武道者，知道的事情越多，就越是会想到深层次的东西。

"前辈……"叶天辰开口喊道。

"不必多说，你我相识一场，地球早就不适合修行，限制了很多天才的发展。若你有朝一日能够冲出去，进入这方武道大世界，相信你会有更好的表现。这套剑法算不上多精妙，但还是希望你能够看看。"老叫化一边朝着前面走去一边说道。

老叫化捡起地上的一根树枝，然后看了看叶天辰，笑着说道："我就用这树枝比划比划，你能学多少看你自己的悟性，我只是不想这东西在我身上断了传承……"

"前辈指点，我一定用心领悟！"叶天辰认真地说道。

"好！"

一个"好"字刚刚落音，老叫化的身影已经动了，动作非常快速，招式却并没有什么奇特之处，一点，一削，一挑，一劈，都是剑法最基本的招式。叶天辰看得皱起了眉头，老叫化为世外高人，他所使用的剑法应该非常高深才对，为什么会如此"浅薄"呢？

猛然间，叶天辰整个人都是一惊，用一种难以置信的眼神看着接下来的一幕。只见凡是老叫化挥出剑气的地方，都出现了一个他的身影，神秘莫测，难以捉摸，那种剑气纵横之感，让人感到震惊。没有繁杂的招式，也没有澎湃的武道真力，却能够凭借这样简简单单的一剑，将虚空都撕开，这种以小博大的力量，实在是太奇妙了。

到最后，一共是九个老叫化的身影出现在叶天辰与南渊梦的面前，两人全神贯注地看着这一幕，不敢有丝毫松懈和大意。这剑法实在是太高深了，看似简单，其实繁杂到了极致，老叫化最后一道身影竟然直接踏上了天空，右手中的木棍化为利剑，直指苍穹，那种傲视乾坤的孤独身影，大气无比。那九道身影，既各自为战，又可共同一击，实在是玄妙至深。

"能够领悟多少，全看你自身的造化，武道之路漫长而艰辛，有缘再见吧！"

话音落下，渐渐地，那九道身影都消失了，老叫化再一次离去。这次分开，不知道何时才能相见，叶天辰看着九道身影消失之后，慢慢闭上双眼，用心体会老叫化所使出的剑招。只看徒有其表的招式是没用的，他需要一点时间来体悟其中的精髓。

南渊梦看叶天辰参悟老叫化的剑法，不敢打扰，只坐在一边看着篝火。不知道叶天辰需要多长时间，古武界的大会明天就要召开了，那个时候嵩山派之上，只怕又会有很多事情发生。

一直到天色暗淡下来，叶天辰才缓缓睁开眼睛。他站立起来，没有说话，而是捡起了地上的一根树枝，缓缓舞动，看得南渊梦目瞪口呆。她没想到叶天辰如此之快就将老叫化留下的剑法参悟了出来，这家伙的悟性天资，实在是让人惊叹。

叶天辰停下来后，天空上还留有他的身影，剑指苍穹，大气磅礴，那种孤独的身影却有着傲视天地的威压，不可小视。

"我想，我或许猜到老叫化的身份了……"叶天辰回到南渊梦的身边，笑着说道。

"天辰，老叫化到底是谁？"南渊梦好奇地问道。

"下次再见面的时候，你就知道了，我也只是猜测，不敢确定，我们先走吧！"叶天辰微笑着说道。

"走？上哪儿？"南渊梦看了看已经暗下来的天色问道。

"当然是嵩山派，明天古武界的大会就要召开了，很多门派已经到了，我想在明天天亮之前找到田大哥被关押的地方，等天亮再行动就来不及了！"叶天辰开口说道。

"那好，我们现在就动身，现在距离嵩山派已经不远了，还是按原计划进行，你可千万沉住气，不要轻举妄动。"南渊梦看着叶天辰说道。

"放心，在没有找到田大哥之前，我是不会轻易出手的。"叶天辰点头说道。

随后，两名穿着青衫的女子一起朝着嵩山派的方向飞去，御气飞行在最前面的是南渊梦，至于她身后的女子，不用想也知道，是叶天辰以变骨术易容而成的。

南渊梦不时地看着身后的叶天辰，笑着说道："没想到你变女人，也那么惟妙惟肖。"

"这都是变骨术的强大，从内而外地改变一个人的气势，很难被人识破！"叶天辰笑着说道。

大概过了一个多小时，叶天辰和南渊梦降落在了嵩山派的山脚下，那里有嵩山派的十多名弟子把守，他们正在招呼这次前往嵩山派的客人。为首的是一名满脸络腮胡子的壮汉，手里拿着一柄大锤，这大锤的重量恐怕在万斤以上。南渊梦悄声对叶天辰说道："这家伙名叫锤包，是嵩山派三大弟子之一，修为不是很高深，却是天生神力，一锤下去能够击毁一座大山。"

"这次我们要智取，而不是硬拼，救出田大哥之后，快速撤退。"叶天辰点了点头说道。

在叶天辰与南渊梦刚刚通过检查，进入嵩山派的时候，入口处就发生了一件不愉快的事情。一名身形佝偻，背上背着一只斗笠的老者，被嵩山派的弟子拦了下来，老者非常不快，冷声叫骂着。

"哼，这是古武界大会，凡是古武界的武道者都有资格参加，你们凭什么不让我进去？"老驼背冷哼了一声不快地质问道。

"老家伙，这次的古武界大会明确规定，只有在古武界中还保留了传承的门派，才可以参加，至于那些无门无派的家伙，是没有资格上嵩山派的，你还是哪儿来的哪儿凉快去吧！"一名嵩山派的弟子不屑地说道。

"你……你们这是看不起天下的散修吗？"老驼背冷声问道。

"可以这么说！"那名嵩山派的弟子非常狂妄，竟然敢直言不将散修放在眼里，恐怕这要给嵩山派树立无数强敌了。

散修虽无门派，但这并不代表他们软弱可欺，也有一些散修机缘巧合之下得到了强大的传承，一跃成为了雄霸一方的强者，连传承久远的大门派都不敢轻易得罪。

"好，好，好，嵩山派果然目中无人，召开这次古武大会，也只不过是挂羊头卖狗肉，想达到他贝冷石不可告人的目的罢了！"老驼背气愤地说道。

　　此时，周围的一些散修看到嵩山派弟子如此轻视散修，都愤怒了起来，大有一种拔剑相向，教训教训嵩山派的架势。

　　"老家伙，我劝你不要在这里闹腾，小心落得个尸骨无存的下场。"那名嵩山派的弟子非常嚣张地说道。

　　"这可是你说的，只要你能够胜过我手中的斗笠，我就自行离开，否则，这次古武界大会，必须有我们散修的一席之地。"老驼背冷冷地看着那名嵩山派的弟子说道。

　　"老家伙，你找死可就别怪我了……"那名嵩山派的弟子早就按捺不住出手的冲动，这次古武界大会由嵩山派召开，贝冷石想要当上古武界的执掌者，当然要处处立威，这名嵩山派的弟子也想要好好表现一下，说不定还能得到重用，当下一掌拍向了老驼背的胸口……

第八章
【倾城月也来了！】

面对嵩山派弟子的来袭，老驼背也怒了，当下身形闪动，快速迎了上去。

南渊梦和叶天辰站在一边，看着老驼背与嵩山派弟子大战。老驼背的实力修为并不高，叶天辰判断其应该在武王初期，不过，那个嵩山派弟子的修为实力竟然也在武王初期阶段，这有点出乎他的预料。

不过仔细想想，也在情理之中。这次贝冷石野心勃勃地想要执掌整个古武界，肯定有不可告人的阴谋，所以才会派出数十名嵩山派弟子守卫在山脚下，不允许不在邀请之列的人进入，这数十名弟子可以说就是嵩山派的脸面，如果他们的修为太低，恐怕会损害嵩山派的威严。

"嘭！"

老驼背和那名嵩山派弟子瞬间就对了一掌，两人各自后退了几步，嵩山派弟子见老驼背不是自己的对手，当下很是自信地笑着说道："老家伙，我劝你速速离开，别落得一个神形俱灭的下场。"

"你们嵩山派狐假虎威，狗仗人势，我还从来没在任何人面前低过头。"

老驼背话音刚落，便主动出击，双手的中指和食指并拢，不断点出指劲，就像是一道道利剑，杀向了嵩山派的弟子。很多人都不自觉地后退，万一被无辜伤到，那就不划算了。

"当！"

"当！"

"当！"

那名嵩山派的弟子先是愣了一下，然后很是镇定地祭出了一把利剑，不断挥舞，将老驼背杀向自己的指劲都给破解了，随即嘴角露出了一丝得意的笑容,想着自己这下算是为嵩山派长脸了,很有可能得到掌门的赏识。

哪知道,就在他暗自得意的时候,老驼背背后的斗笠突然飞了出去,并瞬间扩大,以迅雷不及掩耳之势朝着嵩山派的弟子镇压而下,任凭嵩山派弟子如何挥动利剑,斩出一道道强大的剑气,都无法阻止斗笠的镇压。

"嘭!"

一声闷响,那名嵩山派弟子被镇压在了斗笠的下面,不知生死。老驼背冷冷地看了一眼说道:"我们散修也不是可以随意欺辱的,古武界可不是贝冷石一个人说了算。"

"好!"

"太好了,老爷子说得对。"

"我们散修虽然无门无派,却也出过盖世强者,贝冷石这是自取其辱!"

显然,老驼背的胜利让在场的散修都非常兴奋。

叶天辰和南渊梦相互看了一眼,老驼背的胜出在他们的意料之中。尽管老驼背和那名嵩山派弟子修为都在武王初期,可一个人的战力是无法完全用修为境界来衡量的。就算是同等修为、同等战力,也会因为当时个人的发挥、地势条件,尤其是战斗经验的多少而影响胜负。简单举例,老驼背和那名嵩山派的弟子就是如此,两个人的修为境界相同,战力也差不多,可是,老驼背背上的斗笠是一件威力巨大的宝器,嵩山派的弟子无法阻挡,所以被镇压了。

"老不死的,你跟我嵩山派为敌,看来真是活腻了!"这时,一直站在一边没有说话的锤包走到老驼背的面前说道。

"我并不想要与嵩山派为敌,只是嵩山派的规矩太目中无人,没有我们散修之人的一席之地,所以我才出手的。"老驼背看着锤包说道。

"是吗?那我就来告诉你,我们嵩山派定下的规矩,就是整个古武界的规矩,从现在开始,凡是不遵守我们嵩山派规矩之人,只有一条路——死!"锤包冷声说道。

"狂妄至极!实在太目中无人了!"

"地球虽然早就不适合修行,但传承下来的古武门派众多,嵩山派只不过是这众多门派中的一个,竟然敢说出这样的话,足见贝冷石的野心有多大。"

"曾经的修行盛世传承到现在,恐怕有不少神秘的东西留了下来,嵩山派这是想要独吞,一家独大啊!"

"一定不能让嵩山派得逞,否则,那将是整个古武界修士的灾难。"

周围的修士们,在听到锤包的话之后都愤怒了起来,但也只是嘴上说说,没有一个人敢动手。这些年,嵩山派的实力越发强大,尤其是贝冷石公开宣布,他的修为实力已经突破到武圣境界之后,众人对嵩山派的忌惮就更深了。放眼整个古武界,能够在如今的地球伤将修为提升到武圣境界的人,寥寥无几,在场的任何人都不是贝冷石的对手。

"嵩山派这是要与天下的修士为敌,独霸古武界吗?"老驼背皱了皱眉头说道。

"没错,老家伙,拿命来!"

锤包大吼一声,左手一把抓住巨大的斗笠,涌动出一股怪力,居然将老驼背的斗笠一下子给掀飞了出去,看得在场所有人都惊讶无比。这可是一件宝器,镇压而下的力量强大异常,锤包竟然能够只依靠蛮力便将其掀飞出去,实在是难以置信。

老驼背皱了皱眉头,快速后退,因为这个时候锤包朝他冲过来了,一拳砸向了他的脑袋。老驼背当下一掌迎了上去,这种时候,退后就是失败,万万不能输了气势。

"嘭!"

老驼背倒飞了出去,锤包嘴角露出了一丝冷笑。他的修为本就在武王后期,要高于老驼背,再加上他天生神力,就算是不用武道真力,也能跟老驼背一战,击杀老驼背那是易如反掌的事情。

"哼,不知死活,就这点修为也敢闹事,去死吧!"

锤包一边说着,一边朝着老驼背冲了过去,手中的铁锤砸落下来,老驼背只能召唤斗笠抵挡。这一击下来,老驼背整个人都陷进了地下,嘴角流出了鲜血,看得周围的人都心惊肉跳。这锤包在嵩山派三大弟子中排名不是很靠前,却有这般战力,看样子,嵩山派的贝冷石想要称霸古武界,确实有他的底气。

见到老驼背落于下风,周围的人,包括那些散修,都着急万分,却没一个人敢冲上去相助,他们都忌惮嵩山派的实力。

叶天辰皱了皱眉头，正想要出手，却被南渊梦给拦住了。南渊梦用神念传音说道："不要轻举妄动，你若在这里出手，我们就无法进入嵩山派，也救不了田大哥。"

"不行，我不能看着老驼背没命，嵩山派这是想杀鸡儆猴……"

就在叶天辰准备出手的时候，一道掌力忽然袭来，将锤包打飞了出去。看似轻描淡写的一掌，却把天生神力的锤包打飞了出去，惹得在场所有人都不禁转身看向身后。只见一名美若天仙的女子缓缓走来，所有人都屏住了呼吸，仿佛发出一点声音都会亵渎她的美。

当叶天辰见到这个女子的时候，下意识低下了头，心里想着："倾城月果然来了，要是被她知道我在这里，那就糟糕了！"

第九章
【倾城月的性格】

在前往嵩山派的时候,叶天辰就曾经想到过,嵩山派想要独霸古武界,贝冷石想要成为古武界的执掌者,肯定会邀请那些传承久远的门派前来,如此一来,身为古武门派四大美女的南渊梦、天霜儿、谢雨荷、倾城月自然不会缺席。

南渊梦此刻就在叶天辰的身边,两人一起经历了那么多,感情早已心照不宣;至于天霜儿,神算子刚刚坐化,如今天数奇门之中只有她、张若彤,还有两名幼童,叶天辰之前就跟天霜儿商量过,这次的古武界大会,天数奇门不参加;谢雨荷是飞刀门的弟子,这次会不会来,叶天辰不知道;倾城月的到来在他意料之中,只是没有想到会这么快。想起上一次,自己趁着倾城月和南渊梦大战无法动弹的时候,抓走了倾城月的肚兜,他跟这个女人的恩怨只怕一时间难以化解,想想还真有些尴尬。

"是倾城月,好漂亮啊!"

"太美了,这个被誉为'古武界第一美人'的女子,真的像仙女一样啊!"

"不光美得让人窒息,修为战力更是强大,一招便将锤包击败了,简直不敢相信。"

"听说古武界的四大美女已经比过武了,好像是倾城月胜了,但似乎还发生了一些其他事情……"

"传闻倾城月被一个叫叶天辰的家伙占了便宜……她的肚兜……"

"啊,我要掐死这小子,连女神的肚兜都被他偷走了,他这是要跟全天下的男人为敌啊!"

"叶天辰也进入了古武界,战力强大,到处惹是生非,已经得罪了御剑门、五毒门，听说就连杀血组织都重现江湖在追杀他……"

一些好事者忍不住讨论了起来，都是在赞扬着倾城月的美，顺便指责叶天辰的卑鄙无耻。

这时，南渊梦没好气地瞪了叶天辰一眼。以前倒没什么，但现在南渊梦对叶天辰的感情发生了变化，只要看到叶天辰和其他女人亲近，她的心里就会不舒服。

"我当时也是没办法，倾城月非要追杀我，我差点就没命了，所以才想要戏弄她一下。"叶天辰赶忙用神念传音对南渊梦说道。

"那她的肚兜还在你身上？"南渊梦没好气地问道。

"那是自然，我还敢乱扔吗？找个机会还给她吧，不然她肯定要天涯海角追杀我，好男不跟女斗，再说我现在很忙，没空跟她玩！"叶天辰说道。

此时，倾城月落在地面上，一双美目冷冷地看着锤包，手轻轻一抬，被镇压到泥土里的老驼背便被救了出来。老驼背捂住自己的胸口，嘴角流有鲜血，开口说道："多谢姑娘出手相救！"

"前辈客气了，还请一边休息片刻，疗养伤势！"倾城月微笑着说道。

老驼背的确受了重伤，他的战力不如锤包，加上锤包天生神力，这一锤子下去，足以让一座大山粉碎，要不是他有斗笠这件特殊的宝器护体，恐怕已经被砸成肉酱，神形俱灭了。

锤包被打飞出去后，快速冲了回来，一双眼睛愤怒地看着倾城月，紧紧握了握手中的大铁锤说道："倾城月，你这是要为老驼背出头吗？就不怕嵩山派和瑶池派大打出手？"

"家师这次派我来参加古武界大会，临走的时候只有一句话交代给我，凡是见到不平之事，都可以管上一管。古武界也该有一些公平公正了，不能让某些人一手遮天，害了所有的修士。"倾城月斩钉截铁地说道。

"你……好，算你瑶池派有种，那就让我看看你倾城月是不是真如传说的那样，是古武界数百年来难得一见的修炼奇才！"锤包说话间就做出了要出手的架势，他要把刚才丢掉的面子找回来。

"我本不想出手，但你嵩山派太目中无人，只好教训教训你了！"倾城月依旧很是淡然地说道。

"轰隆"一声巨响，锤包出手了，他手中的大铁锤瞬间变成了山岳那般大小，惊得很多站在倾城月周围的修士都快速后退，这要是砸落下来，非得变成肉酱不可。

"啪！"

在锤包那山岳般大小的铁锤砸落下来的时候，倾城月缓慢地拍出了一掌，一股强大的武道真力从她的芊芊玉手中冲击而出，正面迎向了铁锤，看得在场的人都是一惊。

"锤包不是倾城月的对手，倾城月的惊天掌又精进了不少，真是一个修炼奇才啊！"南渊梦忍不住用神念传音给叶天辰说道。

"锤包落败是必然的，刚才倾城月阻止锤包杀老驼背的一掌，并没有用全力，这让锤包误以为自己还有跟倾城月一战之力。"叶天辰点点头说道。

"嘭！"

一声巨响，锤包手中的铁锤瞬间恢复成了原来的样子，飞出老远，击毁了一座山峰，而锤包则满身鲜血。倾城月的这一掌起码用了九成力道，惊天掌本身就是一种很刚烈的掌法，叶天辰也曾经模仿倾城月使用过，知道这惊天掌的威力有多巨大。

在场众人都惊呆了，他们知道倾城月的实力很强大，毕竟号称是古武界百年难得一遇的天才，但他们没想到居然强大到了这个地步，竟然一掌就将锤包击败了。要知道，锤包可是嵩山派的三大弟子之一，就算排在第三位，战力也不可小觑，加上天生神力更是他的依仗，如今却被倾城月一招打败，实在太让人震惊了。

"我并不想出手，但也不想看见有人一手遮天。不管是散修也好，有门派的武道者也罢，都是古武界的一员，既然这是古武界的大会，自然应该有散修群体的一席之地，否则又怎么称得上是整个古武界的大会呢？"倾城月语气平和地说道。

"你……这是我们嵩山派掌门人的命令，如果你倾城月非要违抗的话，那就是跟我们整个嵩山派为敌，后果我想你还承担不了！"锤包从地上爬起来，痛苦无比地狠狠看着倾城月说道。

"如果你们嵩山派是这样的卑鄙无耻，我不介意跟你们为敌，不介意整个瑶池派跟你们嵩山派开战。"倾城月美目中射出一道冷光说道。

"好，有胆识有气魄，果然不愧是倾城月！"这时，一名穿着白色道袍，一副公子哥儿模样的男子飞掠了下来,落在锤包面前笑着说道。

"大公子!"锤包不禁有些汗颜地喊道。

"滚下去,我们嵩山派没你这么不中用的东西!"白衣男子狠狠瞪了锤包一眼说道。

锤包退到一边,一句话也不敢说。

倾城月没有正眼看这个白衣男子一眼,倒是这个白衣男子主动走到了倾城月的旁边,自以为有风度地笑着说道:"在下贝伟,是嵩山派掌门人贝冷石的儿子,也是嵩山派的圣子,今日一见倾城月仙子,果然美若天仙,闭月羞花,幸会幸会!"

第十章
【倾城月无视贝伟引嫉恨】

贝伟,嵩山派掌门人贝冷石的儿子,也是嵩山派的圣子,虽然才三十多岁,但修为已经达到了武尊后期,也算是天纵奇才了。

"贝大公子客气了,你是否也想跟我一战?"倾城月性格直爽,不喜欢拐弯抹角,她知道贝伟不是什么好人,实在没必要对他客气。而且倾城月也明白,这次她跟嵩山派的人动了手,以贝冷石那心狠手辣的行事作风,就算碍于颜面不会当众出手,事后也肯定不会放过自己。

"呵呵,仙子太见外了,我们嵩山派跟瑶池派素来交好,并没有什么恩怨,这次的事情也是因为我的疏忽,才得罪了众位散修道友们。家父有令,凡是来我嵩山派的皆是客,只要不是故意生事者,都可以入内。当然,有句话我不得不说在前面,敢在嵩山派闹事的人,绝对不能安然离开,还请各位多多见谅!"贝伟皮笑肉不笑低说道。

"贝伟就是一个阳奉阴违的家伙。"

"此人话里有话,这是在威胁我们呢!"

"贝冷石的这个儿子,比起他老子来是有过之而无不及,阴险狡诈,狠毒异常,这次要不是倾城月出手,加上嵩山派也忌讳瑶池派的实力,恐怕老驼背早就没命了,我们这群散修还有可能出不了这嵩山。"

"倾城月仙子不但貌美,而且心地善良,战力强大,不愧是古武界数百年来难得一见的修炼奇才。"周围人忍不住议论纷纷。

在场众人都知道,嵩山派本来是不准备管这件事的,他们压根儿就没有将天下的散修放在眼里,若锤包能就此将老驼背干掉,也可以帮嵩山派立威。哪知道倾城月出手了,而且一招便将锤包击败了,这让躲在暗处观察的贝伟不得不站出来收拾残局。

倾城月看了一眼贝伟,她不是鲁莽之人,听到贝伟的话之后,微微一笑说道:"既然贝大公子给了散修们一席之地,那就请你们嵩山派的弟子不要再阻拦了,如果有人在嵩山派闹事,你们当然要处理,这不关我的事!"

"仙子见外了,我贝伟说话一向算数,明日将会召开古武界大会,凡是想要参加的,不管是有门有派的前辈,还是无门无派的散修,都可以来,我们是很欢迎的。"贝伟连忙笑着说道。

嵩山派的飞扬跋扈、心狠手辣,大家都看在眼里,只是很多人都不甘心,这次的古武界大会,摆明了是贝冷石想要统治整个古武界的阴谋,身为古武界中的武道者,岂能这样坐视贝冷石得逞?所以很多人都来了,他们想要集合大家的力量,让贝冷石的阴谋落空。

倾城月没有再理会贝伟,而是转身对着身后的道者们说道:"各位前辈、各位武道者,既然贝大公子已经发话了,那么还请大家不要生气,凡是想要参加这一次古武界大会的人,都可以前往嵩山派,我们要团结,不能让某些人的阴谋得逞……"

"好,仙子做得很对,我们一起上嵩山派。"

"有些人想要独霸整个古武界,还得问问我们答不答应!"

"我倒要看看贝大掌门人,到底想要玩什么花样。"

在场众人都非常振奋,朝着山顶上的嵩山派走去。这次,嵩山派的那些弟子都站在了一边,没有阻拦,虽然心里非常不爽,却也无可奈何。

在这之前,凡是要上嵩山派的人,都必须出示嵩山派的邀请函,没有邀请函的,一律不准上山。但现在被倾城月这么一弄,就算嵩山派再强势霸道,一时间也不好与这么多武道者为敌,只好看着那些没有邀请函的人大摇大摆地上山。

贝伟看了一眼倾城月,皱了皱眉头,然后摆出一副笑脸,走到倾城月的面前微笑着说道:"仙子第一次上我嵩山派来,就让我当一回向导,带你见见我嵩山派的风光,如何?"

"不用了,这次我们瑶池派就派了我一个人来参加大会,我师父她老家人正在闭关,没有多余的时间,我还有熟人相邀,不奉陪了!"

倾城月说完话就走开了,没有理会贝伟,气得贝伟很想出手,却想起父亲的再三叮嘱，只得忍了下来。他想着，过了古武界大会，只要大多数门派支持父亲成为古武界的执掌者，到时候就算瑶池派再反对，也没什么用，之后，他完全可以联合其他门派，将瑶池派铲除，以泄心头之恨。

此时，叶天辰和南渊梦也正朝着嵩山派的入口走去。叶天辰紧紧跟在南渊梦身后，尽管他现在已经变成了一个女人，倾城月就算看见了他，也很难识破，但是"做贼心虚"，叶天辰只要一想起身上还留着倾城月的粉红肚兜，就觉得尴尬，还是离那女人远点比较好。

谁知，怕什么来什么。

"南渊梦妹妹，好久不见，近来可好？"倾城月微笑着走过来问道。

"是倾城月姐姐啊，没想到你也来了！"南渊梦微微一笑说道。

倾城月点了点头，然后继续说道："我们当日虽然有过一战，但只是公平切磋，不算伤和气。如今嵩山派的贝冷石想要独霸整个古武界，我想妹妹也不愿意见到歹人得逞吧？"

"那是自然，家师在世的时候，一直希望能够为古武界的和平出一份力，一旦古武界乱了，掀起了血雨腥风，世俗界也难免会遭殃！"南渊梦认真地说道。

"看来我们的目标是相同的，一定不能够让贝冷石得逞！"倾城月坚定地说道。

"古墓派虽然只有我一个人了，可我也会全力完成师父的遗愿，为古武界的和平出一份力！"南渊梦点点头说道。

这时，倾城月看了一眼南渊梦身后的叶天辰，眼神微微一动，问道："这位是……"

第十一章
【为叶天辰捏一把冷汗】

倾城月忽然紧盯着叶天辰的眼睛询问，让叶天辰差一点慌了神，就算"变骨术"十分强大，倾城月不可能瞬间识破，但叶天辰还是有些心虚。

"哦，忘了给你介绍，她叫叶玲，前不久才被我收进古墓派做弟子的。叶玲，这位是瑶池派的倾城月仙子，快过来见礼！"南渊梦反应过来，镇定地说道。

叶天辰愣了一下，走到倾城月面前，微笑着说道："久闻倾城月仙子的大名，今日有幸得见，果然仙女下凡一般美貌！"

"叶玲妹妹过奖了，对了，你也姓叶，有个坏蛋也姓叶，不知道你认识吗？"倾城月忽然皱了皱眉头问道。

"啊？呵呵，不知道仙子说的是谁？"叶天辰停顿了一下，随即装着有些不明白地问道。

倾城月紧盯着叶天辰的眼睛，美目中闪动着一丝异样的神色，叶天辰顿时感觉到一股强大的力量穿透了自己的身体，倾城月似乎在使用某种秘术，想要看穿自己，惊得叶天辰不知道怎么办才好。如果他动用体内的武道真力抵抗，肯定会被倾城月发现，一个刚刚加入古墓派的弟子，怎么可能会有这样强大的战力？

叶天辰不敢催动体内的武道真力抵抗，只能装出一副很淡定的样子，希望这"变骨术"足够强大，不会被倾城月看穿。

过了一会儿，倾城月的凌厉眼神慢慢收了回来，微微一笑说道："不好意思，我还以为你跟某个姓叶的坏蛋有什么关系呢！"

"哦，我真不知道倾城月仙子所说的姓叶的坏蛋是谁。"叶天辰松了一口气,微笑着说道。

站在一边的南渊梦也松了一口气,继而鄙视地看了一眼叶天辰。没想到这家伙的演技这么高,脸皮这么厚,明明就站在倾城月的面前,还能装得跟没事人一样!

"那个姓叶的坏蛋要是被我找到了,我一定会将其碎尸万段!"想起当日的事情,倾城月就恨得咬牙切齿。

"呵呵,看来仙子跟这个姓叶的坏蛋很有渊源啊!"叶天辰忍不住尴尬地笑笑说道。

"叶天辰,我一定不会放过你的,你敢……我一定要你付出代价!"倾城月狠狠地磨动贝齿说道。

"姐姐不要动怒,我们还是先上嵩山派再说吧!"南渊梦看了看前方说道。

倾城月回过神来,看了一眼南渊梦,像是忽然想起了什么,当下开口问道:"我听说妹妹这段时间都跟那个大坏蛋在一起,不知道此事是不是真的?"

被倾城月这么一问,南渊梦也有些脸红。世上没有不透风的墙,尤其叶天辰在成为武道者之后,所做的每件事情都惊天动地。跟田剥光这样的大淫贼结拜,就已经够出名了,偏偏还杀了御剑门的两名弟子,被御剑门的两名长老级别高手追杀,紧接着又杀了五毒门的长老,跟毒万里大战,到现在连五毒门的五毒七子,甚至是毒天奇的儿子毒丸都给杀了,再加上强大的"杀血组织",诡异莫测的九幽地府,仔细想想,叶天辰这家伙闯的祸还真不少,而且一件比一件大。

"我进入古武界的时候,刚好碰到那家伙,我们有共同的目标,所以才一起行走了一段时间,不过在前几天,这家伙忽然说有事离开了。"南渊梦赶忙解释道。

"看样子,你们现在的关系不错,但我跟这个坏蛋的账是必须要算的,太过分了……"倾城月狠狠地开口说道。

"呵呵,姐姐不要生气了,当日的事情谁都没有想到,其实叶天辰这个人还是不错的,只是有的时候做的事情太欠打了些。"南渊梦说话间,没好气地看了一眼旁边的叶天辰。

"不管怎么说,我都不会放过他!"倾城月紧紧握了握自己的粉拳说道。

"好了姐姐，我们先上嵩山派吧，贝冷石的阴谋不小，我们还得见机行事！"叶天辰赶忙出言说道。

看着倾城月转身朝着嵩山派走去，叶天辰这才松了一口气。其实，他跟倾城月之间并没有什么深仇大恨，只是肚兜那件事让身为女子的倾城月放不下面子。

南渊梦看了一眼走到前面的倾城月，然后用神念传音给叶天辰："早知道我就拆穿你了，看看倾城月会不会发威杀了你！"

"喂，美女，这就是你的不对了，我们两个可是统一战线上的啊，你现在出卖我，是不是太不厚道了些？"叶天辰无奈地回道。

"反正我不管，我越想越觉得你这家伙太坏了，所以，你千万不要惹我生气，否则就别怪我过河拆桥了！"南渊梦没好气地对叶天辰说道。

叶天辰非常郁闷地看着南渊梦，不由得心里感叹着，这女人心真的是海底针，自己跟南渊梦明明是一伙的，怎么忽然就要倒戈相向，帮助倾城月来对付自己了呢？真是搞不懂。

当倾城月、南渊梦和叶天辰三人走到半山腰的时候，旁边忽然冲出了一道俏丽的身影，随后，三把夹带着巨大武道真力的飞刀犹如流星一般杀向了叶天辰三人。

"当！"

"当！"

"当！"

站在最前面的倾城月出手，将三把飞刀都给打飞了出去，这时，他们才看清那道身影时谁。

"谢雨荷，只可惜这次天霜儿没来，否则你们又可以打上一场了！"倾城月淡然地说道。

"我这次可不是来打架的，而是有事跟你们两位商量！"谢雨荷微微一笑，说道。

古武门派四位大美女中，就相貌来说，自然是倾城月和南渊梦最为貌美，天霜儿也很漂亮，至于谢雨荷，比起倾城月这样的闭月羞花，虽然稍微逊色了一点点，但她更多了一分俏皮和可爱，也是一个很有特点的美人。

"有事情跟我们商量？什么事情？"南渊梦开口问道。

"见到你们两位走在一起,说明你们之间并没有什么芥蒂,其实我们四个之间原本就没有什么恩怨,只是为了各自的师门才想要分个高下,没有必要生死相向,还是可以成为朋友的!"谢雨荷真诚地微笑着说道。

第十二章
【贝冷石的惊天阴谋】

"做朋友？不知道你是什么意思？"倾城月看了一眼谢雨荷问道。

"众所周知,嵩山派的贝冷石阴险毒辣、野心勃勃,想要成为古武界的执掌者,而我们三个各自都能代表一个门派,试问谁想寄人篱下,谁想被他人发号施令？最重要的是,贝冷石的阴谋一旦得逞,只怕我们这些传承久远的古武门派就要遭受灭门之灾了！"谢雨荷认真地看着倾城月和南渊梦说道。

"灭门之灾？你说得未免太夸张了！"南渊梦故意若无其事地问道。

"绝对不是夸张,根据我们飞刀门掌握的情报,贝冷石之所以要成为古武门派的执掌者,就是想要煽动其他古武门派,一起出手攻打日不落山……"谢雨荷眉头紧锁着说道。

"什么？攻打日不落山？"倾城月无法淡定了,惊讶地问道。

"这……太疯狂了,他这是想要所有的古武门派去送死吗？"南渊梦也很震惊。

"没错,他就是想要用整个古武界武道者的性命,来完成他自己的阴谋,一旦他成为了古武界的执掌者,必定会很快实施这个计划,到时总会有被蒙在鼓里、被煽动的门派上当。日不落山是一个什么样的地方,我想不用我再跟你们多说了吧！"谢雨荷认真地说道。

听到谢雨荷的话,叶天辰也惊讶地皱了皱眉头。他本以为贝冷石只是想要当上古武界的执掌者,然后集合整个古武界的力量去寻找一些传承的神术,或者说是宝器,亦或者是仙药之类的,却没想到贝冷石竟然如此疯狂。

日不落山是一个什么样的地方,没有人比叶天辰、南渊梦和天霜儿三人更清楚,先不说在日不落山中心处的大魔头是否还活着,就是到现在还盘踞在日不落山周围的妖族大妖、太古异族的凶兽，随便一个冲出来，古武界都会大乱。

在如今的古武界中，尽管还有一些传承久远的古武门派和隐藏实力的强者，有些门派或许还有大长老级别的人存在，可是，这些人毕竟已经年迈了，随时都有可能坐化。这样的人，就算战力再强大，也非常有限，不可能敌得过日不落山中的妖族和太古异族，再加上，倘若那个被傲空大帝的混元钟镇压在日不落山中心处的大魔头真的以某种形式存活着，任何人进去都是找死，除非有帝者境界的强者出手，否则就算是地球修行盛世的时候，所有的修真仙门一起上，那也是白白送命。

"为什么？贝冷石为什么要这么做？"倾城月忍不住有些愤怒地说道。

谢雨荷看了看周围，然后说道："这里不是说话的地方，我们飞刀门跟你们瑶池派和古墓派一样，都不想贝冷石的阴谋得逞。然而，嵩山派这么多年来实力壮大了太多，贝冷石的修为境界也到达了武圣阶段，不是一般人能对付的，所以，我们需要同仇敌忾，先去一个安全的地方谈话吧！"

说完话之后，谢雨荷就先朝着半山腰的另一个方向飞去了，倾城月和南渊梦相互看了一眼之后，也跟着御气飞行而去，叶天辰自然紧随其后。他虽然很着急去寻找田剥光被关在什么地方，却也想好好了解一下贝冷石的阴谋，毕竟他现在也是古武界中的一员。

不知飞行了多远，当谢雨荷停下来的时候，叶天辰发现他们已经到达了一个亭子中，在亭子里面有一张石桌，还有四张石凳，谢雨荷微笑着说道："三位请坐吧，你们能跟着我过来，就说明我们的目标是一致的。"

"现在你可以告诉我们，为什么贝冷石要蒙骗所有古武门派去攻打日不落山了吧？"倾城月开口说道。

"贝冷石之所以想这么做，是因为他个人的修为已经到达了瓶颈，五十年前他就已经是武圣初期的高手了，然而五十年过去了，修为至今没有精进，再这样下去，他也活不了太久了。他想要长生，想要活出更久的寿元，就要另想他法。这么多年来，贝冷石不断派出自己的亲信前往古武界的各个角落，去寻找天材地宝，炼制丹药，想要延长自己的寿元。然而，地球的灵气早已枯竭，不适合修行，就算有这样的天材地宝，药效也有限……"谢雨荷冷笑着说道。

"所以,贝冷石就将目标放到了日不落山?"南渊梦开口问道。

"没错,日不落山是一个大凶之地,一直没人敢去,就算是在修行盛世之时的地球,也没有哪个强者敢去,除非是盖世无敌的帝者,才有这样的胆识和气魄。但谁都知道,在日不落山中很可能存在着续命仙药和仙经神法,这是每个人都想得到的,前不久日不落山中传出了魔音,也引起了混元钟的震响,这就更加让贝冷石觉得找到了机会。他想要冲进日不落山中,寻找续命仙药和仙经,却害怕会陨落在那里,所以想到了一个办法,那就是集合整个古武界所有的武道者之力,一起攻打日不落山,那样的话,胜了,好处都是他贝冷石的,败了,牺牲的也只不过是他人的性命,于他贝冷石而言没有丝毫损失。"谢雨荷一口气说出了贝冷石的阴谋。

"太狠毒了,竟然置整个古武界所有武道者的性命于不顾,只是为了自己延长寿元……"倾城月摇摇头说道。

"没想到贝冷石如此心狠手辣,要让这么多武道者给他当垫脚石,一定不能让他的阴谋得逞,那样将会是整个古武界的大灾难!"南渊梦也愤怒地说道。

叶天辰看了一眼谢雨荷,然后有些疑惑地问道:"不知道谢雨荷仙子是从何处得到的这些消息?"

"怎么?你们信不过我?"谢雨荷冷眼看了一眼叶天辰问道。

"哦,这倒不是,只是我觉得贝冷石这么大的阴谋,这样就被你我得知了,总有些蹊跷!"叶天辰微笑着说道。

谢雨荷愣了一下,这个消息的确是她从别人那里知道的,但告诉她消息的人是绝对值得信任的,谢雨荷绝对不相信这个人会骗她,因为这个人也是飞刀门的弟子,谢雨荷的大师兄,将岸。

"这件事情是我大师兄告诉我的,绝对不会有错!"谢雨荷斩钉截铁地说道。

"没错,正是我卧底在嵩山派探听到的,如果这位姑娘有什么怀疑的话,可以当面问我!"这时,将岸从远处御气飞行了过来,在听到叶天辰和谢雨荷的谈话之后,略微有些生气地说道。

南渊梦看了一眼叶天辰,她知道叶天辰在想什么,可现在这个局面,如果质疑这个消息,必定会让飞刀门和古墓派结怨,也会让倾城月不知道如何判断,那样一来,对她们一起阻止贝冷石的阴谋就会有所阻碍。想到这里,南渊梦赶忙开口说道:"将岸师兄不要动怒,我们也只是想要小心一点而已,毕竟嵩山派实力强大,贝冷石修为高深,很多事情都是我们预料不到的。"

"我知道你们在担心什么,但这个消息千真万确,并且,我还可以告诉你们,明天的古武界大会,只有强者才有权利说话,没有实力的人一开口,就会丢了性命!"将岸沉声说道。

第十三章
【辨　别】

"只有强者才有权利说话,这是什么意思?"叶天辰看了一眼将岸问道。

将岸看了一眼叶天辰，然后皱了皱眉头，又看了看倾城月和南渊梦说道:"明天的古武大会,是以比武的形式召开,也是以比武的形式决定古武界的执掌者人选,贝冷石已经是武圣境界的强者,没有人是他的对手,除非是古武界的那几个老前辈出手,才有可能跟贝冷石一战……"

"古武界的几位老前辈?少林的方正大师已经坐化,华山派的风起扬前辈一直是神龙见首不见尾,甚至有传言说他也坐化了,而武当派的一剑道长从不参与名利之争,或许根本就不会来参加这个大会,试问,有谁能阻止贝冷石?"谢雨荷有些担心地问道。

听到谢雨荷的话,倾城月与南渊梦也都皱起了眉头。在年轻一辈中,她们都算是天之骄女,修为也都是年轻一辈中顶尖的,可是,要跟贝冷石这样的强者对战,还有很大的差距。而瑶池派的掌门人,也就是倾城月的师父,战力不如贝冷石,南渊梦的师父也已经去世了,就算是她们一起上,也不可能是贝冷石的对手。

"不管怎么样,就算是神形俱灭,也要阻止贝冷石的阴谋!"叶天辰紧紧握了握拳头说道。

"阻止贝冷石,你拿什么去阻止?用命吗?不堪一击!"将岸冷冷地开口说道。

叶天辰看了一眼将岸,忽然感觉眼前的将岸似乎有些不一样。他曾经跟将岸大战过,知道将岸的战力强大,就算败给了自己,叶天辰依旧没有轻视过。可这一次见到将岸,尽管外表没什么变化,却总觉得缺少了一股武道者的霸气,眼神也没有以前那样凌厉了。

"那这样说的话,就没有办法了吗?"南渊梦有些着急地问道。

所有人都沉默了,倾城月不知道怎么办才好,叶天辰一时间也拿不出好的对策,以他现在的修为和战力,绝然不是贝冷石的对手,就算跨阶而战,也不可能胜过贝冷石,硬对上只会白白送命。

"不是没有办法,就看你们愿不愿意听我一句话了!"将岸看了看在场所有人说道。

"大师兄,我就知道你有办法,说出来,我们大家一起参详参详。"谢雨荷脸上露出了一丝笑容说道。

将岸说道:"你们都能够代表各自的门派,都想要阻止贝冷石的阴谋,若想成功阻止贝冷石,明天我们就都同意贝冷石成为古武界的执掌者,让他坐上发号施令的位置。"

此话一出,不要说倾城月、南渊梦和叶天辰难以置信,就连谢雨荷都不敢相信地看着自己的大师兄,万万没有想到,将岸居然会说出拥护贝冷石当古武界执掌者的话,这不是让所有武道者去送死吗?

"大师兄,你……"谢雨荷不敢相信地看着将岸说道。

"我不同意这样做!"南渊梦斩钉截铁地说道。

"我想听你接下来说什么,不然,我不介意杀了你。"倾城月嘴角露出了一丝冷笑,看着将岸说道。

将岸皱了皱眉头, 继续说道:"明天的古武大会是肯定会以胜败来定论的,这本身就是一个弱肉强食的世界,只有强者才有资格说话,而我们这里没有人是贝冷石的对手,就算加在一起,也不可能打赢他。既然如此,不如拥护贝冷石成为古武界的执掌者,然后博取他的信任,在贝冷石怂恿蒙骗其他武道者前往日不落山的时候,再让武道者们知道真相,保全他们的性命!"

表面上,将岸的话或许有些道理,但仔细想想,这跟苟且偷生有什么区别?就算这么做有用,但逃得过第一次,逃得过第二次吗?所有人的性命还是掌控在贝冷石的手里。不要说武道者,就算是普通人,当命运不由自己的时候,当连一点自由都没有的时候,那才是真的生不如死。

"这样做能行吗?"谢雨荷有些不确定地问道。

"太冒险了,不行,这个办法救不了古武界。"南渊梦摇摇头说道。

"我不同意,我宁愿跟贝冷石一战,就算是死,也不会让他成为古武界的执掌者,那样只会遗害更多武道者。"倾城月摇摇头说道。

"你们要相信我,只有这个办法才行,否则怎么办?明天你们都上台一战吗?贝冷石真要是出手的话,我们这里所有人都要死,而且死得毫无价值。只有活着,才有可能阻止贝冷石的阴谋。"将岸着急地说道。

叶天辰看了一眼将岸,忽然嘴角露出了一丝笑意,然后说道:"将岸师兄说得没错,我赞成他的话,只有活着,才能想办法阻止贝冷石的阴谋。我们这里没有人是贝冷石的对手,明天就算一起上,也无济于事,倒不如拥护贝冷石成为古武界的执掌者,再想办法告诉所有的武道者贝冷石的阴谋,那样才不会让他们白白去日不落山送死。"

南渊梦和倾城月听到叶天辰的话之后,都转身看着叶天辰,眼神中满是惊讶。叶天辰做出一副不在意的样子,快速地神念传音给南渊梦说道:"暂且按照将岸所说的做,放心,我自有办法,相信我!"之后,南渊梦又用神念传音给倾城月,说服她暂时接受将岸的建议。

倾城月看了南渊梦一眼,随后说道:"那接下来总该有计划吧?说说看!"

"如果你这个方法行得通,能够成功阻止贝冷石的阴谋,我也愿意尝试!"南渊梦也开口说道。

将岸看了叶天辰一眼,嘴角不由得露出了一丝笑意,然后很快镇定地看着所有人说道:"明天的古武大会,我和师妹代表的是飞刀门,倾城月代表的是瑶池派,南渊梦代表的是古墓派。我们这三个门派传承久远,足够让其他武道者信服,只要我们一起拥护贝冷石成为古武界的执掌者,其他人应该不会有什么异议,而我们这三个门派也会得到贝冷石的信任。到时候,联合所有武道者一起攻打日不落山的事情,贝冷石自然会交给我们去办,那个时候,我们就可以向所有的武道者揭露贝冷石的狼子野心!"

"将岸师兄说得没错,这的确是一个办法,不过,我还是有一个疑虑……"叶天辰装着有些担忧的样子说道。

"有什么疑虑尽管说出来,我们是一条线上的,没什么好顾虑的。"将岸着急地说道。

"听说贝冷石抓住了田剥光,准备在古武界大会召开的时候将田剥光杀掉立威,但田剥光不能死,如果他死了,必定会影响到我们的计划……"叶天辰沉声说道。

"田剥光是一个大淫贼,死有余辜,就算贝冷石不杀他,其他人抓到他肯定也是要杀的,怎么就不能死了?"谢雨荷有些奇怪地问道。

"田剥光的死还会影响到我们的这个计划?"倾城月也疑惑地问道。

这时,只有站在叶天辰旁边的南渊梦没有说话,南渊梦看了一眼叶天辰,似乎明白这个家伙是什么用意了,心里有些佩服叶天辰随机应变的能力。

"任何人都知道,田剥光是一个十恶不赦的大淫贼,甚至在很多人眼里,田剥光比贝冷石还要可恶,一旦贝冷石真的杀了田剥光,势必会让更多的武道者信服,到后面我们想要这些武道者相信我们的话,就是难上加难。本身说服这些武道者对我们来说就有一些难度,再让贝冷石杀掉田剥光,提高威望,这对我们来说不是更加麻烦了吗?"叶天辰解释道。

"没错,我们现在假装拥护贝冷石,到后面又要向那些武道者揭穿贝冷石的阴谋,他们不一定会立刻相信我们,所以我们不能再让贝冷石树立威望,起码不能让贝冷石当众杀掉田剥光。田剥光的确是该死,却也要由我们来杀!"南渊梦想了一下之后,点了点头说道。

第十四章
【到底是救人还是杀人?】

"这样说来,也有一些道理,倘若贝冷石当着众人的面杀了田剥光,必定会让很多人更加信服他!"谢雨荷愣了一下说道。

"如此一来,我们先假装拥护贝冷石,随后又想反过来揭穿他的阴谋,那就很难办到了。"倾城月也皱了皱眉头说道。

"所以,我们就算是要假装拥护贝冷石,也不能加大他在其余武道者心目中的威望,相反,我们应该在他成为执掌者的时候,让其他武道者心有疑虑,能够心生不满就更好了!"叶天辰点点头说道。

这个时候,站在一边的将岸看了看倾城月、南渊梦和叶天辰三人,皱了皱眉头说道:"那你们的意思是……"

"将岸师兄,你不是有卧底在嵩山派吗?贝冷石想要利用整个古武界的武道者攻打日不落山,这么大的阴谋都被你打探到了,田剥光这个大淫贼关在什么地方,应该也知道吧?"叶天辰看了一眼将岸说道。

"这个……关于田剥光这事情……"将岸一时间语塞,有些吞吞吐吐。

"将岸师兄,我就知道你一定知晓田剥光这个大淫贼关在什么地方。贝冷石为了树立自己的威望,早就放出了风声,说他抓住了田剥光,很多人之所以上嵩山派,也是想要亲眼见到田剥光被杀,这么重大的消息,师兄不会不知道吧?"叶天辰打断了将岸的话,非常严肃认真地说道。

将岸停顿了一下,随后做出一副神秘的样子,小声说道:"田剥光被关押的地方,守卫非常森严,有嵩山派的一名长老级别的高手在那里,一般人想要进去杀掉田剥光,根本不可能。"

"这么说,将岸师兄的确知道田剥光被关在什么地方了?"南渊梦赶忙问道。

"知道是知道，但你们想要先下手为强杀了田剥光，这件事情很难办到。"将岸说道。

叶天辰看了一眼将岸，他猜得果然没错，将岸有卧底在嵩山派，能够知道贝冷石这样大的阴谋，就肯定知道田剥光被关押在什么地方，甚至是那里有什么样的高手守卫，也一清二楚，这对他来说，简直是踏破铁鞋无觅处得来全不费工夫。

"不管怎么样，我们的最终目的是要阻止贝冷石的大阴谋，以我们这里五个人的修为战力，要想击败嵩山派的大长老，将田剥光杀掉，也不是什么难事，所以，我们今晚就要完成这件事情，明天再假装拥护贝冷石成为古武界的执掌者，后面的事情再从长计议……"叶天辰直截了当地说道。

"对，田剥光一定不能死在贝冷石手里，我们几个要先下手为强！"谢雨荷点点头说道。

"我同意！"倾城月很快也表示了赞成。

"那我们现在就动手吧，趁着夜色暗淡，前往嵩山派的人众多，嵩山派的弟子都在忙于应付，这是我们的机会。"南渊梦点头说道。

"那我们分工合作一下，哪几个人在上面牵制住嵩山派的大长老，另外的人则去杀田剥光。"叶天辰看了一眼将岸问道。

"你们几个人对嵩山派的地形不熟，田剥光被关押在嵩山派后山的地牢中，全身都被封印了神符，跟一个废人没什么两样，你们牵制住嵩山派的大长老，我一个人进去杀掉田剥光即可。"将岸丝毫没有犹豫地说道。

"这样也好，我们速战速决，杀了田剥光之后，嵩山派肯定会震动，不过，有那么多武道者在嵩山派中，他们一时间也查不到我们头上，等到明天再按计划行事就可以了！"叶天辰想了一下说道。

商议完之后，将岸带着谢雨荷、倾城月、南渊梦还有叶天辰，一起飞往嵩山派的后山。到达那里之后，他们都感觉到了一种莫名的恐惧，这里有一股不寻常的力量，给人一种压迫感，这种压迫感不是身体感觉到的，而是来自于人的灵魂。

"我怎么觉得这里好冷啊？"谢雨荷看了看四周问道。

"好像有一股不寻常的力量一直在跟着我们。"南渊梦皱了皱眉头说道。

"大家小心一点,随时准备一战,这里的气息有些诡异。"倾城月紧紧握了握粉拳说道。

叶天辰跟在几个人的最后面,他总是感觉身后有人,但当他转头看过去的时候,却是一片漆黑,什么也没有,哪怕释放出强大的神念,也丝毫感受不到有什么武道真力在波动。也就是说,他们周围不可能有强大的武道者隐藏,但是,这种诡异的感觉来自何处?

"你们不用以神念去探索了,没用的,嵩山派的后山是嵩山派历代强者的坐化之地,他们有的人留下了一缕不灭神念,有的人留下了一股强大的武道真力。"将岸沉声说道。

"大师兄,这嵩山派的后山岂不是嵩山派的坟场?"谢雨荷感觉浑身发冷。

"可以这么说,小心一点,千万不要轻举妄动,这里有很多禁制,一旦触碰到,可能会让我们死在这里。"将岸说道。

"我终于明白为什么嵩山派沉淀了这么多年,整个门派的实力越来越强大了,原来秘密在这里……"倾城月嘴角露出了一丝笑意说道。

"嵩山派几乎所有的强者都坐化在此,这里既是嵩山派的坟场,也是嵩山派历代强者留下传承的地方,他们不灭的神念,留下对道的感悟,才是最宝贵的,若在这里修炼,必定会大有益处。"南渊梦看了看四周说道。

叶天辰皱了皱眉头,嵩山派的强大超出了他的想象。

大概往前又飞行了半个多小时,将岸才停在半空中,然后转身以神念传音说道:"前面有一口枯井,下面是一个地牢,田剥光就被关押在那里,有嵩山派大长老级别的高手守卫,一定要小心,按原计划行事!"

所有人都点了点头,朝着前面的枯井御气飞行而去。到达距离枯井不到百米的时候,所有人都是一惊,因为在枯井的正前方有一位穿着灰色道袍、须发皆白的老者盘膝坐在那里,四周有四根石柱,上面雕刻着让人看不懂的图案,有麒麟,有凤凰,有朱雀,有白虎,每根巨大的石柱上都是枯叶堆积,布满蜘蛛网,像是很久很久没有人来打扫过了,给人一种神秘无尽之感。

"五位来此,不知是想救人,还是要杀人?"老者闭着双眼,嘴唇也没有动,他的声音却响彻在叶天辰等人的脑海之中。

第十五章
【强大的谷鞭】

"田剥光恶贯满盈,人人得而诛之,当然是来杀人的!"谢雨荷当下开口说道。

"那就请五位回去吧,过了明天,田剥光就再也不会出现在世上了,明日,嵩山派将会当众斩杀田剥光,就不劳几位费心了!"老者依旧闭着双眼说道。

"不行,我们今晚就要杀了田剥光,还请老前辈行个方便。"倾城月暗中已经运转起了武道真力,这名嵩山派的大长老战力深不可测,被贝冷石派到这里来守着田剥光,证明贝冷石早就预防有人会来打田剥光的主意。

老者在听到倾城月的话之后,慢慢睁开了眼睛,他们这才发现,老者只有右眼是完好的,左眼瞎了,但其右眼中喷射出来的精光让叶天辰等人都不由得一惊,那种瞬间被看穿的感觉实在不太好。

"五位都是古武界年轻后辈中的佼佼者,战力之强大远超我年轻的时候,但你们不是我的对手,还是请回吧,不要白白送了性命,断送了大好的武道之路。"老者看了看叶天辰五人,摇摇头说道。

"谷鞭长老,斩杀田剥光,势在必行,如果你要强加阻拦,就别怪我等无礼了。"将岸也站出来说道。

这名守在枯井地牢旁边的老者正是嵩山派的大长老谷鞭,在一百年前,谷鞭长老在一次大战后受了重伤,失去左眼,之后,谷鞭便归隐了。这次,贝冷石知道会有人打田剥光的主意,所以派出了谷鞭镇守在枯井地牢旁。谷鞭的修为尽管只在武尊后期,却是一位身经百战的老将,一百多年的武尊后期修为,就算没有突破到武圣境界,多少也有一些领悟了,有他镇守枯井地牢,贝冷石还是非常放心的。

"既然如此，那就唯有一战了。我已有上百年没有动过手了，本想着就这样直到坐化，却偏偏受到掌门人之令，接了这个差事。接下来，我可不会手下留情！"谷鞭慢慢站了起来，整个人的气势大变，叶天辰等人迎面感受到了一股强大的压迫感。

谷鞭站起来的时候，一股强大的武道威压震慑了下来，天空中发出了轰隆隆的声音，令人震惊。这谷鞭长老的战力真是不可小觑，就算只有武尊后期的修为，那也有着武尊后期的巅峰战力，加上他已经快两百岁了，身经百战，战斗经验自然极其的丰富，真要动起手来，他们不知道胜算有几成。

"好强大的战力。"

"这个老家伙实力不弱，大家小心一点。"

"按照原计划行事，速战速决。"

"嘭咚！"

大战爆发了，第一个冲上前去动手的人竟然是将岸，他手中出现了一把大刀，直接朝着谷鞭的脑袋斩了下去。

谷鞭站在原地一动不动，面对将岸斩落下来的巨大刀气，只是轻描淡写地弹出了一指，一道指劲击打在那道刀气上，居然将刀气给震碎了，惊得叶天辰一愣。将岸的修为境界尽管只在武尊初期，可他出自飞刀门，习练的都是最正宗的刀神之法，这一刀下去的威力绝对是惊人的，就算谷鞭的修为达到了武尊后期，能够挡住，但像这样若无其事地化解却是很出人意料的。

"唰！唰！唰！"

谢雨荷见大师兄将岸失败了，瞬间射出了三把飞刀，这三把飞刀上都有一张神符，当快要杀到谷鞭面前的时候，三把飞刀被一股强大的武道之力笼罩，化为了三把山岳般大小的神刀，三道刀光一闪，全都朝着谷鞭斩落而去。

"嘭！嘭！嘭！"

三声巨响，震动了整个嵩山派的后山，谷鞭依旧站在原地不动，只是探出了一只手掌，便将谢雨荷的三把神刀之威给卸去了，惊得谢雨荷目瞪口呆。自己这三把飞刀都是用神符加持过的，所使用的都是飞刀门的飞刀神法，不但速度极快，而且威力巨大，怎么会被谷鞭如此简单就破解了呢？

"飞刀门没落了，如果在两百年前，或许还有自傲的资本，到了今天，飞刀门还没有被灭门,实属万幸!"谷鞭嘴角露出了一丝冷笑说道。

这时,南渊梦看了一眼叶天辰,叶天辰点了点头,南渊梦手中一旋转,便将玉女剑祭炼了出来,当下一道透明的剑光斩向了谷鞭,这一剑直接撕裂了空间,震颤得地面都在抖动。

谷鞭皱了皱眉头,随后却还是很镇定地从背后取出了一根黑色的铁鞭,化为一道黑光,迎向了南渊梦的剑光。

"砰!"

一声闷响,南渊梦的玉女剑夹带着《玉女心经》的精粹之力斩落下去,却还是没能杀了谷鞭,这让叶天辰和倾城月不免相互看了一眼。在五人中,尽管叶天辰与倾城月两人的战力是最强大的,可谢雨荷、将岸、南渊梦三人,哪一个又是逊色之辈呢?她们所发出的杀招都威力巨大,换做他叶天辰和倾城月,都不一定能够这样若无其事地接下来。

"古墓派的《玉女心经》强大无比,只可惜太深奥,只适合女子修炼,不然,古墓派早就是这古武界的第一大门派了。"谷鞭依旧淡然地说道。

这时,倾城月走了出去,她并没有立刻出手,而是站在距离谷鞭不足百米的地方,美目中射出了一丝冷眸之光,身上也慢慢涌动出强大的武道真力,跟谷鞭对抗。

谷鞭见到倾城月,不由得皱了皱眉头,眼中略微惊讶,忍不住开口说道:"好强大的真力,如此年轻就有这般战力,并且还是身为女子,真是了不起啊!"

"前辈过奖了,我来跟前辈对上一掌!"倾城月看着谷鞭,说话的同时,左手已经背到了身后,右手缓缓抬起,点点星光在掌心中闪烁。

"轰隆"一声巨响,只见一道掌影出现在天空之上,倾城月已经消失在了原地,芊芊玉掌直接向谷鞭的头顶拍落下来,而倾城月俏丽的身影也跟着落下。这一掌将原本昏暗沉沉的天空都给撕裂了,惊得叶天辰等人目瞪口呆。倾城月被誉为古武界数百年来难得一见的修炼奇才,还真不是夸大其词,她的战力强大到让在场的任何人都不敢小视。

谷鞭这次再也不能淡定了,他没想到倾城月的战力居然这般强大,从天而降的一掌拍落下来,将天空都是震动得颤抖连连,这一掌威势巨大,倘若不全力应对,肯定会重伤。

看似只是一只芊芊玉掌降落下来,却有着重若泰山的威压,给人一种窒息的感觉。谷鞭脸色一变,当下整个人腾空而起,右眼中也射出了一道冷光,右手中的黑色铁鞭瞬间扩大,也是壮若山岳,化为一道黑光朝着倾城月拍击而下的芊芊玉掌击了过去。

"嘭!"

天地一震,地上的碎石都飞了起来,能量相撞产生的巨大波动冲击四散,叶天辰等人忍不住后退,就连屹立在枯井地牢旁的四根巨大石柱都开始摇摇晃晃,上面的枯叶和蜘蛛网都被震掉了,差一点倒塌。

"倾城月胜了吗?"谢雨荷看着尘埃弥漫的天空问道。

"唰!"

一道俏丽的身影快速飞了回来,倾城月眼神冷毅地看着前方,她这一掌用了全力,惊天掌本身威力就十分巨大,却还是被谷鞭这个老家伙给挡住了,两人打了一个势均力敌,她没能将谷鞭击败。

"这老家伙很强,小心一些!"倾城月沉声说道。

"瑶池派的惊天掌,我猜你就是倾城月吧,果然如传言的那样,年纪轻轻便有这般战力,真不愧是数百年来古武界难得一见的修炼奇才。"谷鞭冷静地说道。

在场的几人,修为战力都十分高深,这是谷鞭没有想到的。尤其是跟倾城月对了一招,谷鞭真的是被惊住了,自己活出了两百岁的寿元,战力也不过如此,这年轻的后辈中竟然有这样强大的武道者,真是长江后浪推前浪啊。

"你们都已经跟我战过了,应该知道胜不了我,还是请回吧,田剥光明日自会神形俱灭。"谷鞭看了一眼在场几人,说道。

"我还没有跟你战过,你我走上一招,再说不迟!"叶天辰紧紧握了握拳头,看着谷鞭说道。

第十六章
【肉身硬撼上品宝器】

"年轻人，以你武尊中期的修为，跟我走上一招，会有生命危险的，还是珍惜自己的性命，速速离去吧！"谷鞭看了一眼叶天辰，淡然地说道。

这个时候，将岸等人都担心地看着叶天辰，只有南渊梦知道，叶天辰的战力和他的修为境界是不相符合的，这家伙是一个异数，如果用平常武道者的眼光来看他，很有可能吃大亏。

"我们胜不了这老家伙的，还是先离开，再作打算吧。"将岸看了一眼叶天辰说道。

"妹妹不要勉强，我们以后还有机会。"谢雨荷也劝说道。

"算了吧，这老家伙的战力强大，战斗经验丰富，我们强行杀入的话，肯定会惊动嵩山派其他高手，到时候不但杀不了田剥光，还会将所有人都陷在里面。"倾城月看着叶天辰，眼中充满耐人寻味的深意。

叶天辰微微一笑，说道："你们都出过手了，我总不能看着吧。放心，我不会勉强的，我也打出一招，胜不过的话，我们就离开！"

听到叶天辰的话，谷鞭有些火气，自己好歹也是嵩山派的大长老级别的高手，这几个后辈竟然敢在此唧唧歪歪，尤其是叶天辰，见前面四人出手都失败了，居然还想出手，这也未免太看不起他谷鞭了。这五人的战力虽然强大，却也不至于威胁到他谷鞭的性命，想到这里，谷鞭就想要教训教训这些不知天高地厚的年轻人。

"我本着慈悲心肠，不想扼杀了你们年轻人的路，但是，既然你们不知好歹，不懂进退，那就别怪我下杀手了。"谷鞭冷冷地看着叶天辰说道。

"老家伙，你不就是害怕我们五个人一起上，你会招架不住吗？否则，你早就扑过来杀我们了,别说得那么冠冕堂皇,想出手就来吧。"叶天辰不屑地看了一眼谷鞭说道。

"好,好,好,那我就一鞭子送你归西!"谷鞭被叶天辰说得恼羞成怒。

"啪!"

谷鞭手中的黑色铁鞭朝着叶天辰甩了过去,威势惊人,连天空都颤抖不已。倾城月站在叶天辰的前方,想要出手相救,毕竟,此刻的叶天辰是个修为算不上多高的女人。

"唰!"

一道金光从倾城月的旁边冲了出去,在倾城月还没有出手的时候,叶天辰已经动了,整个人化为了一道金光,速度相当快,面对谷鞭落下来的黑色铁鞭,叶天辰丝毫没有畏惧,更是一马当先冲了上去,右拳紧握,金光万道而出,他要以"金刚神拳"硬撼谷鞭的铁鞭子。

"她这是找死吗?那黑色铁鞭是一件上品宝器,会没命的……"将岸忍不住大声惊呼道。

"嘭咚!"

一声巨响,在所有人都还没有反应过来的时候,叶天辰右拳已经打在了谷鞭的黑色铁鞭上,让人目瞪口呆。

"你……"谷鞭惊讶得说不出话来。自己有着武尊后期的巅峰修为,手中的黑色铁鞭更是一件上品宝器,全力催动产生的威压不是一般人能够抵挡得住的,更不要说以肉身相抗,还能完好无损了。

"看来我还可以再挥动几拳……"

叶天辰嘴角露出了一丝笑意,他的金刚神拳已经到了小成的境界,力压同等境界修为的敌人没有一点问题,现在用来对战修为比他高深的谷鞭,也是有一战之力的。

"砰,砰,砰……"

天空之上炸响,叶天辰双拳不断挥动,打出了一道道金色的拳芒。谷鞭不断用黑色的铁鞭抵挡,尽管没有受什么伤,可这对他一个武道后期的巅峰强者来说,已经算是奇耻大辱了,被修为低于自己的晚辈不断击退,他的脸面往哪儿放?

这时,站在地面上的将岸几人都震惊地看着这一幕,谁也没有想到,叶天辰的战力居然这样强大，她不是刚刚加入了古墓派吗？怎么会有如此强大的战力？真是匪夷所思。

"这……身为女子，怎么会有这样强硬的战力？"将岸忍不住问道。

"战力比南渊梦还要强大，这样的高手怎么会拜入古墓派？"谢雨荷也疑惑地问道。

"战斗起来就像一个男人，她的身影怎么忽然这样熟悉，好像在哪里见过……"倾城月自言自语道，她感觉叶天辰出招的时候，身影非常熟悉，却又一时间想不起来在哪里见过。

南渊梦听到倾城月这样说，赶忙说道："我们按照计划行事吧，她的战力这样强大，我也没有想到，等杀了田剥光之后，我再问问她。"

将岸、谢雨荷、倾城月三人回过神来，看了一眼高空之上，几乎是同一时间消失在了原地。他们出手了，他们也明白，谷鞭身为嵩山派的大长老级别的高手，就算叶天辰能够跟谷鞭一战，也不可能一个人将其杀掉，只有大家一起上，牵制住谷鞭，他们中才能有人冲进枯井地牢中将田剥光杀掉。

"嘭！"

"啪！"

"轰！"

谢雨荷、倾城月、南渊梦三个古武门派的美女飞到了叶天辰的身边，一起出手朝着谷鞭攻击。虽然谷鞭战力强大，战斗经验也很丰富，但一时间面对这样多的年轻高手围击，还真想不到什么好的办法将其打退，只能不断抵抗，时不时出招反击。

叶天辰轰出一拳之后，快速退了出来，当他看向枯井地牢的时候，发现将岸已经化为了一道青光，朝着地牢的入口处冲了过去，他这是要去杀田剥光。叶天辰不敢迟疑，化为一道金光冲了过去，神行术施展到了极致，真要是弄巧成拙，让田剥光被将岸杀了，他会一辈子后悔的。

第十七章
【有趣，太有意思了】

将岸先一步到达枯井地牢中，刚刚落入井底，他便看见了一个铁制的牢笼，在每一根铁棍上都有一些奇怪的符咒神纹，像是某种禁制，没有正确的方法，几乎是打不开的。

牢笼中关押着一个人，正是田剥光。只见田剥光满身鲜血，脸色苍白，看上去十分虚弱，却始终带着一丝玩味的笑容。在见到将岸飞落下来的时候，他还有心思调侃着问道："知道我很多天没有喝酒吃肉了，给我送下来了吗？怎么也不知道带个美女过来？"

将岸皱了皱眉头，看着田剥光，嘴角露出了一丝狠毒的笑容说道："田剥光，你的死期到了，等不到明天了，伸长脖子受死吧！"

"受死？贝冷石这个王八蛋改变主意了？真是不厚道，说好的召开古武界大会的时候，让我当着众多武道者的面神形俱灭，这样我还能接受一点。如今却要悄悄杀我灭口，哎，没意思，没意思啊！"田剥光的心态还真是够好的，都到了这步田地，却还能这样保持平常心，真是让人刮目相看。

"哼，你这种人死不足惜，让我送你归西！"将岸说话间，背上的大刀已经飞了出来，一道巨大的刀光朝着田剥光斩了下去。

此时此刻的田剥光被关在设有禁制阵法的铁笼中，全身的武道真力都被封印了起来，加上还被打伤了，就跟一个普通的世俗之人没什么区别。在武道者的面前，世俗之人就是废物，抬抬手指便可以击杀。

"嘭！"

刀光斩落下来，却没有将田剥光斩杀掉，而是被困住田剥光的铁笼给挡住了。铁笼上的奇怪神纹就像被激活了一般，瞬间照亮了枯井地底，并且不断扩大，一股强光朝着将岸横扫了过去。

"轰隆！"

一声巨响，将岸被打飞了出去，重重地撞在了石壁上，直接晕厥过去。

田剥光惊讶地看着这一幕，他没想到这铁笼竟这般厉害，看样子贝冷石在抓住自己的时候，早就想到了逃走和被救的问题，所以，这每一根铁棍上的神纹都蕴藏着巨大的力量，一旦有人触碰，就会受到反噬，轻则重伤，重则丧命。

渐渐地，铁笼上的神纹一点点全部复活了，笼罩了枯井的地底，就像形成了一道光墙，根本无法将其打破，里面的人出不去，外面的人也进不来。

"贝冷石这个卑鄙小人，这是要拿我田剥光来博取古武界武道者的信服啊。这家伙想要统治整个古武界，肯定有什么大阴谋，我不能让他得逞，不能害了其他人，得想个办法自杀才行！"田剥光忍不住自言自语道。

只可惜，田剥光刚刚举起手掌，准备一巴掌拍死自己的时候，铁笼的几根铁棍上竟冲出了几道光束，将他的双手双脚都给控制住，成一个大字型捆绑了起来，任凭他怎么使劲儿，都动弹不得。

"贝冷石，你这个乌龟王八蛋，要杀老子现在就杀，别他妈搞这些阴招……"田剥光忍不住大骂了起来。

"唰！"

一道金光冲了进来，落在铁笼的光幕前，田剥光不由得皱了皱眉头，看着眼前的这个美女，忍不住调戏道："嘿嘿，看来贝冷石还是很了解老子的，知道老子临死前想美女，就送了一个美女来，不错，不错啊！"

"你都死到临头了，还敢出言不逊，真不怕死吗？"叶天辰看了一眼田剥光，也忍不住戏弄道。

"牡丹花下死，做鬼也风流啊！"田剥光坏笑着看着叶天辰说道。

"如果我说我不是贝冷石派来的，而是来杀你的，你相信吗？"叶天辰看了一眼田剥光问道。

"不相信，贝冷石要杀我，早就喊外面的那个老家伙动手了，何必派你这样一个大美人儿来，这不是存心想要我憋死吗？"田剥光郁闷地说道。

叶天辰忍不住想笑，田剥光这家伙，真是死性不改，都快没命了，还想着美女。

不过，没有多余的时间调侃了，将岸这家伙晕了过去，谢雨荷、倾城月、南渊梦三人在外面激战谷鞭，就算能够将其挡住，也只怕很快会有嵩山派的高手前来，到时候想要救田剥光就难了。还有这个神秘的铁笼，要将上面的光幕破除，恐怕还得费一番手脚。

　　"砰！"

　　叶天辰挥出一拳，打在了铁笼的光幕上，他想看看这光幕到底有多强大，是不是真的无法撼动。

　　一道金色的拳芒砸在铁笼的光幕上，震动得整个枯井都在颤抖，却没有将那光幕打破。叶天辰忍不住皱了皱眉头，看来这光幕不是一般的神纹阵法，非常厉害，难怪刚才将岸全力一刀下去，不但没有将其劈开，还受到了反噬。

　　"嗯？小妞，看你这么貌美、娇弱，没想到拳头这么有力啊，哥哥我喜欢，我就喜欢你这种暴力的小妞。"田剥光惊讶地说道。

　　"等我打破这光幕，你见到我的时候，你就不会喜欢我这种小妞了！"叶天辰调侃道。

　　"不会的，不会的，我就喜欢你这种漂亮的小妞，我们做个朋友吧，我明天可能就要死了，我们做一天的朋友，做一夜的夫妻也好啊！"

　　叶天辰一边想办法打破这铁笼的光幕，一边想着，田剥光现在不知道自己的真实身份，只当自己是个美女，一个劲儿地调侃调戏，等他知道自己的真实身份后，恐怕会想找个地缝钻进去。

　　"每一根铁棍上的神纹都是相互联系的，只要一有外界的触动，神纹和神纹之间就会相连，形成一道坚不可摧的光幕，要想破除这道光幕，就需要将神纹和神纹之间的联系斩断，可这么多密密麻麻的神纹，不可能一下子将其全部斩断……"叶天辰在脑海中不断地思考着。

　　"喂，美妞儿，是不是想要冲进来杀我啊？只要你愿意跟我共度良宵一晚，我伸长脖子给你杀，怎么样？"田剥光淫荡地笑着说道。

　　"田大哥，我要同时斩断多处神纹之间的联系，不知道会出现什么样的情况，你小心了！"叶天辰皱了皱眉头沉声说道。

　　"你叫我……田大哥？"田剥光一下子愣住了。

第十八章
【恶心恶心田剥光】

忽然听到眼前的美女叫自己田大哥，田剥光整个人都有一种头皮快炸开了的感觉，这是怎么回事？这声音还有一点熟悉，怎么像是叶天辰这家伙的？

当下，田剥光的脸色变得越来越难看，他不是笨蛋，立马就想到是叶天辰易容成女人的样子来救自己了。但是，当他全力紧盯着叶天辰的时候，发现根本就看不出破绽，面前这个美女的身上完全没有叶天辰的能量气息波动，他也感觉不到丝毫的异能量，于是，他又开始怀疑自己是不是听错了。

"一定是我听错了，眼前这个美女这么漂亮，怎么会是叶天辰这小子，镇定，镇定！"田剥光自言自语地说道。

叶天辰这个时候也没有心思考虑田剥光的想法了，当务之急是把这个光幕打破。

叶天辰向后慢慢退了几步，缓缓催动体内的武道真力。与此同时，他体内的三把上古神剑已经开始蠢蠢欲动，发出了一阵阵剑鸣之声，不断颤抖，一股股属于它们自己特殊的威压之力四散开来，叶天辰差点控制不住。剑老曾经说过，对于这三把神剑，是能不用则不用，上古神剑有着太多的神秘，用多了会有太多的因果缠绕，会对拥有者不利。

而现在，叶天辰却顾不了这么多了，想要同时斩断每一根铁棍上的神纹联系，非得出动三把上古神剑不可，只有同时斩出无数道剑气，才有可能破除这光幕。

"喂，美妞儿，不要这样费心尽力地救我了，能够见你一面，我也死而无憾了！"

"小心了……"

叶天辰低喝一声,身体中一下子冲出了三道剑光,同时斩出了一道道凌厉的剑气,朝着铁棍之上的神纹斩去。

田剥光刚才还吊儿郎当,一副无所谓的样子,当他见到三把上古神剑冲出体外的时候,整个人都大惊失色,难以置信地看着叶天辰说道:"真是你小子?妈的,恶心死我了,真是恶心死我了啊……"

"噗!"

"噗!"

"噗!"

果然不出叶天辰所料,三把上古神剑各自蕴含的力量是不同的,斩出的剑气也是凌厉而迅猛,在最短的时间内将铁棍上的神纹给斩断了。那一道道剑气杀出,有些剑气在斩断了神纹之后,直接杀进了铁笼中,吓得田剥光不断摇摆,只可惜双手双脚还被神纹之光捆住了,无法动弹。

"你这是要救我还是杀我啊,能不能用点好招数……啊!"

"扑哧!"

那是裤子被撕裂的声音,田剥光的话还没有说完,一道剑光就从他的裤裆下面穿透了过去,将裤裆给撕开了。田剥光整个人吓得脸色苍白,满头冷汗,他忍不住赶忙去看看裤裆,还好只是擦着过去,这要是被对直打中,那他就废了。

"妈呀……稳住!稳住!"田剥光赶忙大声朝叶天辰吼道。

叶天辰忍不住想笑,但他现在不能分心,要全力控制三把上古神剑。现在已经有很多的神纹被斩碎了,却还是没有将光幕轰开一个大洞,这让叶天辰有些着急,也不知道外面的战斗怎么样了,再耽误下去,万一嵩山派其他高手赶到,那就更麻烦了,尤其是如果贝冷石亲自前来,那可真要出大事了,以叶天辰几人现在的修为,就是加在一起都不是贝冷石的对手。

叶天辰心里着急,不断思索着对策。三把上古神剑齐出,的确能够斩断那些神纹之间的联系,可这样速度太慢,那些神纹和神纹之间的联系就像蜘蛛网一样,一旦被斩断,又会快速连接在一起,这样下去只会没完没了,自己必须想一个更好的办法。

猛然间,叶天辰发现,神纹和神纹之间的连接被剑气斩断之后,恢复连接的时间大概在一秒钟左右，当下灵机一动，他知道该怎么做了。

"唰！"

一道金光携带着三把上古神剑直接冲向了铁笼，叶天辰全身金光笼罩，"金刚不坏神功"加持在身，毕竟有将岸这个前车之鉴，叶天辰不得不防。

"嘭！"

三把神剑齐出，叶天辰一招打出了万道剑气，同时朝着铁笼杀了过去。田剥光在铁笼中吓得脸色苍白，下意识地将自己的裤裆夹紧。这要是一不小心被误伤，那他这个"大淫贼"的未来可就彻底完蛋了！

"嗡"的一声，当叶天辰万道剑气将铁棍上的神纹同时斩断的时候，整个笼罩在铁笼上的光幕瞬间就消失不见了，可是，那一道道光束却像尖刀一般杀向了叶天辰。

好在叶天辰早有防备，将"金刚不坏神功"加持在身，否则，必然是千疮百孔的下场。

田剥光从铁笼中冲了出来，紧紧盯着叶天辰，用那种很是怪异又有点不敢相信的眼神看着叶天辰问道："你到底是谁？"

"我是谁？我当然是田大爷看中的美妞儿了，你不是要跟我亲热亲热吗？来吧！"叶天辰此刻还是一副女人的样子，用的却是自己的声音，他就是存心要恶心一下田剥光。

"你……我……你小子是故意的吧，想让我吐是不是？"田剥光狠狠看着叶天辰说道。

"田大爷，你说什么呢，人家好心好意来救你，你怎么不领情啊！"叶天辰又用回了女声，做出一副娇羞的样子说道。

"你小子还想戏弄我，我田剥光这辈子就只有一个结拜兄弟，不可能有第二个人来救我。不过，这真的是太让人惊讶了，你的体内现在全都是强大的武道真力，并且这易容术……连我都看不穿！"田剥光疑惑地看着叶天辰问道。

"嘭咚！"

枯井外传来了一声巨响，叶天辰皱了皱眉头，对田剥光说道："田大哥，现在不是玩笑的时候，我们先冲出去，嵩山派的高手只怕要赶来了！"

"哈哈，果然是你小子，我田剥光没有白交你这个好兄弟！"田剥光为人豪爽耿直，否则也不会在刚刚结拜的时候就将自己的神行术和快刀法传授给叶天辰。

"走！"

叶天辰将晕死过去的将岸搀扶起来，快速朝着枯井地牢的出口冲了出去。田剥光此时已经恢复了大半武道真力，他本身的修为就不低，这些年来已将神行术修炼到了小成的境界，就速度而言，只怕还要比叶天辰快上一些，当下也是身形一闪，朝着地牢出口处冲去。

在外面大战谢雨荷、倾城月和南渊梦的谷鞭，见枯井地牢中冲出两道不同的光，知道是有人救出了田剥光，当下将手中的黑色铁鞭一掷，化出一道黑光砸落了下去。

第十九章
【古武界八大门派】

面对谷鞭击打下来的黑色铁鞭，叶天辰挥出了一拳，田剥光斩出了一刀，两人一起出手，将谷鞭的黑色铁鞭击飞了出去。

谢雨荷、倾城月、南渊梦三人见叶天辰将田剥光带了出来，都是一愣，随后继续大战谷鞭，叶天辰一把将将岸扔给田剥光说道："田大哥你先走，我去拦住谷鞭。"

"好！"田剥光也不迟疑，贝冷石待会儿很可能会过来，再不走，一个也走不掉。

田剥光施展神行术，带着晕死过去的将岸逃走了，而叶天辰则冲到了谢雨荷、倾城月和南渊梦的面前，冷冷地看着快要气炸了的谷鞭，对着谢雨荷三人说道："你们先走，我随后就到！"

"你……我大师兄怎么样了？你怎么把田剥光放了啊？"谢雨荷忍不住问道。

"你到底想要做什么？"倾城月看了一眼叶天辰问道。

"放心，我们是一条线上的，我不会害你们的，快走！"

叶天辰扔下这句话之后，便化为一道金光，朝着谷鞭冲了过去。南渊梦自然是知道原由的，她快速朝着田剥光的方向追击而去，谢雨荷和倾城月两人相互看了一眼，也跟了上去。

"她们逃走了，你就得死！"谷鞭手持黑色的铁鞭，冷冷地看着叶天辰说道。

"轰！"

一条金色的大龙出现在叶天辰的手中，这是叶天辰将"金刚神拳"逐步演化的结果，也是他的拳劲所化。

"嘭咚！"

谷鞭的实力修为高深，叶天辰一时半刻杀不了他，在谷鞭一铁鞭过去，轰碎了那条金龙拳劲的时候，叶天辰的身影已经消失不见了。他没有必要跟谷鞭硬碰硬，真等到贝冷石来了，那就糟糕了。

"噗！"

一口鲜血喷了出来，谷鞭并没有受太重的伤，而是活生生被气得吐血了。自己身为嵩山派大长老级别的高手，活出了两百年的寿元，修为更是在武尊巅峰后期，竟然让五个年轻人从自己手上将田剥光给救走了。且不说如何向贝冷石交代，就是自己的脸面，他都不知道往哪儿放。明日的古武界大会要当众斩杀田剥光，他如何交得出来人？他嵩山派的颜面何存？他身为大长老的级别，怎么对得起嵩山派的历代强者？

"啊……"谷鞭仰天大吼，却是无能为力。

第二天，将岸醒了过来，他对昨天的情况一无所知。

"你们怎么都在这里？大会开始了吗？田剥光被你们杀掉了？"将岸赶忙问道。

"杀掉了，你终于醒过来了，走吧，该我们去参加古武界大会，继续实施计划了！"叶天辰看了一眼将岸说道。

"走吧，别耽误了！"将岸站起来的时候，谢雨荷赶忙去搀扶，只是眼中多了一丝异样。

"小师妹，你怎么了？"将岸心思非常细腻，发现了谢雨荷有些不对劲，便开口问道。

"没什么，大师兄，你没事就好了，我们走吧！"谢雨荷摇摇头笑着说道。

古武界的大会已经开始了，召开的地点就在嵩山派的修炼场上，那里能够容纳几十万人。嵩山派早早就在那里设下了擂台和阵法禁制，为的就是比武的时候不至于毁了修炼场。

叶天辰自然没有恢复自己本来的面貌，他现在可算是古武界的大名人，到处都有人在追杀他，还是伪装一下比较方便行事。

倾城月和南渊梦御气飞行在最前面，叶天辰紧跟其后，最后面是将岸和谢雨荷。现在已经快日照当空了，古武界的大会马上就要开始了，他们再不去的话，后面入内会很麻烦。

"小师妹,等下你要记住,千万不要上台比武,会没命的!"将岸用神念传音给谢雨荷说道。

"为什么?大师兄,我们都是古武界中的一员,都是为了阻止贝冷石的阴谋,我们飞刀门以你我为代表,理应出战。"谢雨荷有些疑惑地问道。

"你……我们不是说好了,假装拥护贝冷石做古武界的执掌者吗?所以,上台比武就交给其他人吧,我们不要参与了!"将岸愣了一下说道。

"那也不行,我们已经跟倾城月和南渊梦达成了一致,就算要实施这样的计划,也要打败其他对手,否则,我们就无法得到贝冷石的信任,也无法让其他武道者信服!"谢雨荷摇摇头说道。

"小师妹,你听我说,这次的比武不是儿戏,嵩山派想借这次机会铲除异己,上擂台的人,根本就不可能活着下来。"将岸着急地说道。

"就算是这样,我也要上擂台,不能弱了我们飞刀门的名声。"谢雨荷斩钉截铁地说道。

"小师妹……"将岸还想要劝说。

"大师兄,你怎么了?以前的你不是这个样子的,这次为什么这么害怕?"谢雨荷忍不住问道。

"我……小师妹,我也是担心你的安危,难道师兄会害你不成?答应我,不要上擂台比武,知道吗?"将岸看着谢雨荷说道。

说着,他们已经到达了嵩山派的修炼场。此刻,修炼场上密密麻麻全是人,那些散修只能在旁边站着,只有有门有派的人才有专属的位置,那里写着各自门派的名字。最前方自然是嵩山派的宝座,上面是空着的,只有嵩山派掌门人的儿子贝伟站在旁边,其余的嵩山派弟子则站在两边。

嵩山派、少林、武当派、华山派、古墓派、瑶池派、御剑门、五毒门,这八大门派是古武界的主要门派。瑶池派、飞刀门、古墓派这三个门派的位置是挨着的,这便于叶天辰等人商量对策,也算是天意。当倾城月、南渊梦和谢雨荷各自落座后,叶天辰发现将岸不见了,嘴角露出了一丝笑意。

"除了御剑门和华山的代表到了之外,少林、武当、五毒门这三个门派的代表都还没到,看样子,嵩山派这个古武界大会,召开得不是很顺利啊!"南渊梦小声说道。

叶天辰看了看御剑门的代表,竟然就是追杀自己的那两个长老级别的高手。

"少林的方正大师已经坐化了,并且少林是佛门之地,一直没有争强好胜之心,没有前来也是很正常的;至于五毒门,五毒门的毒天奇修为高深,只怕不弱于贝冷石,这次应该也有野心想要成为古武界的执掌者,他不会不来,但应该会来得晚点,估计是要玩足了排场;至于华山派和武当派,华山派的风起扬前辈多年前就已不见踪影,武当派的一剑道长也已年迈,没有争斗之心,不然,贝冷石也不敢现在召开这个古武大会,他是有十足的把握,也分析了形势。"倾城月开口说道。

"当!"

一声钟响,在场所有人都朝着正前方看去,只见在那里,贝冷石的儿子贝伟站了出来,大声说道:"感谢各位道友对我嵩山派的支持和厚爱,感谢大家来参加这一次的古武界大会。众所周知,古武界这数百年来一直都是纷争不断,发生了不少流血事件,我嵩山派真的很心痛。为了古武界的和平,少一些争斗的事件发生,我们嵩山派想到了一个办法,那就是成立古武界联盟,选举出一位执掌者!"

第二十章
【推举古武界掌舵者人选】

"成立古武界的联盟,选举出一位执掌者,那这位执掌者必定要是德高望重,能够让大家相信和服气的。"

"没错,这件事情是整个古武界的事情,任何人都有发言权。"

"总之,不能让哪一个门派说了算,它没有这样的资格,必须要大部分门派、大部分武道者都赞成才行。"

听到贝伟的话之后,一些武道者就闹了起来。谁都知道贝冷石想要执掌整个古武界,他们不想让贝冷石这么轻易得逞。

"我建议推举少林的方正大师。"

"对,方正大师德高望重,慈悲为怀,修为更是深不可测,有他执掌我们古武界,相信任何人都会服气。"

"方正大师是最佳人选,我赞成。"

"我赞成。"

"我们赞成。"

大部分武道者都表示赞成方正大师成为古武界的执掌者,叶天辰不由得心里一热,看来方正大师在大家的心中是值得信任的。

"嗯,少林的方正大师的确是一个很好的人选,但我想要告诉诸位的是,就在前不久,方正大师已经坐化了,对此,我非常惋惜和痛心。"贝伟装出一副很难过的样子说道。

"什么?方正大师坐化了?"

"这……这怎么可能……"

"完了,方正大师坐化,谁还制得住贝冷石……"

"这下古武界中嵩山派更是高枕无忧了。"

一些武道者不敢相信地议论了起来。他们都知道，少林的方正大师修为高深，单比战力，应该在贝冷石之上，而且少林传承久远至深，门派的实力底蕴也足以跟嵩山派相抗，这才是最重要的。

叶天辰作为知情者，看到众多武道者都在为方正大师默哀，感到很是欣慰。

"诸位冷静一点，方正大师的确是坐化了，少林这次也派人送信来说，他们不会参加这次的古武界大会，当然，他们也是赞成古武界建立统一联盟，由一个有能力有担当的人来担任执掌者的。"贝伟开口说道。

"既然少林的方正大师坐化了，那我推举武当的一剑道长。"

"对，武当的一剑道长跟方正大师是同辈，修为也是高深之极，很少行杀伐之事，心地善良，是个好人选。"

贝伟见到很多人都改为推举一剑道长，不由得皱了皱眉头，心里很是不爽。竟然没有一个人推举他父亲，这样下去，他们嵩山派的计划岂不是无法成功了？

想到这里，贝伟朝着旁边的嵩山派弟子使了一个眼色。那名接收到指令的嵩山派弟子悄悄离开，去办贝伟早就吩咐好的事情。

"贝大公子，这一次的古武界大会虽然是你们嵩山派组织召开的，却是整个古武界武道同胞的事情，我们都推举武当派的一剑道长成为古武界的执掌者，相信在座的各位没有什么异议吧？"散修老驼背站出来说道。

贝伟狠狠看了一眼老驼背，恨不得一掌将其拍死，心里阴毒地想到：老不死的家伙，等我父亲当上了这古武界的执掌者，看我不将你碎尸万段！敢跟我嵩山派作对，真是嫌命长了！

叶天辰看了一眼老驼背，倒是对这位老者非常敬重。在场这么多武道者散修，很多人都知道嵩山派贝冷石的阴谋，都在议论闹腾，却没有一个人敢站出来说话，他们都不敢得罪嵩山派。这种时候，只有敢站出来吆喝的才是大丈夫。

"武当派的一剑道长，我也非常尊敬，也赞成他成为古武界的执掌者。但是，一剑道长比方正大师还要年长几十岁，这么算起来的话，也应该快三百岁的寿元了。大家都知道，在这个早就不适合修行的地球上，能够活出三百年的寿元已经是很了不得的了,可是,执掌者需要为整个古武界的武道同胞们谋福利,必定劳心劳力,一剑道长虽然适合,却是年事已高,我们还是让他多活几年吧。"贝伟皮笑肉不笑地说道。

"哼,卑鄙无耻,说到底还是想要他老子当执掌者。"谢雨荷没好气地说道。

"这是嵩山派早就想好的阴谋,我们还得见机行事。"南渊梦皱着眉头说道。

"事情没这么简单,几个厉害的人物还没出场,现在只是一些散修在闹腾,等着看吧。"倾城月点点头说道。

"总之,我们不能看着贝冷石成为古武界的执掌者,要将这一次的武道大会搅黄。"叶天辰紧紧握了握拳头说道。

所有人都知道贝伟是在找借口,但他的话确实没法反驳,方正大师坐化了,一剑道长年事已高,而且到现在都没有出现,像他这样的人物,早就淡薄了名利之心,说不定就算是大家推举,他都不愿意,那剩下的还有谁呢?谁能够担此重任,阻止贝冷石的阴谋呢?

"方正大师,一剑道长,风起扬前辈……对,华山派的风起扬绝对能够担当此任。华山派的独孤九剑为传承久远的神术,一剑既出,天下臣服,甚至比武当的太极剑法还要传承深远一些……"老驼背皱起了眉头,最终想到了风起扬。

"没错,风起扬前辈的确是一个合适的人选,他几十年前就已经是武圣初期的高手了,独孤九剑更是高深莫测,有他担任古武界的执掌者,谁敢不服?"

"呸,风起扬疯疯癫癫,压根儿就是一个老疯子,他自己都曾经说过,早就不是华山派的人了,选这个老东西担任古武界的执掌者,这不是要害死我们大家吗?"

"是啊,风起扬前辈虽然修为高深,但人却疯疯癫癫的,也不按照常理做事,已经失踪了很多年,说不定早就坐化了……"

"古武界执掌者的位置一定要慎重选举和考虑,这个人是发号施令的人,一旦确定下来,大家都要听从他的号令,不然,这个古武界的大会召开得就没有意义了。"

"哼,笑话,古武界最德高望重的几位前辈都不能担此重任,那不如我老驼背来好了!"老驼背看着贝伟冷笑着说道。

　　"你……只怕老驼背你还不够资格……"贝伟没好气地说道。

　　"不够资格?那你认为怎么样才有资格?或者说,你嵩山派认为怎么样才有资格?"老驼背依旧冷冷地看着贝伟说道。

　　贝伟紧紧握了握拳头,要不是有这么多武道者在场,老驼背三番两次跟他作对,他早就派人将老驼背杀了,哪儿还等得到现在。

　　"放眼整个古武界,一直活跃在其中,这么多年也为古武界的和平做出了贡献的人,我认为非嵩山派的贝冷石掌门莫属,这次的大会也是嵩山派组织召开的,由贝冷石掌门来担任古武界执掌者,我看是最好不过的了!"

　　"没错,有贝冷石掌门担任,我等都服气。"

　　"嵩山派实力强大,贝冷石掌门人更是功参造化,有谁敢不服?"

　　这个时候,被贝伟安排在人群中装成散修的嵩山派弟子都闹腾了起来。

第二十一章
【毒万里与贝伟针锋相对】

"少林的方正大师，武当的一剑道长，华山的风起扬前辈，他们三个人之中，任何一个站出来当这个执掌者的话，我们都没有意见。可事实是，他们因为各种原因无法担当这个重任，而古武界越来越混乱，明争暗斗越来越多，我们等不了，我们需要一个平静的修炼环境。所以，今天这个古武界的执掌者必须选出来，我双手赞成嵩山派的掌门人贝冷石当选。"

"对啊，如果说三位德高望重的前辈无法担任，放眼整个古武界，有此资格的就只有贝冷石掌门了，谁能跟他争？"

"不错，我也赞成选举贝冷石掌门为古武界的执掌者。"

"赞成。"

那几名嵩山派的弟子在人群中大肆吼叫着，说要支持嵩山派的贝冷石成为古武界的执掌者。一时间，一些不明真相的武道者都有些摸不着头脑，他们不明白怎么会突然冒出这么多贝冷石的支持者来。

"贝冷石居然用这样的手段，真是太卑鄙了。"谢雨荷气愤地说道。

"武道世界，弱肉强食，只要能够达到目的，有什么做不出来的。"倾城月冷声说道。

"不行，再这样下去，贝冷石就真的要当上古武界的执掌者了，我们得想个办法。"

正当南渊梦要站出来反对的时候，忽然，老驼背朝着为首支持贝冷石的人冲了过去，一掌拍在了这人的背上，惊得在场众人赶忙后退。

"唰！唰！唰！"

几道剑气朝着老驼背斩了过去，老驼背冷冷一笑，背后的斗笠一伸展，直接将几道剑气给挡住了,猛地一震,将那几名说要支持贝冷石当古武界执掌者的人都给笼罩在了里面。

"哼,这几个人是我们散修之中的吗?为什么刚才没有看见?"老驼背冷哼了一声,笑着说道。

"老驼背,这里是嵩山的地盘,你居然敢在这里出手伤人,我嵩山派为了维持古武界的和平,只能得罪了!"

贝伟没有想到老驼背会突然发难,如果任由他嚣张下去,自己的计划岂不是要落空了?

"啪!"

一道巨大的掌力朝着老驼背拍了过去,威势相当惊人,在场众人都没有想到贝伟的修为居然这么强大。一直以来,贝伟都是几个门派的圣子圣女中,隐藏得最深的一位,很少有人知道他的战力,现在这一掌起码有着武尊中期的巅峰修为,甚至可能已经到达了武尊后期阶段,非常惊人。

老驼背的修为只在武王后期巅峰境界,他背上的斗笠倒算是一件宝器,有一些防御和杀伐之力,但面对贝伟这很明显是要置人于死地的一掌,还是有些招架不住,老驼背只能快速后退,同时用神念控制着斗笠,不让那几名假装散修的嵩山派弟子逃走。

"嘭!"

一道人影冲了过来,跟贝伟对了一掌,两人打了一个势均力敌,强大的武道真力四散,震惊得周围的人都是一愣一愣的。来者的修为也相当强大,绝对不会比贝伟弱,这个人的战力放在整个古武界那都是出类拔萃的。

"是五毒门的圣子毒万里。"

"什么?是他?"

"听说他一个人单枪匹马闯过日不落山,竟然还活着?"

"他不是一直在追杀一个叫叶天辰的武道者吗?他弟弟死在了叶天辰的手上,竟然还来了这里?"

几名散修武道者悄声议论了起来。

毒万里在这当口出手救下老驼背,当然不是因为好心,只是老驼背反对嵩山派的贝冷石,这和他的目的达成了一致。而且,在嵩山派的地界上救下老驼背,也能挫挫贝冷石的锐气,何乐而不为呢?

"毒万里，你这是什么意思？在我嵩山派的地盘上，你还要出手不成？未免太不把我嵩山派放在眼里，太不把这里的八大门派放在眼里了！"贝伟冷冷地看着毒万里质问道。

"好大一顶帽子，贝伟，你少给我来这套，我没有那么多废话，这次古武界大会召开的目的，就是要选出一位执掌者，既然到现在贝冷石都不敢出来，我看就让我们五毒门的门主毒天奇担任好了！"毒万里嘴角露出了一丝不屑的笑容说道。

贝伟皱了皱眉头，他倒不是怕毒万里，就战力而言，两人在伯仲之间，又都是各自门派的圣子，有着一些隐藏和底蕴，只是今天的目的是让贝冷石成为古武界执掌者，如果在这里大打出手，只会让嵩山派陷入困境，选举执掌者的事情也会被拖延下去，到时只怕会节外生枝。

"五毒门的门主毒天奇想要成为古武界的执掌者，只可惜没有推举之人，这个人选必须是大部分人都同意的，否则难以服众……"贝伟不屑地看着毒万里说道。

"这样说来，有人支持你老子？"毒万里冷声问道。

"我父亲这些年来，为了古武界的和平，为了所有武道者的安危，一直在做出努力，我嵩山派也一直以此为己任，这些都是有目共睹的，自然会有人支持我的父亲。"贝伟非常厚颜无耻地说道。

"是吗？那支持者在哪儿呢？怎么没看见呢？站出来我瞧瞧！"毒万里知道那几名支持贝冷石的人，被老驼背用斗笠宝器给困住了，所以故意大声吼着，想让贝伟出糗。

"你……老驼背，你在我嵩山派胡乱动手伤人，难道真不把在场所有的武道同胞放在眼里吗？"贝伟极力压制着自己想要杀人的冲动，质问着老驼背。

老驼背看了一眼贝伟，又看了一眼毒万里，知道这两个都不是什么好人，他只是想要为整个古武界的武道者出一份力，当下眼神很冷地说道："我只是不想大家被蒙骗了而已，这几个人根本就不是什么散修，而是嵩山派的弟子假扮的……"

"嘭！"

斗笠被老驼背收了回来，四名被笼罩在斗笠之下的嵩山派弟子一下子就现了形,他们的准备并不是很充分,只是在外面披了一件普通的衣服,现在被斗笠中的武道之力一震,外面的衣服都震散了,露出了嵩山派特有的装束,每件衣服上都有嵩山派的标志。

"这……这几个人真是嵩山派的弟子假扮的?"

"嵩山派实在是太无耻了!"

"这种卑鄙无耻之徒,怎么能当古武界的执掌者!"

第二十二章
【狠毒的贝冷石！】

"哼，原来这就是你所说的支持你嵩山派的人啊，能无耻到这种地步，我只能说一声佩服佩服！"毒万里看着贝伟，冷笑着说道。

"你……毒万里，你今天来了就别想活着离开我嵩山。"贝伟狠狠地说道。

"我既然敢来，难道还会怕你嵩山派吗？真当我们五毒门是吃素的，你尽管动手试试！"毒万里也狠辣地看着贝伟说道。

"嵩山派太不要脸了，这个古武界大会不开也罢。"

"除了方正大师、风起扬前辈还有一剑道长，任何人当这个古武界的执掌者，我都不服。"

"走吧，走吧，这就是一场闹剧。"

看见这些武道者都明白了，谢雨荷、倾城月、南渊梦、叶天辰四人相视一笑。这样一来的话，也就不用他们费工夫了，古武界大会就这样不欢而散是最好的结果。

贝伟一下子愣住了，如果放任这些武道者离开，那他嵩山派密谋了那么久的古武大会，岂不是功亏一篑了吗？可是，他一时间也不知道怎么办才好，只能眼睁睁看着这些武道者一个个下山，心里将老驼背恨到了骨子里。

"唰！"

忽然间，一只巨大的手掌探了出来，惊得叶天辰等人赶忙运转体内的武道真力。这只手掌的威势实在是太巨大了，整个嵩山的山顶都在颤抖，将所有往山下去的武道者都给困住了。这人的修为太强大了，以一人之力，几乎困住了在场所有人。

"噗！"

"噗！"

"噗！"

"噗！"

紧接着，那几名冒充散修的嵩山派弟子脑袋全部被斩飞，在空中爆碎，落得了一个神形俱灭的下场。在场的人都倒吸了一口凉气，这个人是谁？还没有出来，就已经释放了这样强大的威压，在场只怕没有一个人是他的对手。

"各位光临我嵩山派，参加这次的古武界大会，那是给我贝冷石面子，我在此非常感谢。但是，如果有人敢在我嵩山派闹事，敢冒充我嵩山派弟子作恶，我就不客气了！"一个很冷的声音传来，这股声音回荡在每一个武道者的脑海中，威压巨大，让人觉得灵魂都在颤抖。

"爹……"贝伟不由得转身欣喜地看着身后。

只见一个穿着一身金色道袍的中年男人缓缓走来，他眼神狠辣地看着在场所有人，像是要将每个人都看穿似的，这个人正是嵩山派的掌门贝冷石。当他的眼神扫到叶天辰的时候，不禁皱了皱眉头，有一丝疑惑。叶天辰心里一惊，倘若贝冷石真的看穿了"变骨术"，看出了自己的真面目，那他今天恐怕难以活着离开嵩山派了。

好在贝冷石异样的眼神只是一扫而过，并没有在叶天辰的身上多做停留，看来"变骨术"真的很强大，就算是贝冷石这样的高手，也无法一眼看穿。

"嗡！"

贝冷石用眼神扫视了一下在场所有人之后，轻轻用右手的食指一弹，笼罩住众人的强大威压便消失不见了，所有朝着嵩山派山脚下走去的人，也都不由自主地回来了。刚才贝冷石的这道威压之力实在是太强大了，所有人都是心惊肉跳，在场没有一个人是贝冷石的对手，这就是来自强者的震慑。

"贝大掌门人，你这是什么意思？"老驼背停顿了一下，还是很坚毅地看着贝冷石问道。

"没什么意思，只是想要维护古武界的和平罢了。刚才那几个人居然敢假冒我嵩山派的弟子，这是对我嵩山派的侮辱，也是对我贝冷石的不敬，我当然要杀掉。我贝冷石不是一个喜欢滥杀无辜的人，但如果有人敢故意跟我作对，那就别怪我不客气了。蝼蚁要有蝼蚁的自知之明，千万不要不知好歹！"贝冷石冷冷地看着老驼背说道。

老驼背愣了一下，然后就感觉到了一股强大的威压。以他的修为境界来说，贝冷石只要一根手指头恐怕就能将其灭杀，但身为一个武道者，若面对强权不敢反抗，那与苟且偷生又有什么区别呢？

"你……贝大掌门人，你说刚才那几个人是冒充嵩山派的弟子，那为什么开始冒充我们散修呢？"老驼背依旧不退让地问道。

"老东西，你别不知好歹，你想要死的话，我可以成全你。"贝伟狠狠地看着老驼背说道。

"伟儿，不得对老前辈无理。我们嵩山派一直都在为古武界的和平做出努力，这一次的古武界大会，更是好不容易才得以召开，不能因为我们个人的荣辱就取消。"贝冷石呵斥着贝伟说道。

"是，父亲！"贝伟狠狠看了一眼老驼背说道。

没想到贝冷石会这样狠毒，杀自己门下的弟子就跟杀鸡宰狗一般，一点也不手软。事情败露之后，他居然可以无耻地说那四个拥护他成为古武界执掌者的人，是假冒他嵩山派的弟子，无情地将其杀害，此举不仅达到了杀人灭口的目的，也震住了在场所有人。连自己门下的弟子都能说杀就杀，何况是他们呢？在场无人是贝冷石的对手，就算老驼背不怕死地继续抗衡，也阻挡不了贝冷石成为古武界执掌者的野心。

贝冷石冷笑着看了看在场众人，一切都在他的预料之中，只要他一出手，这些武道者没有一个人敢硬碰硬，接下来就是说一些道貌岸然的话，做一些事情了，最终，这些武道者都会成为他的牺牲品，为他去攻打日不落山。

"嵩山派、御剑门、瑶池派、古墓派、飞刀门、华山派均有代表在场，少林已经来信说过支持这一次的古武界门派联盟，五毒门也有毒万里圣子作为代表，如今就只剩下武当派没人前来了。当然，这并不影响我们大会的召开和古武界执掌者的选举。武当派的一剑道长既是我的好友，也是我的前辈，他曾经说过，希望古武界和平，能够有人带领武道者们创出更加广阔的天地来。所以，我宣布，古武界执掌人的位置选举，现在开始……"贝冷石亲自开口说道。

"众所周知，少林的方正大师坐化了，武当派的一剑道长年事已高，只剩下华山派的风起扬前辈，不知道鲜于通掌门，你意下如何？"有人开口问道。

鲜于通是华山派的掌门人,却很少行走在古武界,没人了解他,加上这些年华山派的弟子也很少在古武界行走,所以很少有人知道鲜于通是一个什么样的人。

见有人提到了华山派的风起扬前辈,鲜于通看了看在座的人,又看了看高座上面的贝冷石,非常恭敬地一笑,开口对所有人说道:"风起扬前辈在五十年前就已经离开了华山派,至今下落不明,我派人寻找了很久也没有寻到,只怕他老人家已经坐化。而这一次的古武界大会的目的是推举出一位执掌者,我心里也有一个人选,当然,这只代表我华山派的意思,这个人选,就是贝冷石掌门,他当之无愧!"

第二十三章
【慷慨赴死的老驼背】

鲜于通竟然会提出让贝冷石成为古武界的执掌者，这是所有人都没有想到的。

这些年来，八大门派各自雄霸一方，尽管没有太大的争斗，却也有些或大或小的摩擦，只是没有造成太大的血雨腥风罢了。八大门派之间，谁也不服谁，谁也管不了谁，正是因为这样，古武界才能一直相安无事。现在，华山派的掌门居然主动说要推举贝冷石为古武界的执掌者，这实在是太匪夷所思了。

"鲜掌门抬爱了，我只不过是为古武界做了一些力所能及的事情罢了！"贝冷石假装谦虚地笑着说道。

"贝掌门太谦虚了，这些年来嵩山派的壮大，为古武界做的事情，大家都有目共睹。可以说，这些年来都是嵩山派在维护着古武界的和平，所以由您来担任这个古武界的执掌者，那是再合适不过的了。我华山派在此声明，以贝掌门马首是瞻，支持贝冷石成为古武界的执掌者。"鲜于通大声说道。

"什么情况？鲜于通居然支持贝冷石当古武界的执掌者？

"我不会听错了吧？华山派支持贝冷石？"

"八大门派一直以来都是互不干涉、互不相帮的，鲜于通更是很少行走在古武界，这次为什么会支持贝冷石当古武界的执掌者？"

"华山派这是要给贝冷石当孙子了吗？"

众多武道者都难以置信地议论了起来。他们没有想到，八大门派中，居然会有门派支持另外一个门派，并且支持的人还是贝冷石。只有傻瓜才看不出贝冷石的心狠手辣，让这样的人当古武界的执掌者，所有武道者的性命都握在这样一个人身上，谁能不担心？鲜于通会不知道吗？这其中必定有猫儿腻。

"鲜于通竟然会支持贝冷石，这样一来就等于华山派和嵩山派联合在了一起！"南渊梦有些担忧地说道。

"这两个人都是臭味相投便称知己。"倾城月皱了皱眉头说道。

"你们不知道，贝冷石为了成为古武界的执掌者，很早就跟鲜于通勾结在一起了。鲜于通能成为华山派的掌门，其中少不了贝冷石的手笔，此外，贝冷石还送了不少黄金和美女给他。"谢雨荷沉声说道。

"我们不要轻举妄动，我觉得事情没那么简单，现在只是刚刚开始，看看下面贝冷石还会耍什么花样。"叶天辰愣了一下说道。

"在此感谢华山派掌门的抬爱，不知道大家还有什么其他的提名没有？"贝冷石故作姿态地问道。

"我鲜于通把话说在前面，我们华山派支持贝掌门成为古武界的执掌者，谁要是敢对贝掌门不利，就是跟华山派和嵩山派过不去。"鲜于通冷声说道。

这话一出，让很多人在心里都骂死了鲜于通，却是敢怒不敢言。光是一个嵩山派就已经惹不起了，现在又来一个华山派，这下还有谁敢轻易反对贝冷石？

"鲜于通这是铁了心要当贝冷石的狗啊！"

"哎，要是风起扬前辈在华山派就好了，这等无耻之徒，怎么有资格当华山派的掌门人。"

"现在怎么样？华山派跟嵩山派已经联合起来了，其他几大门派也不可能相互支持，真要看着贝冷石成为古武界的执掌者吗？"

此时，贝伟冷冷地看了一眼毒万里，不禁笑着说道："毒万里，有种你就站出来反对啊，看看会不会神形俱灭。"

毒万里狠狠皱了皱眉头，他没想到贝冷石这么快就出来了，还收买了华山派掌门。五毒门如今只有他一个人在这里，就算他有毒圣烈焰旗在手，他也不是贝冷石的敌手，只能暂时忍气吞声，希望父亲赶紧过来。

"还有人有不同的意见吗？"贝伟不屑地看了一眼毒万里，嚣张地朝在场所有人问道。

南渊梦、倾城月、谢雨荷相互看了一眼,现在是需要她们团结合作的时候,仅凭一个人、一个门派的力量,是不足以跟贝冷石抗衡的,必须联手。

哪知道,就在南渊梦三人准备一起站出来反对的时候,老驼背再一次走了出来,带着一种慷慨赴死的气概。他走到场地中间,转身看着所有的武道者说道:"武道同胞们,贝冷石为了当上这个古武界的执掌者,无所不用其极,难道你们都没有看见吗?这样的人当上了古武界的执掌者,我们还有活路吗?现在不是害怕的时候,我们要团结在一起,否则大家都只有死路一条!"

"老不死的东西,你三番五次在我嵩山派闹事,现在还恶言侮辱我父亲,拿命来!"

贝伟出手了,这一次贝伟双手合十,斩出了一道巨大的气劲,朝着老驼背力劈了下去,惊得在场的人都愣住了,毒万里此刻也不敢出手阻止,因为贝冷石就坐在那里,当着贝冷石的面出手,这不是找死吗?

这一次,所有人只能看着贝伟出手袭杀老驼背,连说都不敢说一句。

老驼背似乎也知道这次自己再站出来就会没命,就算他现在不站出来,就凭之前的行为,贝冷石父子也肯定不会放过他。

"我老驼背在古武界修行了一辈子,修为低微,却也知道做人的底线,要有起码的尊严。我既然敢站出来,就没有想过活着离开,只希望你们能够醒一醒,拿出点古武者的骨气!"老驼背大声冲着在场所有人说道。

"嘭!"

强大的气劲砸落下来,老驼背没有出手抵抗,他也知道以自己的修为抵抗不了,便干脆放弃,听天由命了。

千钧一发之际,老驼背面前竟出现了一个女人,这个女人正是叶天辰假扮的,他出手挡住了贝伟的杀招,将老驼背救了下来。

"多谢姑娘出手相救!"老驼背感谢道。

"老前辈值得人敬重,难道你们还没有醒悟过来吗?只有一起反抗嵩山派,才不会被贝冷石鱼肉。"叶天辰大声冲着所有的武道者说道。

"我贝冷石从来不随意出手杀人,但你们一直这么咄咄逼人,屡次对我进行名誉的诋毁,屡次侮辱我嵩山派,我只能出手杀了你们!"

"轰隆隆!"

贝冷石出手了，只是探出了一只巨大的手掌，就让整个天空都黑暗了下来。巨大的武道威压还没有落下来，就已经让叶天辰和老驼背体内的血气翻涌，在场所有人都赶忙运转体内的武道真力自保。谢雨荷、倾城月、南渊梦三人很想冲上去帮叶天辰，却发现叶天辰和老驼背站立的地方被一股强大的武道之力隔绝了，根本就冲不进去。

　　"砰！"

　　叶天辰知道自己不是贝冷石的对手，可坐以待毙绝对不是他的风格，当下轰出了一记金色的拳芒，朝着贝冷石探出的手掌迎击上去。

　　贝冷石皱了皱眉头，不禁冷冷地说道："好强大的力量，就凭你刚才这一招，足以问鼎古武界年轻一辈数一数二的强者之列，只可惜，你没有机会了……"

　　"好强大的力量，贝冷石太厉害了！"

　　"千不该万不该，不该这样去招惹贝冷石啊！"

　　"算了，我们还是让他当这古武界的执掌者吧，不然今天就没命了。"

　　贝冷石出手，直接封住了叶天辰和老驼背的周围，让两人无处可逃。老驼背已经脸色苍白地倒在了地上，一些修为稍低一点的武道者脸色也都不太好看，摇摇欲坠。武圣境界的高手出招，威压之力实在是太大了，叶天辰强行支撑，感觉自己的骨头都快要断裂了，他跟贝冷石之间的实力差距果然还是太大，这次恐怕真要神形俱灭在此地了……

第二十四章
【一剑道长来了！】

面对强大的威压，叶天辰仍旧站在原地一动不动，即便浑身骨头都在啪啪直响，他仍然在以肉身硬撼贝冷石的这股威压，坚持着没有倒下去，这着实让贝冷石惊讶不已。

"没想到你居然这般厉害，我还从来不知道古墓派竟有这样的弟子……"贝冷石眼中露出了一丝惊异说道。

叶天辰紧咬牙关，他体内的血气不断翻涌，有一种想要喷血的冲动。这是他第一次对抗武圣境界的高手，贝冷石还只是武圣初期的修为，真是不敢想象到达了帝者境界之后，会是何等强大。

"这本是一个弱肉强食的世界，但不管是世俗凡人也好，武道强者也罢，都该有自己的尊严……"

"轰！"

叶天辰一声大吼，体内冲击出一道道金色的光芒，大有将贝冷石力压而下的威势冲开的迹象，惊得在场众人目瞪口呆。就连贝冷石都用一种难以置信的表情看着叶天辰，忍不住开口说道："你……你不过武尊中期的修为，怎么可能抵抗得了我的一击，不可能，不可能……"

"嘭！"

一声巨响，叶天辰的脚下炸开了，嘴角流出了鲜血，双腿弯了下去，却还是眼神无比坚毅地看着贝冷石，不曾倒下。

"能够坚持到现在，我不得不说你很了不起，只是可惜了你这般的修炼天才……"

"轰隆隆！"

贝冷石的手掌镇压了下来，叶天辰此时已双眼冒金星，感觉丹田快要炸开了一般。能够以武尊中期的修为抵抗一位武圣境界强者的一击，到现在还没有倒下，这对任何武道者来说，都是值得骄傲的事情。

"我父亲让谁跪下，谁就要跪下，没人能够违背我父亲！"贝伟无比得意地看着叶天辰吼道。

"就算是死，我也会站着，我的命运掌控在自己手里！"叶天辰大声吼道，依旧眼神如电，不愿屈服。

"那我成全你，去死吧！"

贝冷石冷冷地看着叶天辰，这种人的存在对他来说是个巨大的隐患，趁现在还没成长起来就扼杀掉是最好的结果。

叶天辰知道他已经坚持到了极限，只能眼睁睁看着贝冷石那一掌拍下来。

"可惜了这样一个修炼奇才，要被贝冷石扼杀掉了！"

"以她现在的修为和天赋，将来绝对不比倾城月差。"

"贝冷石不惜一切杀掉这两个公然反对他的人，以后怕是再也没人敢反抗他了，古武界的执掌者位置，非他贝冷石莫属。"

"可惜，可惜……"

"嗖！"

在所有人都以为叶天辰必死无疑的时候，一道剑光急射而来，直接挡住了贝冷石拍落下来的手掌，将其给震了回去，让叶天辰躲过了这致命的一击，整个练武场中的威压随即也瞬间消失了。在场的所有人惊讶地到处张望，到底是谁这般强大，不但挡住了贝冷石的杀招，还抵住了他散发出来的强大威压。

贝冷石冷冷地看着前方，整个人一下子站了起来，大有一种冲出去杀人的架势，最终却只是皱了皱眉头，嘴角露出了一丝异样的笑容，说道："原来是一剑道长来了，真是嵩山派的荣幸。"

"一剑道长？"

"什么？一剑道长来了？"

"真是太好了，一剑道长来了，这下古武界的武道者们有救了。"

叶天辰这下也缓过神来了，朝着练武场的入口处看去，只见一名穿着灰色的道袍，头发长到腰间，胡子也垂到胸前，须发皆白，手里拿着一柄拂尘的老者，一步一步慢慢朝着众人走来，走得非常慢，却没有给人一种老迈的感觉，相反，有一种将自身和大自然融为一体之感。叶天辰知道，这位一剑道长乃是高手中的高手，是一位领略到了道韵的前辈。

"一剑道长，这是我嵩山派的地方，你一来就动手，未免也太不把我嵩山派放在眼里了吧？"贝伟看了一眼自己的父亲，很是没大没小地对着一剑道长说道。

一剑道长看了一眼贝伟，他本是一个不喜欢争斗的人，这一次来却是为了整个古武界的武道者。贝冷石和贝伟父子俩狼子野心，少林的方正大师已经坐化，倘若他再不出面，那整个古武界就真的要大乱了。

"贝大公子，我听说你已经成为了嵩山派的圣子，的确是相貌堂堂，天赋异禀，但如果你不尊老的话，只怕活不到继承嵩山派掌门人的那一天。"一剑道长冷冷地看着贝伟说道。

一剑道长说话间，看了一眼贝伟，只这一眼，便让贝伟有一种灵魂被看穿的感觉，吓得立刻冒出了冷汗。他万万没有想到，自己武尊后期的修为居然会被一剑道长看一眼就差一点吐血，这老道长太厉害了。

"啪！"

一记响亮的耳光，贝伟整个人被打飞了出去，嘴里流出了鲜血。打他这一耳光的不是别人，正是贝冷石。只见贝冷石做出一副生气的样子看着贝伟说道："没大没小，在一剑道长的面前，我都要叫他一声前辈，你居然敢这样跟道长说话，滚下去！"

"是！"贝伟赶忙站起来，快速退到一边儿，不敢再说话。

"一剑道长，小儿不懂事，还望道长原谅！"贝冷石赔笑着说道。

"贝大掌门，为了古武界的和平，召开这个古武界大会，本来老头子我该早到的，奈何年事已高，行动缓慢了一些，所以来得迟了，还希望贝大掌门不要见怪才好啊！"一剑道长笑着说道。

"道长这是哪里的话，折煞我了，折煞我了！"贝冷石皮笑肉不笑地说道。

一剑道长走到老驼背和叶天辰的身边，用手轻轻一挥，晕死过去的老驼背便清醒了过来。随后，一剑道长看了一眼叶天辰，微笑着说道："修为如此高深，真乃古武界的奇才，并且能够明辨是非，知正知邪，难得，难得啊！"

"前辈过奖了！"叶天辰尊敬地说道。

之后，一剑道长看着正前方的贝冷石，微微一笑说道："贝大掌门，这两位道友虽然言词之中对嵩山派有所不屑，却还不至于要落得神形俱灭的地步，并且我也相信，刚才贝大掌门对他们的教训已经让其铭记在心了，就算卖我牛鼻子老道一个薄面，既往不咎如何？"

"呵呵，既然一剑道长亲自开口了，我当然不会计较，不过这次话我要说在前面，如果谁还敢出言不逊，我是不会客气的！"贝冷石不可一世地大声说道。

第二十五章
【年轻一辈的争夺战】

一剑道长看了一眼老驼背和叶天辰，示意他们退下去，在场的所有人中，能够跟贝冷石相抗衡的，也就只有一剑道长了。

老驼背退到了散修的队伍中，叶天辰也回到了南渊梦的身边。

"天辰，你没事吧？"南渊梦赶忙小心用神念传音问道。

"我没事，现在一剑道长来了，希望他能够阻止贝冷石的阴谋。"叶天辰看着坐在武当派位置上的一剑道长，同样用神念传音对南渊梦说道。

"放心吧，一剑道长是跟方正大师、风起扬前辈一个时代的强者，也是德高望重的老前辈，有他出面，贝冷石就算再嚣张，也不可能成功的。"南渊梦坚定地说道。

此时，贝冷石朝旁边的嵩山派弟子使了一个眼色，那名弟子便快速离开了，不知道去干什么了。另外一名嵩山派弟子则站出来说道："武当派一剑道长的到来，让我们嵩山派蓬荜生辉，也更加说明这一次古武界大会召开的必要性，感谢一剑道长对我嵩山派的支持，现在我宣布，古武界执掌者的位置，正式开选……"

"等等！"毒万里站起来说道。

"不知道你还有什么意见？"嵩山派的弟子看着毒万里问道。

"我们五毒门的掌门还没到，这个古武界的大会不能召开。"毒万里看了看在场所有人说道。

"哼，笑话，你五毒门的掌门不到场，就让我们这里所有的武道同胞等着吗？未免也太不把所有武道同胞们放在眼里了！"那名嵩山派弟子言语间不停地给毒万里拉仇恨。

"你……"

"好了,时辰已到,古武界大会现在开始,一剑道长这样的前辈都到了,你五毒门的掌门面子真大,到现在都还没有到,我们用得着等他吗?"

毒万里气得浑身都在颤抖,却无法反驳,只能暂时忍气吞声,等着父亲毒天奇赶过来。

"各位武道同胞,这一次我们嵩山派,为了古武界的和平,为了所有武道同胞的利益,召开这个大会,就是为了选举出一位古武界的执掌者,统一管理整个古武界,不至于一盘散沙。刚才有众多武道同胞推举我们嵩山派的贝掌门为执掌者,不知道有人有异议没有?"嵩山派的那名弟子大声说道。

"我反对!"

"我反对。"

"我反对"

……

没想到,嵩山派的弟子话音刚落,台下众人便大声反对了起来,这让这名嵩山派的弟子很是尴尬,更让贝冷石感到蒙羞,但碍于一剑道长在场,不敢轻易出手。

"那既然有人有不同的意见,那就请推举出另外一位人选。"嵩山派弟子只能咬牙问道。

"一剑道长。"

"一剑道长。"

"我赞成。"

"不是一剑道长当古武界的执掌者,我肯定不服。"

一剑道长的到来,让众人心里有了底,他们不再害怕,大胆说出了自己的想法。有一剑道长在此,贝冷石就算再嚣张,也会有所顾忌,起码不敢当众出手杀人。

"一剑道长,既然大家都选举你为古武界的执掌者,那就请一剑道长主持吧?"贝冷石看着一剑道长微笑着问道。

"呵呵,贝大掌门,我并没有当古武界执掌者的意思,我都快三百岁了,寿元也不剩几年了,担不了这个重任。不过,我发现在场有很多出类拔萃的年轻人,都是修炼的奇才,还是将机会让给年轻人吧,我想贝大掌门也是这样想的吧？"一剑道长看着贝冷石，笑着问道。

"正是正是，我们都是古武界的前辈，也都是一把年纪了，当然不会跟这些后生晚辈去争，那样也太没有长辈的风度了。"贝冷石想了一下，笑着说道。

"这就对了，地球早就不适合修行了，古武界的封印也是一年比一年弱，真垮掉了，才是所有武道者的悲哀。我们需要后继武道者的强大，就算是让年轻人成为了执掌者，我们还是可以在背后帮助他们的。"一剑道长继续说道。

"好，那就从年轻一辈中选出一位佼佼者，来担任古武界的执掌者。武道者本就是逆天而行，没有过人的修为和实力，是无法服众的，所以还需要来一场比武，才能选出来啊！"贝冷石看着一剑道长说道。

"嗯，是需要一场比试，每一个年轻人都有机会，点到为止，由你我来做评判，怎么样？"一剑道长点头说道。

"好！"

看似简简单单的几句话，里面却藏着很多机锋。一剑道长和贝冷石都是话里有话，相互牵制着，最终将这一次古武界执掌者定为由年轻一辈比武产生，这也算是直接将贝冷石排除在外了。而贝冷石能爽快地答应下来，应该也是早有准备，对自己嵩山派的弟子很有信心。

说开始就开始，在贝冷石和一剑道长达成一致之后，嵩山派的人快速布置了阵法，双方就在阵法中比试，能够坚持到最后的胜利者，将是古武界的执掌者。

"当！"

一声钟响，这次关于古武界执掌者位置的争夺，正式开始。

嵩山派的一名弟子率先出场，这名弟子戴着一张特殊材质的面具，就算是双眼汇聚武道真力，也无法看清这个人的容貌，不知道嵩山派搞什么鬼。

"谁愿意上场跟其一战？"嵩山派的主持人冷笑着问道。

在场的武道者中，有门派的弟子来得不多，像飞刀门，只有谢雨荷跟将岸两个人来了，至于五毒门，目前只有毒万里在场，瑶池派也只有倾城月一个人来了，古墓派是南渊梦和叶天辰两人，其余的大部分都是散修武道者。

"唰！唰！唰！"

三把飞刀急射而出，那名站在比武场中间的嵩山派弟子直接斩出了三道巨大的刀气，划破了虚空，惊得在场所有人都是一愣。就凭这名嵩山派弟子的实力，放眼整个古武界，也算是年轻一辈中的佼佼者了，恐怕没几个人是其对手。

　　"好强大的武道真力。"

　　"好厉害的刀气，要是被斩中，就算不死，人也废了。"

　　"在场的年轻一辈中，恐怕没有几个是其对手，嵩山派这些年实力大增，真是深不可测啊！"

　　一些武道者忍不住议论了起来，没有人敢轻易上场，这名蒙面的嵩山派弟子所展现出来的实力，实在是让人惊讶。

　　"没人敢上场了吗？那还是让我老驼背来打前阵吧？"老驼背站了起来，大笑着说道。

　　"老驼背，你也算是年轻一辈吗？"嵩山派的主持人没好气地说道。

　　"怎么不算？老驼背我今年才九十岁而已，还没到一百岁，按照我们武道者的划分，一百岁之前，那都是世俗之人的年龄范围，算是年轻一辈吧？"老驼背笑着说道。

　　"你……"

　　"让他上场，我看这个老东西是真的活腻了，我要所有人看着他被嵩山派的弟子杀掉，震慑震慑这群不知天高地厚的武道者！"贝伟小声而狠毒的对主持比武的嵩山派弟子说道。

第二十六章
【戴面具的嵩山派弟子】

“一剑道长，既然有散修道友们在此，他们也是古武界中的一员，我们就再加一条规定，年轻一辈的比试，凡是没有到达一百岁寿元的武道者，都可以参加，最后的胜者将是古武界的执掌者，如何？”贝冷石微笑着对一剑道长说道。

“好！”一剑道长点头表示同意。

一剑道长的到来，让贝冷石无法直接参与古武界执掌者的争夺，这让贝冷石憋了一肚子的火，却不敢表现出来，毕竟一剑道长的战力不比他弱。再说，一剑道长已经三百多岁了，随时都有可能坐化，如果他贝冷石在这个时候跟一剑道长拼杀，只会让自己在舆论上落了下乘，不值得。

不过，贝冷石相信他嵩山派高手的实力，到时，他嵩山派弟子成为古武界的执掌者，和他成为执掌者也没什么区别，这样，他还可以更好地在背后操纵一切。

“老驼背不是戴面具那人的对手。”谢雨荷小声说道。

“这是一位值得敬重的老人。”倾城月点点头说道。

“为了阻止贝冷石的阴谋，为了唤醒古武界的武道者们，这位老人是抱着必死的决心上场的。”南渊梦也动容地说道。

“我不会让他死的，好人就应该有好报。”叶天辰认真地说道。

“老东西，你这种找死的态度，让我感觉到很厌恶。”戴面具的嵩山派弟子冷冷地说道。

“老了，不中用了，就想做点有意义的事情。”老驼背微笑着说道。

“有意义的事情？难道是自寻死路吗？”

"死或者不死，又有多大区别呢？地球早就不适合修行，我们这些人出不去，就进入不了这方武道大世界，就算出去了又能怎么样呢？没有长生成仙，就没有意义……"老驼背叹息道。

"唰！"

一道刀气斩向了老驼背，非常凌厉和快速。老驼背目光如电，手中出现了一把砍柴刀，快速劈出了一刀。

"嘭！"

武道真力四散，两道刀气碰撞在一起，戴面具的嵩山派弟子站在原地不动，老驼背则退后了几步。他的修为只在武王后期，而这名嵩山派弟子有着武尊中期的修为，实力相差太远，这也是很多人不看好老驼背的原因。

"嗖！"

嵩山派弟子的速度很快，朝着老驼背冲了过去，通过刚才的一刀，他已经摸清楚了老驼背的实力，根本就不足为惧，现在，他想通过近身战将老驼背杀掉。

这时，谢雨荷一下子站了起来，让旁边的倾城月、南渊梦还有叶天辰都感觉有些奇怪。

"怎么了？"南渊梦关心地问道。

"不对劲啊！"谢雨荷忍不住说道。

"怎么不对劲？"倾城月开口问道。

"那名戴面具的嵩山派弟子，所使用的招式跟我们飞刀门很像，所发出来的刀气也跟我们飞刀门的《斩天刀诀》有几分相似，太奇怪了！"谢雨荷皱起眉头小声说道。

"看来贝冷石为了让其他门派都同意他成为古武界的执掌者，背地里还做了一些不可告人的事情。"倾城月皱了皱眉头说道。

从谢雨荷的发现，她们做出了两种猜测：第一，贝冷石已经暗中盗取了其他几个门派的绝学神术，交给自己的弟子修炼；第二，飞刀门中有高手叛变，投靠了嵩山派，暗中为嵩山派效力。

"如果老驼背落败，我会上场，你们不要跟我争。"谢雨荷严肃地说道。

倾城月和南渊梦相互看了一眼，都点了点头。她们知道谢雨荷的意思，如果飞刀门中真的有人背叛师门，投靠了嵩山派，她谢雨荷要亲自清理门户。

叶天辰看了一眼谢雨荷,又看了看戴着面具的嵩山派弟子,然后低声对谢雨荷说道:"不要太难过了,有些事情是注定的。"

"嘭嘭嘭……"

几声炸响,老驼背满身鲜血被打飞了出去,他的战力跟戴面具的这名嵩山派弟子相差实在是太大,能够坚持一个小时已经很不简单了,要不是有那宝器斗笠护身,老驼背恐怕早就没命了。

"唰!"

在老驼背倒在地上的时候,一道巨大的刀气斩落了下来,直接撕开了空气,看得在场的人都惊讶无比。这份战力,绝对在武尊中期,年轻一辈中这样的高手并不多,大家不禁在想,这个戴着面具的嵩山派弟子到底是谁?整个嵩山派中,年轻一辈的贝伟算是一个高手,当然,他是贝冷石的亲儿子,有最好的修炼药物和高人的指点,在年轻一辈中突出也是正常的,但是,这戴面具的人是谁?

"唰!"

又是一刀刀气急射而去,跟那嵩山派弟子斩出的刀气碰撞在了一起,两股武道真力冲击四散。

"老前辈,还是让我替你一战吧,不会给你们散修武道者丢脸的。"谢雨荷站在老驼背的身边,微笑着说道。

"多谢姑娘相救,我老了,不中用了,只能尽力而为。"老驼背叹了一口气说道。

看见谢雨荷出手,那名戴着面具的嵩山派弟子愣了一下,然后说道:"飞刀门是古武界的八大门派之一,这么着急就出战,是不是欠考虑?"

"那你是什么意思?"谢雨荷冷声问道。

"还是下去吧,再多看看出战也不迟。"嵩山派弟子开口说道。

"哼,我飞刀门出手,岂有收回来的道理,出招吧。"谢雨荷冷哼了一声说道。

"我知道你从小被飞刀门的掌门抚养长大,感情很是深厚,不过,还是不要无谓地送死吧。"嵩山派弟子继续说道。

"废话太多!"

"唰!"

谢雨荷出手了，一把飞刀直射而去，中途化为一道巨大无匹的刀气，这股刀气并不是直挺挺地朝着嵩山派弟子劈下去，而是刀气席卷，将其包围了起来，出现了无数的刀尖，集中性地朝着他杀去。

　　"好厉害的刀气。"

　　"好强大的刀诀，这招好像是飞刀门中的绝学，名为'电闪利刃'。"

　　"这招绝学曾经在古武界强大一时，只要被这招包围，四面八方都会受到攻击，根本就无法闪躲。"

　　这名嵩山派弟子看到谢雨荷施展出这一招的时候，先是一惊，随后倒退了两步，手中出现了两把小刀，不断地挥动。不多时，一个刀气形成的网就出现在了他的周围，将其严严实实地保护了起来。

　　"你……你居然知道破解这一招的方法，你是飞刀门的弟子，为什么要投靠嵩山派？"谢雨荷狠狠地看着戴面具的男人说道。

　　"每个人都有每个人的无奈，你下去吧，你不是我的对手。"戴面具的男人摇摇头，看着谢雨荷说道。

　　"你到底是谁？我要为飞刀门清理门户！"谢雨荷紧紧握了握粉拳说道。

　　"我说了，你不是我的对手，走吧。"戴面具的男人挥手说道。

第二十七章
【竟然是将岸】

"这个戴面具的嵩山派弟子,怎么会飞刀门的神术?"

"到底是贝冷石背地里对其他门派做了什么手脚,还是说飞刀门中有高手投靠了嵩山派?"

"这到底是怎么回事啊?"

站在比武阵法之外的武道者们,都忍不住小声议论了起来。

戴着面具的嵩山派弟子竟然使出了飞刀门的神术绝学,还将谢雨荷的一记杀招轻易破解了。

"轰!"

谢雨荷爆发了,全身的武道真力都涌动了出来,不再有任何保留。她已经可以断定,这个戴面具的男人就是她们飞刀门的弟子,居然背叛师门,投靠了嵩山派,还为了贝冷石跟在场所有的武道者作对,这是她飞刀门的耻辱。

"你不是我的对手,何必来送死?"戴着面具的嵩山派弟子看着谢雨荷问道。

"你不必留手,也不必顾忌,你既然敢代表嵩山派出战,那就再也不是我们飞刀门的弟子,我要为飞刀门清理门户。"谢雨荷冷冷地看着戴面具的男人说道。

"你会死的……"戴面具的男人摇摇头说道。

"就算是死,我也不会让人毁了飞刀门的声誉,不会让人诋毁我们飞刀门。"谢雨荷娇喝了一声,眼神非常坚毅。她是真的生气了,快速朝着戴面具的嵩山派弟子冲了过去。

"她怎么突然跟疯了一样？那戴面具的男人修为起码在武尊中期，谢雨荷不是他的对手。"叶天辰有些不明白地小声问道。

"我也不太清楚，听说谢雨荷是一个孤儿，从小被师父抚养长大，飞刀门的掌门人是女性，所以就跟谢雨荷的母亲一样，对掌门，对整个飞刀门，谢雨荷都有着很深的感情，她把飞刀门看得比什么都重要。"南渊梦开口说道。

"飞刀门就像谢雨荷的家一样，里面的师兄弟就跟她的亲人一般，当一个人的家出事的时候，任何人都愿意用性命去守护！"倾城月淡然地说道。

"嘭！"

大战爆发了，谢雨荷就跟发疯了一般，不断朝着戴面具的男人攻击，每一招都直指要害，足见她的心里有多愤怒。她一定要将这个叛徒杀掉，不能让这个人继续丢飞刀门的颜面。

"唰唰唰……"

漫天的刀气瞬间充斥了整个阵法，惊得在场的人都皱起了眉头。谢雨荷和这名戴着面具的男人就算不是年轻一辈中的至强者，也绝对算得上是数一数二的人物了，这种战力相当的可怕。

"你不要逼我！"戴面具的男人看着周围狂暴席卷而来的刀气，紧紧握了握拳头说道。

"今天不是你死就是我亡，你这个飞刀门的叛徒……"谢雨荷大吼了一声，双手合十向下，斩出了一道巨大的刀气。

那名戴着面具的男人看了一眼谢雨荷，最终一样是双手合十，跟谢雨荷使用的神术一样，斩出了一道巨大的刀气。

"咚！"

一声巨响之后，戴着面具的男人嘴角流出了一丝鲜血，而谢雨荷则被打飞了出去。她的修为境界在武尊初期，相比这个武尊中期修为的男人来说，还相差了一个小境界，加上心里愤怒到了极点，也顾不得什么战术了，只是一味地硬碰硬想要杀掉这个男人。

"你这个叛徒……"谢雨荷强行支撑着自己的身体站了起来，冷冷地看着戴面具的男人说道。

"不要再打了，再这样下去，你会没命的。"戴面具的男人摇摇头说道。

"就算是没命，我也不会当叛徒，不会丢了师门的脸面。"谢雨荷愤怒地大声吼道。

"很多事情,不是你想的那样,你走吧……"戴面具的男人似乎不想杀谢雨荷,否则刚才那一招他不会有所保留。

"不杀你,我没有脸面回师门……"

谢雨荷倔强地咬紧嘴唇,冷冷地看着戴面具的男人,浑身都在颤抖。她已经受了重伤,知道自己不是这个叛徒的对手,但她不会离开,今天就算是死,也要拉上这个叛徒垫背,否则她怎么对得起师门二十多年来的养育之恩。

戴面具的男人见到谢雨荷不要命地朝着自己冲了过来,似乎有些犹豫,不断往后退,看得出来,他很不想杀谢雨荷,下不了手。

"你杀了她,你就是飞刀门的掌门人;你不杀她,神形俱灭的就是你自己,前面所做的一切都白费了。"一道神念传音回响在戴面具男人的脑海中,他整个人一惊,转头看了看坐在不远处的贝冷石,紧紧握了握拳头。

"不,我不能杀她,我不能……"戴面具的男人突然转身,大声冲着贝冷石喊道。

贝冷石皱了皱眉头,他没有想到这人居然敢不听自己的命令,当下右手弹出了一道强大的指劲,贯穿了比武的阵法,朝着戴面具的男人和谢雨荷杀了过去。

谁也没有想到,贝冷石会突然出手,再一次出手杀自己人。在场之中只有一剑道长有能力跟贝冷石抗衡,而他也没有想到,贝冷石会如此卑鄙无耻,直接干预年轻一辈的比武,当下也快速挥出了一道武道真力。

谢雨荷和戴面具的男人都没有想到贝冷石会突然出手,这道指劲很是快速,力道非常强大,直接就洞穿了比武的阵法,杀向两人。

"小师妹,小心……"戴面具的男人见到那道指劲率先打向了谢雨荷,忽然朝着谢雨荷扑了上去。

"噗!"

一串血花飞溅了起来,任谁也没有想到,在生死关头,这名戴着面具的男人会不顾一切地保护谢雨荷。那道强大的指劲先是洞穿了男人的胸口,随后被一剑道长打出的掌风给击散了。

"你……"谢雨荷看着倒在旁边的男人,不禁愣住了。

"小师妹，对不起，我也不想这样，但是，有些事情，做了就不能回头了……"戴面具的男人痛苦地说道。

谢雨荷惊住了，她听出了这个男人的声音，慢慢用手将男人脸上的面具拿掉，整个人呆住了，脸上充满了难以置信的表情，美目之中有泪水滴落下来。

"为什么？为什么？你为什么要这样做？"谢雨荷伤心地质问道。

"小师妹，我死有余辜，但我不是恶人，我只是一时经不起诱惑，才被贝冷石利用……"将岸难过地说道。

众人没有想到，这个戴面具的男人竟然是飞刀门的大弟子，谢雨荷的大师兄将岸。

"大师兄，你……"谢雨荷此时的思绪很乱，不知道说什么才好。

"小师妹，你听我说，告诉师父，我们飞刀门出了几个叛徒，不光是我被贝冷石利用了，还有两名长老也被贝冷石所用，贝冷石想要瓦解我们飞刀门，用他的人来掌控飞刀门，引起内乱。"将岸紧紧抓住谢雨荷的手说道。

"大师兄……"谢雨荷痛心地看着将岸，将岸不光胸口受了重伤，体内的神念也被贝冷石的武道真力打散了，没人救得了他。

"小师妹，都是我咎由自取，被人利用，但我……我……我想保护你，想你好好活着，对不起……"将岸说完话之后，闭上了眼睛，神形俱灭。

第二十八章
【毒万里大战贝伟】

谁也没有想到,嵩山派派出来的高手居然是飞刀门的大弟子将岸,他背叛了自己的师门,为贝冷石效力,到最后却落得个神形俱灭的下场,被贝冷石所杀。

"可惜了这样一个年轻强者。"

"武道者的世界诱惑远远要大于世俗界,把持不住的话,只会落入万丈深渊,无法回头。"

"贝冷石为了成为古武界的执掌者,统治古武界所有的武道者,无所不用其极,狼子野心,可见一斑啦!"

"华山派的鲜于通显然也被贝冷石收买了,飞刀门也是如此,不知道其他几个门派能否跟嵩山派抗衡。"

一些武道者忍不住担忧地议论了起来。贝冷石实在是太狠毒了,起先就是利用将岸,为他击败其他武道者,现在见事情败露,就立刻出手杀了将岸。这份狠辣,可不是一般人能做到的,若真让他成为古武界的执掌者,那真的是一场大灾难。

"哼,居然有人再次冒充我们嵩山派的弟子,是可忍孰不可忍!"贝冷石冷哼着大声说道。

"你……贝冷石,这笔账我会记住的,总有一天,我会让你神形俱灭。"谢雨荷紧咬贝齿说道。

"小小丫头片子,几次出言不逊,那就别怪我教训你了!"贝伟站了出来,冲进了比武的阵法中,想要杀掉谢雨荷。

任何人都看得出来,贝冷石这是想让他儿子杀人灭口,将岸死的时候将飞刀门还有叛徒的事情告诉了谢雨荷，这对贝冷石来说也是一个威胁，现在趁着谢雨荷受了重伤，没有一战之力，将其杀掉是最好的。

贝冷石刚才的出手已经遭受到了一剑道长的阻止，只是让一剑道长没有想到的是，贝冷石会出手杀自己这边的人，所以稍微慢了一点，只救下了谢雨荷。现在贝冷石自然不敢再次出手，一是会丢了他自己嵩山派掌门人的颜面，二是一剑道长万一真的动怒，对他会很不利。现在让自己的儿子上场，比武的规则依旧存在，那就不怕有人说三道四了。

"想要杀人灭口？"谢雨荷冷冷地看着贝伟问道。

"你想太多了，我只是想要争夺古武界执掌者的位置而已，你杀掉了这个冒充我嵩山派弟子的废物，就是胜出了，我现在是来挑战你的。"贝伟冷笑着问道。

"轰！"

贝伟急于杀人灭口，朝着谢雨荷一掌拍了下去。此时的谢雨荷正处于悲痛中，加上刚才已经受了重伤，怎么可能是修为还在她之上的贝伟的对手，只能闭上眼睛，等待死亡。

"唰！"

拂尘在谢雨荷的眼前一闪，谢雨荷便出了比武的阵法，贝伟一掌拍空，这让贝冷石狠狠皱了皱眉头，语言有些阴冷地说道："一剑道长这是什么意思？难道想要干涉年轻一辈争夺古武界执掌者的位置吗？"

"哦，飞刀门的掌门跟贫道有过一面之缘，而这名飞刀门的女弟子已经失去了一战之力，相信对贝大掌门来说也构不成什么威胁。飞刀门已经有人出场过了，也没有机会争夺执掌者的位置，就此放过如何？"一剑道长微笑着说道。

贝冷石皱了皱眉头，与一剑道长对视了一眼，两个人都忍不住浑身一震，贝冷石的座椅朝着身后移出了一步之远，眼中露出了一丝惊讶，随后镇定地笑着说道："一剑道长是古武界的长辈，这一次能够来我嵩山派参加大会，是我的荣幸，既然你开口了，我怎么也要给你这个面子！"

"多谢贝大掌门，贝大掌门心胸宽广，真是令人佩服啊！"一剑道长随口说道。

谢雨荷向一剑道长道谢之后，回到了飞刀门的位置处坐下，整个人还没有从刚才的事情中回过神来，让倾城月和南渊梦不免有些担忧。

"我去吧，贝伟上场了，只要击杀了贝伟，贝冷石就没办法再这样淡定了。"南渊梦小声说道。

"不行，你的战力不如贝伟，还是让我去吧。"叶天辰赶忙说道。

"你们都不要争了，已经有人按耐不住了，真正的两只狼要拼斗起来了，我们还是先看好戏吧！"倾城月开口说道。

南渊梦和叶天辰都是一愣，看向了比武阵法中，只见毒万里已经进入了里面，冷冷地看着贝伟。这两个人都是各自门派的圣子，尽得门派绝学神术的真传，也是古武界年轻一辈之中数一数二的高手。他们之间的大战，不光是古武界执掌者位置的争夺，更是五毒门和嵩山派之间的对决。

"你居然进来找死，放心，我会成全你的！"贝伟冷笑着看着毒万里说道。

"你想成为古武界的执掌者，还得问问我答不答应。"毒万里亦不屑地说道。

"是吗？你老爹没有来，五毒门只来了你一个人，你不要忘记了，这是我嵩山派的地盘。"贝伟狠狠地看着毒万里说道。

"多说无益，受死吧！"

"嘭！"

"砰！"

一拳一掌，电光火石之间，毒万里和贝伟已经对了两击，两人都后退了几步，打了一个势均力敌。

"好强大的战力，要想胜过这两人不太容易。"南渊梦神念传音给叶天辰说道。

"让他们去争斗，现在已经是五毒门和嵩山派之争了，贝伟和毒万里的战力相当，五毒门和嵩山派的实力差不多，这两个门派打起来，才会对我们有好处，最好是鱼死网破，分不出胜负，那么，这个古武界的大会也就白开了！"叶天辰想了一下说道。

"放心吧，五毒门和嵩山派的争斗才刚刚开始，毒天奇和贝冷石必有一战，那才是惊天动地。"倾城月嘴角露出了一丝冷笑说道。

"轰隆隆"的声音响起，毒万里展开了自己的毒圣烈焰旗，要将贝伟震杀，想要来一个速战速决，震住嵩山派这群人。

"哗啦啦"的声音同时响起，贝伟将自己腰间的扇子祭炼了出来，这把扇子由宝玉打造而成，经过了嵩山派门内大长老的祭炼，也是一件神力非凡的宝器，不比毒圣烈焰旗弱。

"黑炎毒火！"一股黑色的火焰朝着贝伟燃烧镇压而去。

"冰寒封天！"一股极寒之力朝着黑色火焰迎击了上去。

"嘭咚！"

比武阵法中，一时间到处都是黑色火焰和冰寒之气。毒万里皱了皱眉头，看了一眼自己手中的毒圣烈焰旗，紧紧地握了握。自己还没将毒圣烈焰旗的威力完全发挥出来，最多只发挥出它十分之一的威力，否则，要震杀贝伟，那根本就是轻而易举的事情。

贝伟手中的玉扇虽然很厉害，却还没有毒圣烈焰旗那般强大，要不是毒万里没有完全掌控毒圣烈焰旗，刚才那一招，他贝伟就已经神形俱灭了。

贝冷石紧紧盯着比武阵法，他不是在担心自己的儿子，而是在担心如果贝伟输了，他该如何将毒万里杀掉。如果在这里失败了，那将会导致他后面的计划也无法实施。

"哈！"毒万里一声大吼，张嘴吐出了一只巨大的蜈蚣，蜈蚣迅速变大，朝着贝伟席卷了过去。

贝伟皱了皱眉头，快速后退了几步，右手中的武道真力运转，左手快速捏印法诀，唰的一道扇风过去，将那只巨大的蜈蚣给冻住了。

"唰！"

毒万里此时也冲到了贝伟的面前，一掌拍向贝伟的脑门……

第二十九章
【毒天奇对阵贝冷石】

面对毒万里的快速袭杀,贝伟虽然有些惊讶,却并不惊慌,他快速后退,伸出手指点出了一道强大的指劲,划破了天空,将远处的一座山峰都给切开了。

"好强大的神术,仿佛能将天都给切开了似的。"

"是嵩山派的神术,名为'截天指'。"

"截天指,通过将武道真力聚集在手指尖,施展出让人惊叹的杀伐之力,修炼到大成的话,凭借一根手指就能将天给割开。"

在场的一些武道者,见到贝伟施展出"截天指"这样的神术绝学,都忍不住惊讶地议论了起来。五毒门传承久远,毒万里更有毒圣烈焰旗在手,而贝伟也不弱,掌握了嵩山派"截天指"这般绝学神术,加上也有宝器玉扇在手,跟毒万里的战力是半斤八两,两人想要快速战胜对方,几乎不可能。

贝伟打出的"截天指"将毒万里放出的黑色蜈蚣给击毁了,面对毒万里打过来的一掌,他也打出了一拳,迎击了上去。

"嘭!"

一声闷响,整个比武阵法都是一震,要不是有这特殊的阵法锁住武道真力的余波,只怕这修炼场已经不能看了。

"毒万里,你就算有毒圣烈焰旗在手,又能如何?胜得了我吗?"贝伟冷笑着问道。

"哈哈哈哈,说你是蠢货,你还真是蠢货,难道忘了我五毒门是以什么为主了吗?"毒万里像看死人一般地看着贝伟说道。

贝伟一愣,当下感觉自己的右手生疼,当他看向右手的时候,顿时吓得大惊失色，只见他的右手臂从血红变成了乌黑再到瞬间血肉消失，露出了森森白骨。

"啊……我的手，我的右手……"

"扑哧！"

在大叫的同时，贝伟左手凝聚武道真力，将自己的右手臂砍了下来，否则，他不光会失去右手臂，连命都会送掉。

"你……毒万里，你竟敢偷袭施毒，拿命来！"贝伟气得大声吼叫了起来，朝着毒万里扑了过去。

"嘭！"

这一次，贝伟被打飞了出去，他的右手臂完全废掉了，只剩下左手，尽管对武道强者来说，肉身的损害不算什么，但多多少少还是有一些影响的。

"噗！"

贝伟一口鲜血喷了出来，他被毒万里一掌打中了胸口，重重地撞在了比武的阵法上。毒万里嘴角露出了得意的笑容，将毒圣烈焰旗收在背后，冷冷地朝着贝伟走去，同时得意地说道："你的战力的确不弱，只可惜脑子太笨了，贝冷石有你这么笨的儿子，我都替他感到悲哀，去死吧……"

毒万里一掌朝着贝伟的脑袋拍了过去，要将贝伟杀个神形俱灭。

"唰！"

一道指劲射出，毒万里的手掌还没有拍落下去，就感觉到迎面而来一股强大的杀气，直取他的头颅。贝冷石出手了，他怎么可能眼睁睁看着自己的儿子被杀掉，就算贝冷石狠毒无比，不会在乎自己儿子的生死，他也会顾忌自己的脸面。

毒万里知道自己不是贝冷石的对手，只能快速后退，放弃了击杀贝伟的机会，右手快速结印一招，将毒圣烈焰旗握在手中，迅速展开，挡住了那一道强大的指劲。

"砰！"

饶是有毒圣烈焰旗的庇护，毒万里还是被打飞了出去，重重地摔在了地上，身受重伤。截天指乃是嵩山派的杀伐绝学，施展者又是贝冷石，那威力自然不是之前贝伟施展的时候可比的。

"贝冷石，你……"毒万里狠狠看着坐在位置上的贝冷石说道。

"本来我是不想出手的,但是,年轻一辈争夺古武界执掌者的位置,需要的是一位正义之辈,而不是阴险之徒。你暗中下毒,就算是胜了,也不能把古武界执掌者的位置交到你的手上!"贝冷石道貌岸然地大声说道。

一剑道长看了看贝冷石,这次,他没有出手阻止,五毒门不是良善之辈,嵩山派也是狼子野心,这两个门派争夺起来,他自然是乐得看好戏。

"老东西,你太不要脸了,当在场所有的武道者都是傻瓜吗?"毒万里冷冷地看着贝冷石质问道。

"放肆,怎么说我都是你的前辈,你居然敢这样出言不逊,那就怪不得我出手教训你了!"

贝冷石又一次出手,一样施展出了截天指,在弹出一指之后,嘴角露出了一丝冷笑,他只要击杀掉毒万里,那这古武界执掌者的位置,不是他担任也是他儿子担任。少林没有人前来参加大会;武当的一剑道长已经明确表态,不会争夺执掌者的位置,就算一剑道长不愿意看着他贝冷石当执掌者,也只能按理说话,不会胡乱出手;华山派的鲜于通早就被自己买通了,肯定会站在嵩山派这边;至于飞刀门,将岸死了,谢雨荷受了重伤,没有了争夺的战力;瑶池派的倾城月虽然是百年难得一见的修炼奇才,可毕竟是女儿身,担当古武界的执掌者无法服众;至于古墓派的南渊梦,她是门派中唯一的传承者,不可能以性命相拼,除非她不顾古墓派的传承断绝;剩下的就只有一个五毒门了,五毒门虽然传承久远,可它以用毒为主,所施展的绝学神术也都跟用毒有关,修炼起来十分艰难,所以五毒门的毒天奇尽管也有武圣境界的修为,可是五毒门的整体实力却不如嵩山派。贝冷石相信,只要解决了五毒门,古武界执掌者的位置就是他的囊中之物。

又是一记截天指,这次毒万里再也没有那个力量催动武道真力使用毒圣烈焰旗了,只能眼睁睁看着强大的指劲朝着他的眉心洞穿而来。

"我就先杀了你,看看你老子能够如何!"贝冷石用神念传音冷冷地对毒万里说道。

"贝冷石,你太狠毒了!"毒万里大声吼道。

"嘭!"

猛然间,毒万里的面前出现了一个男人,穿着一件黑色大袍,眼神冷冷地看着贝冷石,他右手抓住了贝冷石打出的指劲,轻轻一震将其震碎了。

"贝冷石，你要杀我儿子，可问过我吗？"中年男人对着贝冷石大声呵斥道。

贝冷石皱了皱眉头，也站了起来，紧紧盯着这个中年男人，眼中多了一股杀气，却是一闪即逝。他也没有想到，几年不见，这个家伙的战力竟然也到了武圣境界，看样子，他想要成为古武界的执掌者不会太容易。

"哈哈哈哈，原来是天奇兄到了，我也只是开个玩笑而已。"贝冷石哈哈大笑着说道。

"开个玩笑？那也让我跟你儿子开个玩笑吧……"

毒天奇说话间已经出手了，探出了自己的右手，朝着贝伟抓了过去，贝冷石立刻出手，跟毒天奇对上了。

第三十章
【一剑道长的气概】

"嘭！"

毒天奇和贝冷石两人对了一击，顿时天地变色，整个嵩山派都在颤抖，在场众人真怕这两个人大战起来，那可就天下大乱了。

"怎么？我只是跟你的儿子开个玩笑而已，你就这么急于出头了？"毒天奇冷冷地看着贝冷石问道。

"这是我嵩山派的地盘，你敢在这里出手，我岂能袖手旁观？"贝冷石看着毒天奇说道。

"哼，你想要成为古武界的执掌者，我同意了吗？"毒天奇冷哼了一声，看着贝冷石说道。

"你还真看得起自己，我早就想跟你一战了，今天就分个胜负吧！"贝冷石说话间，加紧催动体内的武道真力。

"轰！"

贝冷石率先出手，他伸出了右手，动作非常缓慢，却蕴含了巨大的武道真力，朝着毒天奇按了过去。

"啪！"

毒天奇皱了皱眉头，却也没有惊慌，眉心之处快速凝聚出了一道黑色的毒气，那道毒气中凝聚了强悍的武道真力，朝着贝冷石的右手掌迎了上去。

"嘭咚！"

巨响震天，比武的阵法瞬间化为乌有，一股强大的武道真力四散，波及到了周围的武道者，很多人都提起一口武道真力护住自身，但修为稍微弱一些的武道者，不是被打飞，就是倒地不起。两位武圣境界的强者大战，威势简直是不敢想象的狂暴。

"太强大了,这样下去,我们都会死在这里的。"倾城月皱起眉头说道。

"走吧,这个古武界的大会也召开不下去了,就让毒天奇和贝冷石狗咬狗,最好能打个两败俱伤!"叶天辰笑着说道

"但是,这些武道者怎么办,他们有的修为太弱,跑不掉,一旦毒天奇与贝冷石大战爆发,很多人都会受到波及,神形俱灭!"南渊梦有些担心地说道。

"救人!"倾城月与叶天辰几乎同时说道。

在嵩山派修炼场的武道者起码有数百名,除了八大门派的弟子,还有很多散修。他们之中,有的人修为强悍,能够挡住这四散的武道之力余波,有的人则修为低微,直接就晕死了过去,而毒天奇和贝冷石的大战,显然还没有真正开始。

"唰!"

就在毒天奇与贝冷石将要开始大战的时候,一道身影出现在了他们中间。只见一剑道长手持拂尘,微笑着看着毒天奇和贝冷石说道:"两位道友,何必不计后果地一战呢?这对你们两个人来说,对你们两个门派来说,都是有害而无益的,只会让我这个老头子捡一个大便宜!"

"你……一剑道长,关于古武界执掌者位置之争,现在只剩下我嵩山派和五毒门了,胜者就可以成为古武界的执掌者,你不必多说。"贝冷石狠狠地看着一剑道长说道。

"今天我毒天奇来这里,就是要成为古武界的执掌者,倘若空手而回,岂不是让人笑话!我劝你还是滚开些,不要以为你是老前辈,我就会怕你!"毒天奇很是嚣张地看着一剑道长说道。

在场的武道者都是一惊,没想到一剑道长出面都无法阻止毒天奇和贝冷石。

"不行,尽管一剑道长是古武界的老前辈,修为高深,但想要一个人震住毒天奇和贝冷石,还是太难了。"南渊梦忍不住担心地说道。

"这两个人要是大战起来,整个古武界都会毁掉,要想制止他们的话,至少需要两个一剑道长。"倾城月摇摇头说道。

"两个一剑道长?古武界中修为最高深的要数方正大师、一剑道长还有

风起扬前辈,方正大师已经坐化,风起扬前辈疯疯癫癫不知生死,现在只剩一剑道长一人……"谢雨荷也忍不住担忧了起来。

叶天辰皱了皱眉头,这个时候,他也无能为力。想要阻止毒天奇和贝冷石大战,起码需要跟他们旗鼓相当的战力,而且,这两个人都是狠角色,一旦打到爆狂,很可能会胡乱杀人,古武界大乱是肯定的,更有可能波及世俗界。

"呵呵,两位自然不怕我,我也可以不管两位的大战,但你们想过没有,当你们两败俱伤的时候,我就可以出手将你们都杀掉,那个时候,你们谁也当不了这古武界的执掌者,岂不是可惜吗?"一剑道长微笑着说道。

毒天奇和贝冷石一愣,相互看了一眼,又看了看一剑道长,几乎同时朝着一剑道长出手。他们准备先将一剑道长杀了,为自己除掉一个心腹大患。

"唰!"

"轰隆隆!"

一剑道长见毒天奇与贝冷石同时对他出手,不禁没有胆怯,反而露出了一丝笑意。这让叶天辰感到疑惑,以毒天奇和贝冷石的修为,一剑道长想要一个人将其挡住是不可能的, 他为什么要说那番话激怒这两人一起对自己出手呢?

"你们三个人听着, 毒天奇和贝冷石这两人都不能成为古武界的执掌者,他们太狠毒了,我现在拦住他们,你们快点带其他武道者离开,我不希望有无辜的伤亡!"

突然间,倾城月、叶天辰、南渊梦三人的脑海中都响起了一剑道长的声音,三人一惊,朝着半空中的一剑道长看去,瞬间明白了。一剑道长这是在用自己的性命做赌注,要拦住毒天奇与贝冷石,不让在场的其他武道者受到性命威胁。那番话也是一剑道长故意说出来的,为的就是引毒天奇和贝冷石同时对他出手,这样才能给叶天辰等人争取逃走的机会。

"前辈……"叶天辰忍不住神念传音道。

"不必多说,也不必担心我,倘若我能跟这两个魔头同归于尽,也算是在坐化之前为天下的武道者做了一件好事,快走!"一剑道长再次传音,打断了叶天辰的话。

"嘭咚!"

一剑道长出手了,手中的拂尘快速伸长,朝着毒天奇和贝冷石捆绑而去,同时,他整个人飘飞而起,手中不断结印,高空中居然出现了一片不大不小的陆地。

"那是什么?"

"是上古战场,被隐藏了起来!"

"一剑道长这是想在上古战场上大战两大魔头,以免波及到古武界和世俗界吗?"

"看来一剑道长早就想好了,要力战两大魔头,将其斩杀,免除古武界的后患!"

"这是一位值得敬重的老前辈……"

很多人瞬间明白了一剑道长用意,敬佩之心油然而生。

"快走,你们还愣着干什么?都想死在这里,让一剑道长的心血白费吗?"倾城月看到一剑道长、毒天奇和贝冷石全都冲进了上古战场之后,大声冲着在场的武道者吼道。

一时间,武道者们都回过神来,没有毒天奇和贝冷石两大武圣境界高手威势的压迫,他们都恢复了行动能力,快速朝着嵩山脚下飞掠而去。古武界最顶尖的几大高手大战,留在这里不等于找死吗?

"哪里走!"毒万里一下子从地上爬了起来,手持毒圣烈焰旗,冲过去要拦住这些武道者逃命。

"凡是不赞成我父亲执掌古武界的人,都要死,今天谁也别想活着离开。"贝伟此刻也大声吼道,挡在了出口。

第三十一章
【一夫当关,一剑道长】

"噗!"

"噗!"

"噗!"

几名冲在最前面的武道者都被毒万里和贝伟两人动手杀了,他们都有着武尊中期的高深修为,加上手持武道宝器,一般的武道者很难是他们的对手,直接就落得一个神形俱灭的下场,看得其余人都是一愣,不敢再往前冲。

"唰!"

毒万里的毒圣烈焰旗展开,拦住了下山的路。

"哗!"

贝伟也出手了,玉扇扇出了一股强大的武道之风,瞬间席卷在修炼场的周围,挡住了所有人的去路。

如今,毒万里和贝伟两个人的目的都非常明确,那就是将在场的所有武道者拦下来,不让他们离开,要么等毒天奇和贝冷石杀掉一剑道长之后再分出一个胜负,要么就将这里所有人统统杀掉。

"万里,拦住这些人,谁敢离开,就给我杀掉!"毒天奇一边出手攻杀一剑道长一边说道。

"伟儿,等我杀掉这个老家伙之后,就来杀这些不服我的人。"贝冷石也冷笑着说道。

这个时候,倾城月和南渊梦相互看了一眼,都点了点头。在场众人中,有实力挡住毒万里和贝伟的,也就只有她们两个了,一剑道长为了在场所有人,不惜以身犯险,被两位武圣境界的强者攻杀,命悬一线,她们当然要尽全力出手。

"毒万里让我来对付,你对付贝伟!"倾城月看着南渊梦说道。

"只需要缠住他们,让其余武道者能够逃离嵩山派即可。"南渊梦点点头说道。

很快,倾城月对上了毒万里,南渊梦对上了贝伟,四人大战了起来。都是武尊中期的修为,实力相当,就算有人弱一点,另一方想要快速杀掉他们也是不可能的,所以立刻就成了一场持久战。

"走吧,她们两个拦住了毒万里和贝伟,我们带着其他武道者一起杀出去,逃离嵩山派的包围。"谢雨荷看了一眼叶天辰说道。

"不,你跟其他武道者一起杀出去足矣,我留下来还有更重要的事情要办!"叶天辰说话间,看着高空的上古战场。

"你……你难道想要冲上去吗?"谢雨荷有些不敢相信地问道。

"一剑道长一个人很难对抗毒天奇和贝冷石,我虽然力量低微,但还是想出一份力。"叶天辰淡然地说道。

"你疯了,肯定会没命的!"谢雨荷不知道眼前的人就是叶天辰,只把她当成古墓派新收的弟子,自然不信任她的能力。

"就算是疯了,我也要疯一次,你先走吧!"叶天辰说完话,整个人目光如电,消失在了原地。

毒万里与贝伟两人暂时被倾城月和南渊梦给拦住了,其他武道者趁机快速朝着嵩山派脚下而去。

高空之上,一剑道长祭出的上古战场就那样漂浮着,毒天奇和贝冷石两人冲进战场时,一剑道长已坐在战场的中间,手持拂尘,非常的严肃和庄严。他盘膝坐在那里,闭上双眼,似乎在打坐。

"一剑老儿,你三番两次跟我作对,今天我就要取你的性命!"贝冷石狠狠看着一剑道长说道。

"一剑道长,很不好意思,我知道你不赞成贝冷石成为古武界的执掌者,也不会赞成我毒天奇担当,我就只能出手杀你了。等杀掉你之后,我再杀贝冷石,这样就没有后顾之忧了!"毒天奇冷笑着说道。

"两位道友,有你们活在世上,古武界迟早大乱,还会波及到世俗界无辜的凡人。我一剑道人活到现在,唯一能做的就是跟你们一起神形俱灭!"一剑道长无比镇定地说道。

贝冷石出手了，双手都发出了一记截天指，两道强大的指劲杀向一剑道长，整个上古战场都在颤抖，若不是有强大的禁锢阵法，只怕这个上古战场已经被毁掉了。

"唰！"

一剑道长右手中的拂尘轻轻一抖，一股柔和的力量便笼罩全身，同时双眼中射出了两道神芒，挡住了截天指的指劲。

"老家伙，没想到你都快死了，还这样厉害！"贝冷石紧紧握了握拳头说道。

毒天奇见贝冷石出手失败，他也快速出手。现在一剑道长是他跟贝冷石共同的敌人，正如一剑道长所说，尽管他和贝冷石不死不休，可当他们两败俱伤的时候，一剑道长就会出手杀了他们，所以必须先将一剑道长解决掉。

"一剑道长，让我领教领教你的太极神剑如何？"毒天奇右手中也出现了一把黑色的大剑，正面和背面都刻画着两条黑色的巨蟒，血红的蛇眼，就像活着一般。

"太极神剑博大精深，我不会轻易施展的。"一剑道长微笑着说道。

"你……老不死的东西，我会让你使出太极神剑的！"

被一剑道长激怒的毒天奇全力斩出了两道剑芒，撕裂了虚空，犹如两道银牙，朝着一剑道长杀了过去。旁边的贝冷石看得一惊，毒天奇的修为突破到武圣境界也是这近十年的事情，没想到战力这样强大，若自己真跟毒天奇大战，胜负还真是一个未知数，难怪毒天奇敢这样肆无忌惮地跟自己争夺古武界执掌者的位置。

"哗啦啦！"

一剑道长还是盘膝坐在原地不动，手中的拂尘快速伸展开来，犹如一面巨大的白墙，挡住了毒天奇斩出的两道剑芒。拂尘只轻微抖动了一下，便将两道剑芒给震散了，而拂尘上只有两道剑印，并没有什么其他损伤。

毒天奇皱了皱眉头，自己这把黑色大剑也是武圣宝器，威力不是一般的强大，尽管无法跟祖传下来的毒圣烈焰旗相比，却也不会太弱，没想到自己全力斩出的两剑，竟然都无法将一剑道长伤到。

"地球早就不适合修行了，上古的传送阵也已经被破坏，就算成为了古武界的执掌者又能如何？还是无法进入这方武道大世界，有什么意义呢？"一剑道长摇头说道。

　　贝冷石与毒天奇相互看了一眼，同时朝一剑道长出手，两个人这一次是联合，并且都用了全力，想要将一剑道长杀掉。

　　尽管都是武圣境界的修为，可一剑道长修行了多年，屹立在这个境界已经很多年了，根基要比毒天奇和贝冷石稳固一些，加上心平气和的修行，不骄不躁的修炼，让一剑道长的修为战力更加精进。若单打独斗，毒天奇与贝冷石中的任何一个人都不可能是一剑道长的对手，刚才两个人试探性的攻击已经证明了这一点，所以这一次才会一起朝着一剑道长出手。

　　一道巨大的掌影，遮天蔽日地拍落了下来，直接从天而降，杀向了一剑道长的脑袋！

　　一道黑色的剑光，划破天空，也杀向了一剑道长的头颅。

　　一剑道长睁开眼睛，眼中多了一丝坚毅和倔强的神色，整个人全身的气势大变，武道真力汹涌而出，手中的拂尘也自主地飘飞到了头顶之上。他双掌缓缓推出，有一种跟天地融合之感，给人一种琢磨不透的感觉，不知道他使用的是何种神术绝学……

第三十二章
【张若彤的首次占卜】

"嘭！"

两道神芒从一剑道长的双眼中射出，划破了天空，黯淡了星辰，就像是两把神剑力劈而下，惊得毒天奇与贝冷石都皱起了眉头。他们跟一剑道长同为武圣境界的强者，却没有想到一剑道长凭借一个人的战力，便能挡住他们两人，这实在是太强大了。

"好强大的神术，眼中射出的神芒居然能够化为两道强大的剑气劈落下来。"贝冷石忍不住惊讶地说道

"太极剑诀是上古地球遗留下来的为数不多的神剑法诀，这个老家伙活了快三百岁，就算没有将太极剑诀修炼到大成，多多少少也有了一些精髓的领悟，我们两人再不一起出全力的话，就真的要被这老家伙干掉了！"毒天奇看了一眼贝冷石说道。

贝冷石皱了皱眉头，没有立刻回应。其实他和毒天奇心里都明白，想要成为古武界的执掌者，他们之间必有一场不死不休的战争，只是现在他们共同的强敌是一剑道长，才暂时联合在一起。一旦一剑道长被杀，他们两人必定会有一场大战，这就涉及到保留战力的问题。还有一个顾虑是，在攻杀一剑道长的中途，另一个人很有可能倒戈相向，对其出手，若不做好防范，那就悲剧了。

"哗啦啦！"

一剑道长双眼中射出的两道神剑光芒，挡住了毒天奇和贝冷石的攻击，就在他们愣神的一瞬间，手中的拂尘已经快速变大，手中的印式不断变化，刹那间充斥了整个上古战场，将毒天奇和贝冷石包围在了里面。

"两位道友，魔海无涯，回头是岸！"一剑道长双手合十说道。

"哼，一剑老儿，今天就是你的死期！"贝冷石手中出现了一根金鞭，上面满是繁杂的符文，流转着强大的武道真力，隐约间居然有一股道韵散发出来。

"终于将惊神鞭祭炼出来了，跟我的黑王剑配合的话，他是必死无疑。"毒天奇看了一眼贝冷石手中的金鞭说道。

在这之前，贝冷石一直没有将自己武圣宝器祭炼出来，就是想要保留战力，以防毒天奇突然对自己施以毒手。但现在一剑道长出手，展现出了强大的战力，拂尘笼罩了整个上古战场，随时都有神形俱灭的危险，他不敢不出全力。

"拂尘杀阵，起！"一剑道长一声低喝，一道神力注入到拂尘中，整个包围住毒天奇和贝冷石的拂尘大阵就被激活了。

毒天奇和贝冷石本就是心狠手辣之辈，为了达到自己的目的，不惜一切手段，可以说，是两个心性已经走火入魔之人。一剑道长很清楚，对这两个人，绝对不能手下留情。

此时，远在幽深峡谷之中的天数奇门内，天霜儿盘膝坐在"神算子"曾经的宝座上，张若彤就在她的旁边，包括两名天数奇门的孩童弟子，也都盘膝坐在天霜儿的身后，她们都是在修行，在感受天地之间的奥秘。

"也不知道天辰和南渊梦姐姐两个人怎么样了？"张若彤有些担心地问道。

"若彤，既然你已经成为了天数奇门的弟子，也学得了一些占卜之法，为什么不试试呢？"天霜儿看了一眼张若彤说道。

"这……我知道了，掌门！"张若彤愣了一下，随即点点头说道。

天霜儿点了点头，然后闭上了眼睛，在其身后的两名孩童弟子也都平心静气地打坐。神算子坐化之后，整个天数奇门就只剩下他们四人，要想将门派的传承接续下去，不是那么容易的。

张若彤在得到天霜儿的许可之后，从原地飘飞而起，落在了以整个八卦图案为主的修炼场上，缓缓地运转体内的武道真力，将双掌慢慢伸展向上，左手是一股黑色的月牙形真力，右手是一股白色的月牙形真力，仿佛代表着天地阴阳。

这个时候，张若彤整个人的气势大变，有着一股神秘不可测的力量，看得天霜儿都是一惊,不禁喃喃自语道:"难怪到最后,祖师还是将她收为了弟子,她在占卜一脉上,真的有着得天独厚的天赋……"

"啪!"

张若彤双手合十,两股黑白不同的神秘力量融合在了一起,她站在原地一动不动,双眼紧盯着前方,眼中很是惊讶,就像是看见了什么让人震惊的东西。

"轰隆!"

天空之上炸响,一道闪电从天而降,这是占卜一脉的所有弟子在占卜之后都会遭受到的惩罚。占卜本身就是夺天机之事,泄露天机,自当受到上天的惩戒!

"唰!"

雷劫天罚降落而下,在击向张若彤头顶的时候,天霜儿伸手祭出了一张符咒,符咒之上有一个小人盘坐在上面,双手在胸前,捏着一种很古怪的印咒,当符咒被武道真力催动之后,符咒上的小人竟然复活了一般,朝着降落下来的雷电冲了上去。

"嘭咚!"

巨响之声消失后,那道从天而降的雷罚也不见了,天霜儿这才松了一口气。说实话,她没想到张若彤第一次占卜,就引来了天罚雷劫,这对一个占卜师来说是非常不利的,这样的占卜师,不管是什么时候占卜,都会面对上天的惩罚,一旦自身的实力不够强大,又没有强者护道,很有可能直接被天罚雷劫劈得神形俱灭。

当然,这也让天霜儿震惊,这样的占卜师是百万年不出一个的。她曾经听"神算子"祖师提起过,世上存在一种人,这种人从出生就拥有一种对外界事物超强感知的能力,不管是对自己,还是对周围的人,所有东西他都了如指掌,甚至只需要看别人一眼,他就能知道这个人以后会遭遇什么,能活多久。这种人是天生的占卜师,能够预知一切,可这种人往往都很短寿,因为他们是上天最大的敌人,一出生,上天就会有感应,甚至会立刻降下天罚雷劫将其彻底灭掉。

"如果张若彤真是天生的占卜师,那么天数奇门掌门人的位置就该由她来坐,我现在唯一能做的就是保护她,尽可能提前激发出她天生占卜师的潜力。"天霜儿在心里想到。

张若彤御气飞行回来,脸色苍白,眼神之中充满了担忧,看样子,刚才她对叶天辰与南渊梦两人的占卜结果非常不妙。

"占卜的结果如何?"天霜儿开口问道。

"我不知道该怎么说……"张若彤有些犹豫。

天霜儿不知道张若彤占卜到了什么样的信息,却可以从她的表情看出来,这不是什么好消息。张若彤之所以不敢说,是怕说了会应验,怕自己的担心成真。可是,要想成为一个真正的占卜师,就要能够承受一切打击。

"有些事情是注定无法改变,但有些事情则事在人为,不一定会成真,武道者本来就是在跟天争命,跟地争运,无需害怕!"天霜儿看着张若彤说道。

张若彤抬起头,皱了皱眉头说道:"我刚才看见天辰满身鲜血,重伤垂死,而就在这个时候,有神秘人对他展开了袭杀,非常强大,一剑直取他的脑袋……"

第三十三章
【的确有些吃力！】

"那……那你看见他躲过那一剑没？"天霜儿有些着急地问道。

"没躲过……但好像又躲过了……"张若彤有些拿不准。

"什么叫好像躲过了，好像又没躲过？"天霜儿一愣，皱了皱秀眉问道。

张若彤看了一眼天霜儿，然后站起来，走到了修炼场边上，看着脚下的八卦图案，不禁有些担忧地说道："我只看到天辰满身鲜血，身上千疮百孔，受了很多伤，可是他没有倒下，依旧目光如电地盯着前方，依旧意志坚强地准备大战。可就在这个时候，一把利剑从虚空之中穿出，快到了极点，一下子就斩向了天辰的脑袋……然后……"

说到这里，张若彤美目之中已经有泪水流了下来。

"然后怎么样了？"天霜儿着急地追问道。

"然后……然后一串血花冲了出来，看不清楚那把利剑到底有没有斩中天辰……我希望没有斩中，但是……但是……就天辰那种重伤的状态，很难躲过这致命的一剑……"张若彤忍不住呜咽了起来。

听到这话，天霜儿心里咯噔了一下。自从叶天辰和南渊梦从"杀血组织"的手中将她救出来之后，她和叶天辰之间的关系就发生了巨大的变化，从最开始的敌人，到后面的朋友，再到最后的生死患难，这一路走来，若不是叶天辰，她早就不知道死过多少次了。

"不会的，这家伙不会有事的，他命很硬，连祖师爷都算不出他的命格，说他是天地之间的异数！"天霜儿最后强行镇定，安慰张若彤也安慰自己说道。

"希望如此，我希望我占卜到的都是错误的……"张若彤紧紧握住自己的粉拳说道。

此时，在嵩山派的修炼场中，只剩四道身影在大战，倾城月大战毒万里，南渊梦大战贝伟，其余的武道者已经冲出了嵩山派，各自离开了。用血流成河来形容嵩山派此时的惨景，一点也不为过，最狂暴的大战，自然是在高空之上漂浮着的上古战场之中，一剑道长以一人之力，独战毒天奇与贝冷石这两大魔头。

"你我出全力，冲出这拂尘杀阵，先解决掉一剑老儿再说，到时候我们可以合作，控制整个古武界，利用所有武道者达到自己的目的，如何？"贝冷石看了一眼毒天奇问道。

"可以！"

毒天奇想了一下，看着越来越朝他们缩紧的拂尘杀阵，不得不答应。他没有想到一剑道长的战力这样强大，一个人居然将他和贝冷石两位武圣境界的强者都给压制住了，并且还有多余的力量攻杀他们，再这样下去，他们两个都会被一剑道长所杀。

一剑道长此刻已经立身在拂尘大阵的外面，双手不断变换印式，注入一股股的武道真力，催动着整个杀阵，不断收缩，要将毒天奇和贝冷石两个人绞杀在其中。

"拂尘杀阵，万锋诛神！"一剑道长沉声喝道，同时双掌推出，一股强大的武道真力注入拂尘杀阵中。

"哗……"

惊天动地一般的响声，整个上古战场都在颤抖，有一种快要崩碎的感觉。一剑道长脸色铁青地看着拂尘杀阵，他知道这一招的威力巨大，很有可能会毁掉这个上古战场，当年他无意中得到这个上古战场，将其祭炼之后，能够随时召唤出来，在这里战斗，不会波及其他无辜，能够将强大的武道真力禁锢住，这是他为诛杀为祸人世的魔头准备的。

在拂尘杀阵中的毒天奇与贝冷石，瞬间感觉到一股强悍到极点的武道真力，就算强大如他们，也都心里一惊，本能地感觉到了危险。当下，两个人飘飞了起来，不敢再有所保留，激发出了体内的武道真力，将战力提升到了极点，一个手持黑王剑，一个手持惊神鞭，都是各自门派上古遗留下来的武圣宝器，威力绝对不比一剑道长手中的拂尘弱。

"当！"

"当！"

"当！"

拂尘杀阵中响起了拼杀的声音,毒天奇和贝冷石不断闪躲,同时挥动手中的武圣宝器,拂尘大阵中出现了很多剑芒,这些剑芒都是由拂尘的条状部位化成的,不知道被一剑道长如何祭炼过,威势强大到了极点,强大如毒天奇和贝冷石,也不敢硬接。

"再这样下去,你我都会死在这里,一起出手将这拂尘杀阵毁掉,再冲出去杀了这个老东西。"毒天奇大声冲着贝冷石说道。

"好！"贝冷石也知道,光凭他一个人的战力是无法冲出这拂尘大阵的,再保留战力,自己也会死在这里。到了这一步,他们只有全力合作,才能杀出这拂尘大阵。

"剑意破天！"毒天奇手中的武圣宝器黑王剑,劈出了惊天动地的一剑,威势比刚才不知道增强了几百倍。

"鞭打苍穹！"贝冷石也出手了,手中的惊神鞭爆发出了不可匹敌的战意,这次他不再有任何保留,挥动惊神鞭朝着拂尘杀阵的中心处攻击过去。

"轰隆！"

上古战场被炸开了,裂为了两半,一剑道长的拂尘也四分五裂,变成了碎片,毒天奇和贝冷石两人从拂尘杀阵中冲了出来,眼中充满了杀意。他们感觉到了耻辱,也被彻底激怒了,一剑道长虽然是古武界的前辈,德高望重,可这是一个实力为尊的世界,毒天奇与贝冷石都跟一剑道长一样,是武圣境界的强者,居然会被一剑道长一个人压制住,这对强者来说,是无法忍受的耻辱。

"一剑老儿,没想到你有这般强大的战力,都快要坐化的人了,还要跟我们过不去。"毒天奇冷冷地看着一剑道长说道。

"一剑老道,你终究也只有武圣境界的修为,想要杀我贝冷石,没那么容易,你一个人也不可能是我们两个人的对手,还是乖乖受死吧！"贝冷石也狠狠地说道。

"方正大师在坐化的时候,曾经神念传音给我,说我无论如何也要来一趟嵩山派,不能让你们两个得逞,看来我是来对了。今日一战,我一剑道人就算神形俱灭,也要拉你们两位上路。"一剑道长平静地说道。

"那你就自己先上路吧！"

毒天奇出手了,手持黑王剑朝着一剑道长杀了过去,劈出了一道巨大的剑气,像是撕开了天地一般,杀向了一剑道长。

一剑道长皱了皱眉头,忍不住心惊,刚才他动用了将近一半的武道真力,催动拂尘杀阵,想要将毒天奇与贝冷石两人斩杀,却没想到这两人的战力超出了他的想象,并且在合力之下,攻破了拂尘杀阵。

"啪！"

一剑道长面对毒天奇劈出来的惊天剑气,拍出了一掌,掌力澎湃汹涌,席卷而去。可是,刚刚挡住那道剑气,一道强大的指劲已经斩向了一剑道长的头颅——贝冷石出手了。一剑道长快速闪躲,身形一闪,消失在了原地。

"嘭咚！"

一道剑气,一道指劲,毁掉了上古战场的一角。要知道,这上古战场中有着上古遗留下来的强大阵法,就算残缺不全,也不是一般人能毁掉的,而毒天奇与贝冷石的合力一击,差一点将这古战场给毁了,看样子自己想要一个人杀掉这两人,很难。

"哼,一剑老儿,你跟我们的修为境界一样,难道还真想以一人之力,杀我们两人吗？太天真了！"毒天奇手持黑王剑,冷哼了一声说道。

"方正这个老家伙已经死了,风起扬这个老东西多半也已经坐化了,古武界的三个至强者就只剩下了你一剑老道了,今天就让我贝冷石送你归西,以后整个古武界,再也没有人能够拦我贝冷石的路了！"贝冷石手中的惊神鞭武道真力澎湃,随时准备全力一击,跟毒天奇合力斩杀一剑道长。

第三十四章
【一念即出，寂灭万乘】

"一剑老儿，受死吧！"

"别以为是前辈，就能拦住我贝冷石的路，凡是敢拦我路的人，都格杀勿论。"

毒天奇与贝冷石两人都手持武圣宝器，一步步朝着一剑道长逼近。刚才两人的全力一击，虽然被一剑道长躲开了，但他们也看出来了，两人合力出手，一剑道长根本就无法与之硬撼，只能周旋大战，这么一来，一剑道长被他们两人杀掉是迟早的事情，所以，现在两人开始肆无忌惮地朝着一剑道长走去。

"唰！"

"嗡！"

一道巨大的剑气，开天辟地一般地斩落下来；一根硕大的金鞭也直接砸向了一剑道长的脑袋，重若泰山，就像天塌下来了一般。

一剑道长快速后退，可就在这时，毒天奇和贝冷石两人竟然瞬间出现在了他的身后，再次斩出一道巨大的剑气，甩出硕大的金鞭，前后都是狂暴的攻击，根本就躲闪不开，一剑道长被逼到了绝境之处。

"一剑老儿，我看你这次还不死！"毒天奇嘴角露出了一丝冷笑说道。

"没有见到武当的太极神剑之法，真是太可惜了，听闻这套神剑诀是从上古传承下来的，一旦修炼有成，一剑即出，乾坤臣服，真遗憾啊！"贝冷石也非常自信地大笑着说道。

"轰隆！"

猛然间，在必死无疑的绝境之下，一剑道长全身一震，双手的印式快速变幻,眉心中裂开了一道血口,血口中竟然冲出来了一把剑。这把剑一冲出来,整个上古战场都在颤抖,天地仿佛都变了颜色,惊得毒天奇和贝冷石都快速后退。

"太极神剑?果然是太极神剑……"毒天奇忍不住惊讶地说道。

"传说这是一把能够跟上古十把神剑相媲美的剑,很是不凡……"贝冷石也惊叹道。

"唰!"

一剑道长出手了,手持太极神剑,一剑劈出的不是巨大的剑影,也不是强大的剑气,而是一个太极八卦图案,将毒天奇和贝冷石全力发出的杀招给挡住了。此时,一剑道长道袍飞舞了起来,双手握住太极神剑,神剑之上点点光芒绽放,刹那间充斥了上古战场的每个角落,吓得毒天奇与贝冷石两个人冷汗直冒。

"不好,不能再让这老家伙出手了,他这是要毁掉整个上古战场,将你我也斩杀在其中!"毒天奇忽然想到了什么,大惊失色地说道。

"他这是想要跟你我同归于尽啊,出全力杀了他!"贝冷石也惊慌地说道。

这时,只见一剑道长站立在古战场的中心处,双手拿着太极神剑,剑尖朝上,直指上天,不断催动体内的本源真力,一点一滴注入太极神剑中,神剑的剑尖不断迸射出一股股神芒,充斥古战场的每个角落,令人心惊胆寒。

当一片天地,到处都是某一个人催动出来的武道真力时,可想而知会有多么可怕。只要这个人心念一动,这片天地就会毁掉,在这片天地中的一切都会化为乌有。现在,一剑道长所施展出来的神术就是这样,一旦成功,毁掉的不光是上古战场,死的不光是毒天奇与贝冷石,连一剑道长自己也会神形俱灭。他这是杀身成仁之举,为了整个古武界的武道者们,他不惜牺牲自己的性命,也要将毒天奇和贝冷石拉上垫背。

"唰!"

毒天奇出现在了一剑道长的面前,手中的黑王剑近距离一剑斩杀了过去。

"唰!"

贝冷石出现在了一剑道长的身后,手中的惊神鞭也是武道真力澎湃汹涌，一鞭子就朝着一剑道长的脑袋砸了下去。

这一次，面对一剑道长祭炼出的太极神剑，还有施展出的让人心惊胆寒的神术，毒天奇和贝冷石再也不能淡定了，都是发疯一般地出手，要阻止一剑道长的神术施展。

"太极神法，掌控苍穹，一念即出，寂灭万乘！"

面对朝着他劈下来的神剑、砸落下来的惊神鞭，一剑道长不为所动，只是手中不断结印，催动强大的武道真力，发动神术绝学。

"啵！"

"咻！"

"咻！"

"咻！"

一道道惊天动地的武道真力四散开来，冲击向古武界的每个角落，到处都是毁天灭地的爆炸声，漂浮在高空上的上古战场也是颤抖连连，出现了无数裂痕，差一点就要崩碎了。这一击，惊动了古武界所有的强者，就连日不落山中也有强大的生物苏醒，睁开了一双冷冷的眼眸，看向了嵩山派的方向。

要不是这上古战场中的神纹足够坚固，所设立的阵法足够强大，一剑道长的这一击，完全能毁掉整个嵩山派，毁掉大半个古武界。饶是如此，古武界很多地方也是瞬间变成了平地，可想而知，一剑道长施展的神术有多强大。

"噗！"

"噗！"

毒天奇、贝冷石两人躺在地上，嘴角流出了鲜血，眼中充满了杀意。他们刚才被这神术的余波扫中，倒飞了出去，即便没死，也受了不轻的伤。

"一剑老儿竟然有这样强大的神术，刚才实在是太险了！"毒天奇狠狠地说道。

"要不是你我快一步，都击中了他，死的就是你和我了。"贝冷石也忍不住说道。

原来，在刚才一剑道长全神贯注施展这毁天灭地的神术时，毒天奇与贝冷石快速前去阻止，当时的一剑道长处于一种全身心投入的状态，没有余力再挡住这两个魔头的攻杀，结果被他们的武圣宝器重伤，以至于这个神术并没有发挥出最大的威力，不然毒天奇和贝冷石已经神形俱灭了。

"不要大意，一剑老儿似乎还没死！"毒天奇站了起来，擦拭了一下嘴角的鲜血说道。

"这老家伙的命还真长，让我们一起送他归西！"贝冷石也站了起来，冷冷地看着前方说道。

前方，只见一剑道长满身鲜血，盘膝坐在原地，似乎在疗伤。他也没有预料到，毒天奇与贝冷石的行动会这样快，在自己即将施展神术成功的那一刻击中了他，让其武道真力涣散，只发挥出了神术三分之一的威力。

一剑道长的面前，一把神剑直挺挺地插在地上。这把太极神剑在刚祭炼出来的时候，贝冷石和毒天奇没有仔细看，现在一看，两人都皱了皱眉头。这把太极神剑并没有太多的特别之处，唯一跟普通飞剑不同的地方，就在于这把太极神剑的剑身像是被分为了两半，上半段是白色，下半段是黑色，黑白分开，取天地阴阳之意，给人一种不敢轻易靠近的感觉。

此时的一剑道长就像没有生命一样，盘膝坐在太极神剑面前，双手合十，呼吸非常微弱。刚才为了施展这一神术，已经消耗了他大半武道真力，加上又被毒天奇与贝冷石重伤，没有当场神形俱灭已经算是一个奇迹了。

"这个老家伙已经没有一战之力了，赶紧合力将他灭了，省得夜长梦多。"毒天奇看了一眼贝冷石说道。

第三十五章
【蝼蚁之力，也要一战！】

"一剑老儿以为不顾生死地施展出惊天神术，就能取你我性命，只可惜他低估了我们的实力！"贝冷石看了一眼毒天奇说道。

"现在这个老家伙已经失去了战力，只需要一根手指头就可以将其灭杀，贝兄还是送这老东西最后一程吧！"毒天奇看着贝冷石说道。

听到毒天奇的话之后，贝冷石并没有立刻动手，而是朝旁边走了几步，距离毒天奇又远了一点。他将手中的惊神鞭紧紧握住，武道真力不断在惊神鞭上流转，随时都可以打出至强的一击。

毒天奇也是一样，见贝冷石没有立刻出手杀一剑道长，也暗中戒备了起来，手中的黑王剑紧紧一握，随时准备全力出手。

本身毒天奇与贝冷石两人就有着狼子野心，谁都想当这古武界的执掌者，若不是一剑道长为了让在场的武道者有时间逃走，故意激怒了这两个魔头，毒天奇和贝冷石早就已经大战几百回合了，说不定现在已经两败俱伤，甚至是同归于尽了。

之前是被一剑道长的战力逼得不得不联手，现在，一剑道长垂死，任何人出手都能将他杀掉，但是，谁出手呢？一剑道长的问题解决了，剩下的就是毒天奇和贝冷石之间的争夺了，一旦一剑道长神形俱灭，这两个魔头之间肯定要分出一个胜负。

毒天奇和贝冷石都明白，只要一剑道长被斩杀，他们之间就会大战，甚至可能在其中一人出手杀一剑道长的时候，另一个就会出手袭杀，所以两人才会犹豫，不肯下手。更何况，一剑道长修为高深，战力深不可测，现在看起来是重伤垂死，说不定还有一战之力，随便靠近也是相当危险的。

"天奇兄,你我两人尽管是竞争对手,但这么多年来,五毒门和嵩山派也没有什么深仇大恨,一剑老儿只剩下一口气了,不管是你杀还是我杀,他都是神形俱灭的下场,此后,放眼整个古武界,还有谁是你我之敌?所以,我们完全可以长期合作,整个地球的资源都将是你我的!"贝冷石看了一眼毒天奇说道。

"合作?我倒是想听听你想要如何合作……"毒天奇皱了皱眉头,看着贝冷石问道。

贝冷石愣了一下,然后微笑着说道:"地球曾经是修行盛世,却在百万年前被改变了,整个地球的天地规则都变了,上古传送阵更是被毁,没有人可以离开地球,除非是到达帝者的境界。然而,你我这辈子都不可能在这个不适合修行的星球上达到帝者境界,所以,我们要想办法离开……"

"想办法离开?你有什么好办法吗?"毒天奇有些动心地问道。

"想要离开地球有两个办法,一是达到帝者境界,二是利用传送阵。刚才我已经说过了,前者不可能,那就只能靠传送阵了。地球曾经是修行盛世,强者无数,肯定遗留下了很多不为人知的神法仙经,甚至是有续命仙药的存在也说不定。只要你我合作,统领整个地球,那么整个天下所有的武道者都会为你我所用,我们可以让他们寻找神法仙经,寻找上古传送阵的碎片,甚至是攻打最神秘莫测的日不落山。倘若这样都无法让我们的修为境界提升,无法让我们离开地球,那我们两个也就没有什么可埋怨的了!"贝冷石迫不及待地说道。

毒天奇思索了一下,他的确没有贝冷石想得那么深远,没想到贝冷石这家伙早就想好了一切,连利用整个古武界的武道者去攻打日不落山这种事情都想好了,看样子,他预谋了很多年。

"好,贝兄说得很有道理,既然你我决心合作了,那还是一起出手杀掉一剑老儿,这样才能看出你我合作的诚意不是?"毒天奇还是留了一个心眼儿。

贝冷石紧紧握了握手中的惊神鞭,本来他想要诱骗毒天奇给一剑道长最后一击,在这个过程中,他就可以给毒天奇致命一击,到时候放眼整个古武界,还有谁是他贝冷石的对手?只是没想到毒天奇这么奸猾,戒备心这么重。

"怎么?贝兄没有合作的诚意吗?"毒天奇见贝冷石犹豫,不禁冷笑着问道。

"天奇兄多虑了，那好，就让我们一起出手送一剑老儿归西，然后再谈合作的事情。"贝冷石笑着说道。

"啪！"

毒天奇朝着一剑道长的脑袋拍出了一掌。

"砰！"

贝冷石也朝一剑道长挥出了一拳。

这两个心狠手辣的老狐狸，表面上说合作，背地里其实都相互防着，两人都没有使用自己的武圣宝器，保留着战力，害怕彼此突然下毒手。

一剑道长还盘膝坐在原地，面前的太极神剑尽管还泛着点点神力，却没有被催动，看样子是受伤太重，没有多余的力量来抵抗杀伐之气，只能眼睁睁看着毒天奇与贝冷石的杀招袭来。

"唰！"

哪知道，就在毒天奇与贝冷石以为一剑道长必死无疑的时候，忽然一道金光闪过，一剑道长消失在了原地，同时两声巨响，他们的掌风和拳劲落空，未能将一剑道长杀掉。

"嗯？蝼蚁也想救人，简直是不自量力！"毒天奇皱了皱眉头，强大的神念已经感知到了什么，用手一挥，便封锁住了整个上古战场。

"不知死活的东西，也敢来救人！"贝冷石也不屑地冷哼了一声，两道拳劲挥出，砸向了不远处。

"嘭！"

"嘭！"

凭空出现了两道身影，一剑道长依旧盘膝而坐，太极神剑紧随着他，但在一剑道长的前面，站立着一个浑身散发着金光的人，他冷冷地看着毒天奇与贝冷石，眼中射出两道金芒，杀意弥漫而出。

"是你？"贝冷石看着挡在一剑道长面前的人，不禁皱了皱眉头，显然来人出乎他的意料。

"一个女流之辈，就算是武道者，居然有胆量来救人，太让人意外了！"毒天奇也有些惊讶地说道。

挡在一剑道长面前的人正是叶天辰，只是现在，叶天辰还是女人的样子。从刚才到现在，他一直躲在上古战场中，看着这一切，一剑道长为了击杀这两个大魔头，不惜自身神形俱灭，只可惜，这两个魔头的修为战力都不弱，被其逃脱，现在见一剑道长这样值得敬重的前辈即将被害死，叶天辰怎么可能袖手旁观。

"女流之辈？毒天奇，你看看我是谁……"

叶天辰的身形几个转变，变回了原来的样子。这个上古战场中没有其他人，叶天辰也就不用担心被人发现自己的真实身份了。反正自己站出来了，不管是变幻还是真身，毒天奇与贝冷石都不会放过他，何不堂堂正正地出来一战，哪怕只能出一招，叶天辰也会尽全力。

"你……叶天辰……你……你杀我五毒门五毒七子，更杀了我的儿子，我要你碎尸万段！"

"嘭咚！"

在见到叶天辰真实面目的时候，毒天奇一瞬间就爆发了，他无时无刻不在想着为自己的儿子报仇，无时无刻不在想着挽回自己的颜面。他翻遍了整个古武界，都没有找到叶天辰，这口气无处发泄，没想到对方竟然自己送上门来了，他怎么可能不爆发，当下体内就冲出一股强大的武道真力，排山倒海一般地杀向了叶天辰。他要以武圣境界的绝对强大，将叶天辰碾压得粉碎！

第三十六章
【这是一种态度！】

"小兔崽子，拿命来！"

一只巨大的掌影拍落了下来，威势强大无比，震动了天地。毒天奇显然是真的怒了，要将叶天辰碾压成肉酱，让其神形俱灭。

叶天辰皱了皱眉头，果然不出他所料，武尊境界的修为完全无法跟武圣境界的修为相提并论，他们压根儿就不在一个战力水平线上，毒天奇的这一掌足以毁掉大半个嵩山，这份战力实在是太惊人了。

"砰！"

面对毒天奇这样的强者，叶天辰尽管非常清楚自己和对方的差距，却没有半点胆怯，没有半步后退。他有一颗勇往无前的道心，哪怕是死，也不会有丝毫胆怯，要一路直杀，杀出一个朗朗乾坤来。

金光万道，冲天而上，刹那间，叶天辰全身都被金色的武道真力笼罩，轰隆隆作响，大地颤抖，天空之上惊雷乍响，使得毒天奇落在半空中即将拍下去的手掌都是一停顿，贝冷石也惊讶地看着叶天辰，有些不敢相信。

"这是……金刚不坏神功？"贝冷石惊讶地说道。

"传说有人得到了《易筋经》的传承，没想到竟是你叶天辰，太好了，真是太好了，这可是古往今来传说最强大的修炼法诀，是我毒天奇的了……"

毒天奇大吼了一声，一掌拍落了下去，在还没有到达叶天辰头顶的时候就已经风云变幻，整个上古战场都在颤抖，无数坚硬岩石瞬间变成粉末，可见这股武道真力有多强大。

"年轻人，你退后，你不是他的敌手，不要做无谓的牺牲。"一剑道长虚弱地睁开眼睛，看着叶天辰说道。

"前辈的举止值得敬重,虽然我战力低微,可到了这个时候,身为古武界的一员,谁也无法袖手旁观,哪怕是死,我也要发出自己的声音。"叶天辰坚毅地看着头上拍落下来的掌影说道。

一剑道长摇摇头,闭上了眼睛,他现在已经虚弱到了极点,同归于尽的神术失败了,自身还被毒天奇与贝冷石实打实地击中,没有立刻神形俱灭,还有一口气在,已经算是功参造化了,如今也没有多余的力量来挡住毒天奇的攻击。

"蝼蚁也敢叫嚣,不知死活!"毒天奇狠狠地看着叶天辰说道。

"即便我是蝼蚁,也要让你们看看蝼蚁的力量!"

叶天辰一声大吼,整个人不但没有闪躲,反而右拳紧握,化为一道金光,朝着毒天奇拍落下来的手掌杀了上去。

"金刚神拳!真的是传说中的金刚神拳!"贝冷石忍不住大声说道。

"蝼蚁就是蝼蚁,《易筋经》的传承是我的了,去死吧!"毒天奇爆喝一声,手掌上的武道真力不知道增大了多少倍,犹如一条黑龙朝着叶天辰吞噬而去。

"金刚神拳!"

叶天辰面临毒天奇威力倍增的一掌,打出了自己的一拳,这一拳他用了全力,发挥出了"金刚神拳"小成境界的绝对力量,打出了一条金龙。

"嘭咚!"

天地颤抖,上古战场呻吟不止,要不是被一剑道长祭炼多年,只要一剑道长不陨落,上古战场就不会被毁,不然,不要说这嵩山派了,就凭三名武圣修为境界的强者大战,整个古武界都会被毁掉,甚至会波及到世俗界的普通人。

"噗!"

叶天辰口喷鲜血,以武尊境界的修为硬撼武圣境界的强者,就算没有当场死亡,也是重伤垂死,朝着地面上掉落下来。毒天奇狠狠地看着叶天辰,眼中多了一丝惊异。

"以你我来说,要灭杀我们修为境界之下的人,那是易如反掌的,这小子就算得到了《易筋经》的传承,修为也只不过在武尊中期,怎么可能挡得住你的一击?"贝冷石也惊讶无比地问道。

毒天奇愣了一下，眼中射出一道冷光，就像是要用眼神直接将人杀死一般，他看着从天上掉落下来的叶天辰，语气生硬地说道："这小子是一个异数，不光有着勇往无敌的道心，还得到了《易筋经》的传承，不止修炼了其中的金刚神拳，还有金刚不坏神功……"

　　"难道……难道他已经将这两种神术绝学修炼到小成境界了？"贝冷石心里咯噔了一下，问道。

　　"不是小成境界，不是这两种神术一守一攻的话，你认为我这一掌下去，还无法将他拍成肉酱吗？"毒天奇冷冷地看了一眼贝冷石说道。

　　"金刚神拳，金刚不坏神功，这两种神术绝学曾经叱咤整个地球，留下了无尽的传说，没想到他竟然一个人修炼这两种神术，还将其修炼到了小成的境界，太不可思议了，这种人对你我来说，都是很大的威胁，必须将其杀掉。"贝冷石狠狠地看着满身鲜血的叶天辰说道。

　　本以为除掉一剑道长，就没人能阻止他们了，但现在又出现了一个叶天辰，如此年轻，修为就到达了武尊中期，更得到了《易筋经》这样的神法仙经的传承，只需要短短几十年，他就有可能到达他们这样的高度，甚至超越他们。这样一个大威胁，他们自然要将其灭杀在摇篮中。

第三十七章
【《易筋经》传承暴露了！】

"噗！"

叶天辰顽强地从血泊中站了起来，毒天奇的这一掌威势实在是太巨大了，饶是他尽了全力，打出了金刚神拳，又有金刚不坏神功护体，也伤得不轻。没办法，战力差距太大，根本就不在一个水平上，没有被拍成肉酱，已经算是个奇迹了！

毒天奇与贝冷石两人都眉头紧锁地看着叶天辰，此时此刻，他们心里都有一个想法：无论如何都要将叶天辰这个心腹大患斩灭在这里。

"这小子必须死，就算他跟我五毒门没有过节，我也会杀他一观《易筋经》传承仙书！"毒天奇冷哼一声说道。

"他成长起来，对我来说也是一个威胁，所以我也不会袖手旁观的。"贝冷石看了一眼毒天奇说道。

毒天奇皱了皱眉头，冷冷地看了一眼贝冷石，然后嘴角露出一丝不屑的笑容说道："贝兄，刚才我出手震杀这小子的时候，你怎么不出手？现在是想要夺取他身上的《易筋经》传承吗？"

"呵呵，天奇兄多虑了，我只是想要助你一臂之力罢了！"贝冷石愣了一下说道。

"不用了，此子跟我五毒门有大仇，我一定要亲手灭杀他，谁敢插手，我必定不死不休！"毒天奇眼中杀意弥漫地说道。

"你……天奇兄，我们既然有心一起合作，就要共享资源。《易筋经》的传承自上古地球修行盛世开始，就已经响彻了整个古武界，那个时候佛门昌盛，任何强者都不敢小觑，放眼整个武道大世界，《易筋经》都是为数不多的几部能够被称为仙经的修炼宝典,你认为你一个人能够独吞吗?有这么大的胃口?"贝冷石冷冷地看着毒天奇说道。

"资源共享?好,我杀叶天辰,你杀一剑老儿,我们共同出手,如果得到《易筋经》的传承,你我可以各自参悟,如何?"毒天奇看着贝冷石,冷冷地说道。

对于《易筋经》的传承,贝冷石和毒天奇两人都是势在必得,但在谁杀叶天辰这个问题上,两人显然存在分歧,他们都怕对方在杀叶天辰的时候先一步得到《易筋经》的传承。

"天奇兄,为了表现出各自的诚意,我们一起出手灭杀一剑老儿和叶天辰,共同进行怎么样?"贝冷石眼中带着杀意,看着毒天奇说道。

"贝冷石,你这是什么意思?"毒天奇狠狠地看着贝冷石问道。

"毒天奇,明人不说暗话,古武界三个老不死的一旦都坐化,那就是你我的天下,如果你不愿意资源共享,想要独吞,我不介意跟你生死一战,谁胜谁负还是一个未知数……"贝冷石狠狠地看着毒天奇说道。

这两个心狠手辣、老奸巨猾的魔头终于把自己的阴险心思拿到台面上来说了,但为了得到《易筋经》的传承,现在还不是决出胜负的时候。

"那就照你说的做,我们一起出手杀一剑老儿和这个小兔崽子,他身上到底有没有《易筋经》的传承还是一个未知数,不要高兴得太早,并且,一剑老儿还没有彻底咽气,可得小心点。"毒天奇愣了一下,最终答应道。

"放心,一剑老儿必须神形俱灭,至于这个不知死活的东西,我会在用最残酷的刑罚搜索他的神识之后,将人交给天奇兄处置,以泄你心头之恨!"贝冷石笑着说道。

此时,浑身鲜血的叶天辰站了起来,哪怕是死,他也要站着死,勇往无敌的信念支撑着他站了起来。

"蝼蚁终究是蝼蚁,妄想逆天,真是不知死活。"毒天奇冷冷地看着叶天辰说道。

"如果你自己交出《易筋经》的传承,我可以给你个痛快!"贝冷石阴笑地看着叶天辰问道。

"痴心妄想!我若能活下来,必定斩你二人头颅,灭你二人神识!"叶天辰坚毅不屈地说道。

毒天奇和贝冷石听到叶天辰的话都是大怒，从来没有人敢这样对他们说话，更何况在他们面前的只是一个武尊境界修为的弱者而已，当下同时出手，打出了武圣境界强者的狂暴一击。

　　"啊……"

　　叶天辰强行支撑自己的身体，想要冲上去阻挡，他知道这一次自己肯定是神形俱灭的下场，却依旧不屈服，想要最后一战。哪知道，刚刚移动了半步，他就感觉到全身撕心裂肺的疼痛，连灵魂都有了疼痛感。这次是他迄今为止受伤最重的一次，体内的武道真力都不怎么流转了。

　　"你这样年轻的武道者，拥有这样勇往无敌的道心，实在是难得，只可惜老道我也到了油尽灯枯之时，只能护你周全一次，快走吧……"一剑道长睁开眼睛，尽管虚弱到了极点，随时都有可能坐化，却还是催动了面前的太极神剑，以一人之力，挡住了毒天奇与贝冷石的杀招。

　　"噗！噗！噗！"

　　尽管一剑道长挡住了毒天奇和贝冷石的杀招，让叶天辰免于神形俱灭，但自身已经是千疮百孔，除了脑袋，全身上下都是拳头大小的血洞，鲜血不断流出，武道真力精气流失，就连本源的力量都在消失。一剑道长出现了化道的迹象，看得叶天辰都愣住了。

　　"前辈……"叶天辰紧咬牙关看着一剑道长喊道。

　　"快走，只有活着，才能阻止这两个魔头，我相信你能够办到。"一剑道长看着叶天辰说道。

　　"一剑老儿，你居然还有力量化解我们的杀招，真是太出乎我的预料了！"毒天奇此刻不慌不忙地说道。

　　"但是，你现在已经开始了化道的过程，还剩几分战力呢？还是不要垂死挣扎了，我唯一感觉到遗憾的就是，你们古武界三个老家伙都死了，看不见我贝冷石纵横古武界，无人能敌了！"贝冷石像是发出了多年憋在心里的呐喊，得意地大笑了起来。

第三十八章
【老乞丐的真实身份】

作为古武界德高望重的前辈强者，方正大师、风起扬、一剑道长三人虽然很少出现，却震慑住了一些想要捣乱古武界的魔头，让他们不敢乱来。正是因为有他们的存在，古武界中的武道才能一直坚持着流传了百万年的规矩——不干扰世俗界的事情。当然，到了武道者这样强大的境界，也根本没有必要去跟只有几十年寿命的世俗之人计较。

贝冷石在修为突破到武圣境界之后就很想实施自己的计划，让整个古武界的武道者去当替死鬼，攻打日不落山，看看日不落山中是否有仙经法诀、续命仙药，若真有，那必定是他贝冷石的囊中之物。

可是，一想到古武界中还有三位强者存在，一旦他的阴谋暴露，这三个刚正不阿的人肯定会取他的性命，以他的修为境界，挡住一位都勉强，更别说三个了，所以他才一直隐忍不发。

至于毒天奇，他是在十年前突破到武圣境界的。他一样有着狼子野心，想要大肆杀戮，夺取其他武道者身上有用的东西，加上他五毒门是所有古武门派中传承最久远的一个门派，自然觉得实力底蕴深厚。但出于对方正大师三人的忌惮，他没有任性妄为，毕竟真要随意杀戮，这三个人肯定不会袖手旁观。

如今方正大师已经坐化，一剑道长垂死边缘，风起扬可能也在哪个不为人知的角落坐化了，整个古武界只剩两名武圣境界的强者，这对毒天奇与贝冷石而言，无疑是实施计划的大好时机。

"一剑老儿，你也太看得起自己了，就算你早我们近百年屹立在武圣境界中，但修为也停滞了这么久，毫无进益，太极神剑厉害，却残缺不全。上古地球为修行盛世,传承到现在的古武门派中,真正拥有完整修炼法诀的几乎没有,你能够坚持到现在,已经算是很了不起了,剩下的事情,就让我毒天奇来掌控吧!"毒天奇冷笑着看着一剑道长说道。

"想要阻止我们两人,需要两个一剑道长,然而,方正老和尚和风起扬老疯子早就坐化了,你一个人不行的,去死吧!"贝冷石也得意无比地说道。

"嘭咚!"

就在毒天奇和贝冷石准备最后一击,将叶天辰和一剑道长灭杀的时候,天边杀来了一道剑气。剑气纵横苍穹,有一种开天辟地之感,拦腰朝着毒天奇与贝冷石斩杀了过去。

毒天奇和贝冷石大惊失色,这道剑气实在是太强大了,绝对不弱于一剑道长的太极神剑,到底是何人这般强大?古武界中除了方正大师、风起扬和一剑道长,还有隐藏的不世高手吗?

"砰!"

"砰!"

毒天奇挥动了自己的黑王剑,贝冷石也催动了自己的惊神鞭,两人都动用了武圣宝器,才将这道强大的剑气阻挡住。饶是如此,两人还是向后退了几步,惊讶得说不出话来。他们可都是武圣境界的强者,居然会被人一剑逼退数步,这是难以想象的事情,到底是何人如此厉害?

"这是……"毒天奇看着天边,惊讶得说不出话来。

"风起扬?"贝冷石忍不住惊呼道。

叶天辰转身,只见一道佝偻的身影慢慢走来,穿着一身乞丐的装束,一步一个脚印,仿佛将虚空都给踩塌了似的。叶天辰的嘴角露出了一丝笑意,他果然没有猜错,老叫化就是风起扬前辈。

当日,叶天辰和南渊梦两次遇到老叫化,却不知道他是谁,直到老叫化离开的时候,说要传一套剑诀给自己,叶天辰这才从老叫化的剑法中猜测,这个神秘的老乞丐很有可能就是古武界中德高望重的前辈之一风起扬,一个被世人认为疯疯癫癫的老疯子。

"前辈!"叶天辰见到风起扬走到面前,忍不住跪拜了下去。这是一位对他有过大恩的前辈,若不是风起扬,他早就死在幽冥血魔的手中了,也不会得到独孤九剑的剑诀传承。

"起来,起来,我果然没有看错,你是一个异数,也是一个有着大毅力和自己原则的人,我很高兴!"风起扬在叶天辰还没有跪拜下去的时候,就将其拦住,微笑着说道。

"多谢前辈!"叶天辰认真地说道。

风起扬微微一笑,然后说道:"你现在的战力还不是这两个魔头的对手,站在一边疗伤吧,这里有我和一剑道人足矣!"

"是,前辈!"

叶天辰退到一边,盘膝而坐,开始疗伤。他知道风起扬来了,还有一剑道长在这里,毒天奇和贝冷石的气数尽了,两人翻不起什么大浪。

"老乞丐,你要是晚来一步,恐怕就见不到老道我最后一面了!"一剑道长看着风起扬笑着说道。

"我这不是来了吗?我有点事情在路上耽误了,不然,也能让你晚些时候化道。"风起扬笑着说道。

"没有长生没有仙,化道都是迟早的事情,唯有坚持本心,超然于外,才能不留遗憾!"一剑道长笑着说道。

"出手吧,在你化道之前助我一臂之力,将这两个魔头斩杀掉,换来古武界百年太平。"风起扬冷冷地看着毒天奇与贝冷石说道。

"做完我该做的事情,也就没有什么可留恋的了!"说完,一剑道长竟然站了起来,化道的过程被他强行压制了下来,眼神轻轻一动,太极神剑便出现在了他的手中。这一刻,他的战力到达了绝巅,他要跟风起扬一起,斩杀毒天奇与贝冷石。

"轰隆!"

这是一场惊世大战,足以毁天灭地的大战,若不是有这上古战场禁锢住了武道真力的四散,若不是在古武界中有着强大的帝者阵法守护,恐怕毁灭的不光是古武界,世俗界也会受到波及。

这一场大战持续了两天两夜,最终,上古战场化为了粉末,嵩山派被夷为平地,整个嵩山的古武界范围也都被打得塌陷了一大半,幸亏众多武道者早就逃走了,否则必定血流成河。叶天辰在这过程中晕死了过去,当他醒来的时候,发现自己躺在一块巨大的岩石上,在岩石的旁边有一个寒潭,老乞丐正在里面洗澡。

"前辈……"叶天辰虚弱地睁开眼睛,脸色极其苍白地喊道。

"你醒啦?受了这么重的伤,还能活下来,你的生命力很顽强。"风起扬微笑着说道。

"前辈,一剑道长他……"叶天辰开口问道。

风起扬从寒潭中冲出来,快速穿好衣服,坐在叶天辰的旁边,从怀里拿出了两葫芦酒,递给叶天辰一壶说道:"牛鼻子老道坐化了,在跟毒天奇和贝冷石大战的过程中,他受伤太重,无法支撑。至于那两个大魔头,也受了很重的伤,修为境界跌落到了武尊阶段,这辈子想要再站上武圣境界,那是不可能的了。可惜我没能杀了他们,让他们逃走了!"

叶天辰愣了一下,他能够想象得到这一战有多凶险,有多狂暴,能够做到这一步,是两位前辈拿自己的性命去换来的。毒天奇与贝冷石修为境界大跌之后,起码几百年内都掀不起什么风浪。

"那……那我的那几个朋友呢?"叶天辰想到了南渊梦、谢雨荷和倾城月。

"她们都回到了各自的门派,我向她们保证过,你小子不会死的。"风起扬笑着说道。

"那就好,经此一战,五毒门和嵩山派再也掀不起什么风浪,古武界能够平静几百年了!"叶天辰松了一口气说道。

"不,毒天奇和贝冷石两个人最多是有点野心,真正的魔头就要出世了,那将是整个地球的灾难!"风起扬忽然无比严肃地看着叶天辰说道。

第三十九章
【真正的威胁将来临】

"真正的魔头？"叶天辰震惊地问道。

"没错,你还记得幽冥血魔吗？"风起扬看了一眼叶天辰问道。

"当然记得！"叶天辰点头说道。

"他的战力如何？"风起扬继续问道。

"真要生死大战的话,我很可能不是他的对手。"叶天辰想了一下说道。

"没错,你现在算得上古武界年轻一辈的强者,而且你得到的修炼法诀和宝器都非常强大,可是,你能够发挥出来的威力还不到十分之一,这还需要你不断修炼,不断提升自己的境界,才能够驾驭。"风起扬点点头说道。

"前辈说得是,现在的我需要时间,需要历练,需要参悟。"叶天辰看着风起扬认真地说道。

得到了《易筋经》的传承,同时拥有上古十把神剑中的三把,这对于一个武道者来说,是终其一生也难求到的大机缘。

不过,越是强大的修炼法诀,就越是深奥;越是强大的神兵利器,就越是难以驾驭;越是惊天动地的神术绝学,就越是难以练成。从叶天辰得到《易筋经》开始,他每日每夜都在参悟,他自己也感觉到现在掌握的《易筋经》传承还不到万分之一,那实在是太深奥了,晦涩难懂,每想前进一步都极其艰难。以他如今的战力来说,不说古武界那些门派老一辈的强者,最多跟毒万里这样的天之骄子战成平手,真要对上幽冥血魔这样诡异的高手,他恐怕会有性命之忧。

叶天辰不是一个没有自知之明的人,他非常清楚自己现在的战力,在古武界来说,不算太差,也算不上高强。所以,他需要变强,需要快速强大起来。

"时间不多了,杀血组织重现,九幽地府再度出世,古武界即将大乱,这方天地要不得安宁了!"风起扬摇摇头说道。

"前辈,你的意思是……"叶天辰忍不住问道。

"五毒门的毒天奇和嵩山派的贝冷石,说到底也就两个目的:第一,寻找续命仙药;第二,寻找上古传送阵,希望能够借此离开地球,进入到这方武道大世界中,再次与天争命。而杀血组织和九幽地府则不然……"风起扬看了看天空说道。

"他们的目的是什么?"叶天辰皱了皱眉头问道。

"通过杀戮达到他们的目的,这就是他们做事的原则。"风起扬淡然地说道。

"杀戮?这两个组织都是为杀戮而生的,杀戮是他们处事的唯一方式,要比毒天奇和贝冷石狠毒更多。"叶天辰紧紧握了握拳头说道。

杀血组织原本就是一个特别强大的暗杀组织,虽然在刺杀了青松前辈之后,受到了整个古武界武道者的围剿,消失了很久,但如今重出江湖,叶天辰已经跟其交过手,一点也不敢轻视这个组织的力量。

"我记起来了,在我晕倒的时候,是不是有人从虚空中走出要斩杀我,应该是杀血组织的人吧?"

叶天辰忽然想起来,在风起扬前辈和一剑道长大战毒天奇与贝冷石的时候,自己盘膝坐在一边疗伤,生命垂危。突然,在他的脑袋后面出现了一把利剑,快若闪电,斩向叶天辰的头颅。好在叶天辰一直有所防备,尽管虚弱到了极点,却一直都将金刚不坏神功加持在身上,在那把利剑斩破金刚不坏神功那层防御的时候,风起扬一道指劲过来,将这个躲在虚空中,伺机对叶天辰下杀手的人给灭掉了。

"没错,很是强大,连金刚不坏神功的防御都能一剑刺破,杀血组织的力量不可小觑。"风起扬皱了皱眉头说道。

"看来我跟杀血组织的仇恨是不死不休了,有一天找到他们老巢的话,我会斩草除根!"叶天辰认真地说道。

"以后有的是机会跟这个杀血组织算账,到时对上了,你一定不可大意,这是一个专门研究如何斩杀强者的组织,有着很多杀伐秘术,令人防不胜防。"风起扬看着叶天辰说道。

"我会小心的。"叶天辰点点头说道。

"最让我担心的还是九幽地府,这是一个神秘莫测,在上古地球修行盛世就已经存在的传承,连人族的大帝都曾说过,想要灭杀九幽地府的传承,光有主宰苍穹的战力是不行的,还需要时间……"风起扬淡淡地说道。

帝者,宇宙六合八方独尊,十方天地百万之主,一个"帝"就足以说明一切,足以压塌苍穹。可是,连这样的人都说要灭掉九幽地府的传承不易,那这个九幽地府到底是什么样的存在?

"九幽地府,真有这般强大?"叶天辰忍不住问道。

"九幽地府的强大,不光体现在战力上,更主要的是它神秘莫测。它的传承在地球还是修行盛世的时候就有了,那个时候,九幽地府就是诸多强者眼中的恶魔,因为这是一个能够驾驭人神念灵魂的传承,他们就像勾魂的使者一般,让人防不胜防。传承遍布了整个武道大世界,不光在地球上有,说不定在其他的修行之地上,也是九幽地府在主宰着一切。"

"主宰一切,传承遍布了整个武道大世界,这……那为什么九幽地府的传承会销声匿迹了这么久?"叶天辰惊讶地问道。

"这一点我也不清楚,但我可以肯定的是,九幽地府的重新出现肯定伴随着重大的阴谋,这是一个拘禁人神念灵魂、驱使人肉身的传承,将人变成行尸走肉,变成他们的奴隶,血流成河、白骨累累是他们最喜欢见到的场景,因为这样他们才能拘禁更多的灵魂,掌控更多的强者肉身。"风起扬摇摇头说道。

叶天辰狠狠皱了皱眉头,他知道风起扬前辈的担心,杀血组织本身就是以杀戮为主的,消失了这么多年,再一次出现,肯定要大行杀戮之事,更重要的是,杀血组织掌管着灭绝魔鼎这样的禁器,一旦使用,说不定会毁掉整个地球。至于九幽地府,那就更加恐怖了,真要出世的话,不光是古武界的武道者们,就连世俗界的凡人都会受到牵连。

"那怎么办?前辈,我们现在去找到杀血组织和九幽地府的老巢,将他们全部灭掉吗?"叶天辰有些着急地说道。

"我知道你来自世俗界,担心世俗界的亲人朋友,可是,想要灭掉杀血组织和九幽地府不是简单的事情,以你我现在的力量,是无法办到的,我只希望你能够尽快提升战力,不要去做一些无谓的牺牲。"风起扬认真地看着叶天辰说道。

"前辈,你认为杀血组织和九幽地府,何时会掀起血雨腥风?"叶天辰想了一下问道。

"不知!但这两个巨大的威胁始终存在,只要我活着一天,就会阻止,不会让生灵涂炭的景象出现。你得到了《易筋经》的传承,可以说是古武界中拥有最强修炼法诀之人,你要好好把握,努力参悟,想办法提升自己的境界和战力,否则,无法保护自己想保护的人。"风起扬担心地说道。

第四十章
【杀血组织"音刀"】

强大的杀血组织，神秘无尽的九幽地府，这两大传承都是以杀戮为主，在销声匿迹了多年之后，再一次出现，连风起扬这样的武圣境界强者都感觉到了危机，可想而知这个问题的严重性。

叶天辰跟杀血组织交过手，也跟九幽地府的幽冥血魔一战过，这两大血腥的传承都非常强大，绝对不能小觑。

"知道杀血组织和九幽地府再现的人还很少，这两大血腥的传承选择这个时候重新出现，应该没那么简单……"叶天辰皱了皱眉头，想了一下说道。

"他们到底有什么目的，还需要调查，这件事情我会去办。你记住，不要做无谓的牺牲，一定要尽快提升自己的战力，不然，真正到血雨腥风的那一刻，我们就无法阻止了。"风起扬眼中带着一丝坚毅说道。

"我知道了前辈！"叶天辰认真地点了点头说道。

看着风起扬坚毅的眼神，叶天辰也感觉到了一丝压力。先不说杀血组织和九幽地府这两大传承有多可怕，就拿五毒门和嵩山派来说，都不是那么好对付的，尽管毒天奇与贝冷石重伤，一辈子都不可能再到达武圣的境界，却依旧是一个不小的威胁。想要震慑住杀血组织与九幽地府，没有绝对的实力是肯定办不到的，以叶天辰如今的战力和修为境界来说，他显然还达不到要求。

自从重生到地球后，叶天辰得到了亲情，得到了友情，得到了兄弟之情，得到了家庭的温暖，这些都是他在末世星不曾拥有过的，所以他倍感珍惜。他有自己必须要坚守的东西，杀血组织和九幽地府出现，迟早有一天会将血雨腥风蔓延到世俗界去，到时候血流成河的不光是武道者，还有手无缚鸡之力的世俗凡人。

"好了，你的伤势只需要再休养一段时间，就没有什么大碍了，我有事情要去办，你记住我的话，整个地球的血雨腥风很快就会来临，在这期间，尽可能让自己变得更加强大！"风起扬笑看着叶天辰说道。

"多谢前辈！"叶天辰认真地说道。

"唰！"

风起扬离开了，只剩叶天辰一人盘膝坐在岩石上，不断催动体内的武道真力，配合着张若彤留在他体内的强大愈合力量，一点一滴进行着疗伤。

这次，叶天辰以武尊中期的修为硬撼毒天奇武圣境界强者的一掌，受伤很重，差点神形俱灭，要不是他的金刚不坏神功已经修炼到了小成的境界，毒天奇这一掌下来，他已经灰飞烟灭了。

"武道境界，越是往上就越是高深，我想要快速提高战力，奈何《易筋经》修炼法诀太过深奥，晦涩难懂，我需要安静地参悟。"

想到这些，叶天辰让心慢慢地静了下来，不再有一丝杂念。如今毒天奇与贝冷石都是重伤垂死，境界跌落到了武尊时期，想必这段时间是掀不起什么风浪了。至于杀血组织与九幽地府，尽管传承强大，很难对抗，可这两股势力毕竟消失了几百年，还没有大张旗鼓地展开杀戮和计划，说明他们也有所顾忌，这正好给了自己修炼的时间。

将心神沉浸下来，叶天辰用自己的神念内视，整个人不免吓了一跳。只见他的血肉、经脉、骨骼，全都受到了很大程度的损伤，可以说里面已经变成了一团豆腐渣，若不是靠着强大的武道真力紧紧守护在丹田之中，他已经没命了。

"我有若彤留在体内的强大愈合之力，《易筋经》不光是修炼仙经，在开篇更有着疗伤圣术的法诀，我今天就来试试看！"

叶天辰在脑海中自言自语，双手慢慢合十，缓缓变换着印式，一段经文出现在了脑海之中，一瞬间，一道金光将叶天辰笼罩，顿时让他的四肢百骸都感觉到了前所未有的轻松和畅快。

"内观放松，神意内收，导引气血内观泥丸，自觉头脑清新，清莹如晨露。"

"引气下行，内观咽喉，自觉颈项放松。"

"引气下行，内观小丹田，自觉心胸开阔，神清气爽。"

"引气下行，内观脾骨，自觉中焦温润，胃脘舒适。"

"引气下行，内观下丹田，自觉命门相火温煦，元气充沛，腹内暖意融之。"

"引气下行，内观会阴，自觉会阴放松。"

"引气沿两腿内侧下行，内观涌泉，自觉无限生机自足下涌出。"

……

一遍又一遍，叶天辰引导着那一股强大的力量从自己的头顶缓缓向下而去，洗练着全身每一寸血肉、每一寸经脉、每一寸骨骼，然后到达脚底的时候，一股更强大的生机汹涌上来，整个人都变得神清气爽，感觉丹田中有源源不断的武道真力溢出。

让这股力量在身体中行走了九遍之后，叶天辰才将这股力量慢慢归于丹田之中，丹田之中早就已经轰隆隆作响，一股股澎湃的金色武道真力像是要冲出叶天辰的体内一般。他只运行了九遍，在武道大世界之中，"九"乃是一个极数，代表着世间任何东西都有走到终点的时候。

叶天辰慢慢睁开了眼睛，双眼之中有着金色的光芒射出。他站起身，看着很远很远的一座山峰，双眼一瞪，距离他还有百里之外的一座大山，瞬间爆碎了，他感觉自己的战力又有了精进。

"伤势好得差不多了，再有半个月的时间就可以痊愈，是时候去调查杀血组织和九幽地府的事情，不能让风起扬前辈一个人行动。"叶天辰皱起眉头想道。

想到这里，叶天辰御气飞行而去，他前往的是天数奇门的方向。根据风起扬前辈所说的，杀血组织与九幽地府隐藏了几百年，曾经各大门派的高手去寻找，都一无所获，想要知道这两个狠毒传承的老巢并不容易，如果能够借助天数奇门的力量，将会事半功倍。

哪知道，就在叶天辰离开之后，一个穿着黑衣、背后背着一把大刀的男子从虚空之中走了出来，一双眼睛阴毒异常，冷冷地看着叶天辰飞去的方向，自言自语道："你已经杀掉我们杀血组织两名种子选手，剩下的八人都会出手取你的性命，不知道你还能再多活几天！"

原来，杀血组织的杀手一直在跟踪监视叶天辰，只是没有出手。这名杀手也是杀血组织十名种子选手之一，他之所以没有出手袭杀叶天辰，一是因为他被叶天辰超强的恢复力给惊住了，二是他也想要利用叶天辰再多斩杀几名其他的种子选手，这样，他在杀血组织中的竞争就会小很多。

"哼，你最好是将剩下的七人都杀掉，我音刀最后自会给你一个痛快的了断，不然的话，我会让你求生不得，求死不能，眼睁睁看着亲朋一个个在你面前倒下……"男子冷哼了一声说道。

音刀是杀血组织几百年来培养出的种子选手中战力最强大的，足以跟杀血组织中任何一个老杀手一战，修为已经到了武尊后期的巅峰，与毒万里、贝伟相比，他的杀伐之术还要强大一些。

第四十一章
【非主流爷孙】

　　叶天辰施展神行术,风驰电掣一般地朝着天数奇门而去,他需要调查杀血组织和九幽地府的下落,就算现在无法抵抗杀血组织与九幽地府,掌握一些信息总是好的,能够提前阻止这两个狠毒传承的计划。

　　在路过嵩山小镇的时候,叶天辰忽然有了一种想到小酒馆喝一杯的冲动。这次大战,他不惜生死,若不是风起扬前辈出手,他已经神形俱灭了。经历了由生到死的过程,很多人都会有一种大彻大悟之感。

　　"小二,来一盘卤牛肉,再来一壶最好的烧酒!"叶天辰走进酒馆中,找了一个空位坐下,大声说道。

　　"稍等客官,马上就来!"小二快速而职业地应答着。

　　叶天辰看了看周围的环境,这个酒馆的生意不错,只剩几张空位,在里面喝酒吃肉的基本都是武道者,大家都在喋喋不休地在议论着什么。

　　"这次实在是太凶险了,我们差一点全部都死在嵩山派啊!"

　　"谁会想到,贝冷石的阴谋这么大,为人这样狠毒阴险,发现自己可能当不上古武界的执掌者,就要行大开杀戒之事。"

　　"毒天奇也不是什么好东西,五毒门本身就是用毒为主,狠辣无比,他也想要成为古武界的执掌者。他跟贝冷石联合,对古武界所有的人来说,都是一场大灾难,面对武圣境界的强者,我们都只有等死的份儿。"

　　"幸亏一剑道长和风起扬前辈出手,拦住了这两个魔头,否则后果不堪设想啊!"

　　"可惜一剑道长坐化了,让人感到遗憾。"

　　"风起扬前辈还活着,而且毒天奇与贝冷石这两个野心勃勃的魔头,修为境界也跌落到了武尊时期,这辈子都不可能再回到武圣境界了,我们也算是可以松一口气了,起码古武界近百年不会有什么大事发生。"

"这次也多亏了古武界的三大美女,飞刀门的谢雨荷带着大家冲杀出来,倾城月与南渊梦则拦住了毒万里与贝伟,为大家争取了时间。"

"古武界是上古传承遗留下来的,却始终有着血雨腥风,有魔头想要统治和杀戮,有时候想想,是应该团结。"

"团结?你真是太天真了!武道大世界存在一天,杀戮就会存在一天,这本就是一个弱肉强食的世界,不可能有真正的平静。逆天争命,不光是要跟天争,也要与人争,与这个世界上任何的东西争。"

"你们还忘了一个人,一个在古武界被传为是魔头的人,然而,这次他竟然以武尊境界的修为硬撼毒天奇这样的强者,不知生死……"

"你说的是叶天辰吧?"

"这个小子,敢跟田剥光这样的淫贼结拜,还得罪了五毒门,招惹了御剑门,迟早会没命的。一来就惹了这么多人,真是不知死活!"

"啪!"

一记响亮的耳光在小酒馆中响起,在其中一名武道者说叶天辰不知死活的时候,他被一巴掌打飞了出去,重重地摔在了地上,嘴角流出了鲜血,愤怒地看着自己的座位。只见在他的座位上出现了一名发型十分非主流的家伙,对方将一把利剑拍在桌子上,不屑地看着在场所有人说道:"你们这群心胸狭窄、自私自利的小人,跟田剥光结拜一直是老子的计划,打五毒门的脸一直是老子的想法,只是没想到被这个叫叶天辰的家伙给先办到了,气死我了!当然,他也算得上是一个顶天立地的人物。"

那名被"非主流"一耳光打飞的武道者从地上站了起来,一拳朝着他砸了过去。见这名武道者还手,"非主流"很是轻松地一笑,右手中出现了一根绿色的绳子,将那名武道者捆了一个结结实实,无法动弹。

"啊……放开我!放开我!"那名武道者狠狠地看着"非主流"说道。

"别叫别叫,多大的人了,动不动就大呼小叫的,太不稳重了吧?淡定,淡定!""非主流"摇摇头,有些郁闷地说道。

在场所有人都不知道"非主流"的来历,大家都被这家伙搞得哭笑不得。好在这家伙似乎没有杀意,这让在座的人稍微放心了一点儿。在古武界这个强者为尊的世界,随时都会有人没命,武道者是不受任何约束的。

叶天辰看着那"非主流"的造型,不禁也是哭笑不得,没想到在世俗界有"洗剪吹",古武界也有。地球如今是一个非常特殊之地,古武界与世俗界并存,世俗界的凡人很难进到古武界来,而古武界的武道者,则可以轻易到世俗界去,看样子,这个"洗剪吹非主流"是接受了世俗界"时尚"的理念。

"你到底是谁?胡乱出手伤人,就不怕走不出这小酒馆吗?"有人冷冷地看着"非主流"问道。

"哎,走到哪儿都有人想要知道我的名字,看来是我长得太帅了,我真是有些受不了了,为什么世界上会有我这么帅气的男人?""非主流"非常没有节操,还装出一副一本正经的样子认真说道。

"呕!"

周围已经有人忍不住表达了自己的不满,就连叶天辰吃在嘴里的牛肉也差一点吐出来,不过,这也让他对这人提起了兴趣。

"非主流"见到很多人都做出了呕吐状,非常不爽地看了一眼在场所有人,然后甩了一下洗剪吹的发型,做出了一个自认为帅气的姿势说道:"我的名字叫胡高!"

"胡高?胡搞?"

"你爷爷是不是叫胡了?"

"没错,你怎么知道的?算你有见识,小爷我不跟你们玩儿了,记住,谁要是有叶天辰的消息,记得通知我一声,这家伙先我一步完成了两件事情,我一定要找他算账。"

说完,这家伙便离开了,走的时候解开了那名被捆绑住的武道者身上的绿绳子。

"这家伙是谁,我要杀了他!"那名武道者想要追杀出去。

"别去,这人招惹不得,他是古武界中有名的小奇葩,外号'洗剪吹'!"其中有人阻拦了那名武道者说道。

"小奇葩?洗剪吹?到底什么来历?"那名武道者生气地问道。

"你不要命啦?'洗剪吹'你不知道,'杀马特'你总该知道吧?"另一名武道者一本正经地问道。

"什么?杀马特?那不是古武界的大奇葩吗?散修武道者中数一数二的

强者,这人跟他什么关系?"有人忍不住惊讶地问道。

其中一人走到酒馆的外面,到处张望了一下,才放心地回到酒馆中,略微有些害怕地说道:"胡高的爷爷名为胡了,明白了吗?"

"什么?'洗剪吹'的爷爷是'杀马特'?"那名武道者不敢相信。

在一边的叶天辰听得哭笑不得,这都是什么奇怪的外号,那爷孙俩居然还很出名。

当叶天辰吃饱喝足后,他也从旁边武道者的议论声中知道了刚才那个奇葩胡高的背景。

胡高的爷爷名为胡了,是古武界散修中排名前三的绝顶高手。只是胡了从很久以前就是一个大奇葩,造型穿着和发型都跟世俗界的杀马特有一拼,以至于胡高也受到了爷爷的影响,成了小奇葩,成为了"洗剪吹"。

不过,这对爷孙俩很少有人敢招惹,曾经嵩山派围杀胡高,胡了杀上门去,堵在嵩山派的山门口,一口气斩杀了嵩山派几十名弟子。要不是贝冷石出面,这件事情绝对是不死不休,那个时候的贝冷石还没有突破到武圣境界,胡高的爷爷有实力跟其一战。

从此之后,这对爷孙俩不光是穿着造型出了名,战力修为也让人不敢小觑,只是很少有人能够见到这对奇葩的爷孙俩而已。

第四十二章
【没有节操可言】

走出小酒馆，叶天辰看了看周围，便朝着天数奇门的方向继续飞掠而去。

"嘭咚！"

当叶天辰御气飞行到一处山脉间的时候，忽然一声巨响，像是有高手在打斗，一根绿色的绳子飞上了高空，一圈一圈地笼罩了下来。这让叶天辰很好奇，这根绿色的绳子他印象很深，正是胡高的，这家伙怎么在这里？跟谁在大战？

想到这里，叶天辰的好奇心让他降落了下去，直接落在了一棵古树上。只见胡高被几个人围住了，而这几个围住胡高的竟然都是女人，容貌都不差，个个手持利剑，眼中带着杀气。

"胡高，我看你今天往哪儿逃。"

"今天就是你的死期。"

"喂喂，几位姐姐，几位美女，貌似我们之间也没什么深仇大恨吧，犯得着刀剑相向吗？"胡高满脸堆笑地说道。

"你……无耻之徒，你爷爷是老不正经，你是小不正经，居然敢偷看我们瑶池派女弟子洗澡……"其中一人脸红地看着胡高说道。

"没有，这是绝对没有的事情！"胡高赶忙装出一副一本正经的样子反驳道。

"没有？你还敢狡辩，被我们瑶池派的弟子亲自抓到，你还有什么话好说？"另一名瑶池派的女弟子直接剑指胡高质问道。

"污蔑！绝对是污蔑！我胡高一生的追求，就是能够跟全天下的美女成为好朋友，谈谈人生，谈谈理想，谈谈男女身体的构造问题，怎么可能会做出这样卑鄙无耻的事情呢？冤枉啊，绝对是冤枉，肯定是有人见我胡高太帅，身边的美女朋友太多，嫉妒我，陷害我！"胡高拍着胸脯大声说道。

"拿命来吧！"

"唰！"

其中一名瑶池派的弟子一剑朝着胡高斩去，胡高的修为在武尊初期，在古武界也不算弱了，这四名瑶池派的弟子之中，只有一人到达了武尊初期，剩下的三名弟子都在武王境界，显然不是胡高的对手。

"啪！"

一道剑光斩落下来，胡高一个闪躲，在闪躲的同时，一把抓住了那名女弟子的手腕，坏坏地笑着说道："仙子，我对你仰慕已久，爱慕之情犹如滔滔江水连绵不绝，又犹如黄河水泛滥而一发不可收拾啊！"

"无耻！"

那名女弟子大羞，当下狠狠甩开了胡高的手，唰唰又劈出了两剑。不过，她的修为只在武王境界，根本就不是胡高的对手，胡高也是有意在调戏这名女弟子，羞得这名女弟子满脸通红。

"唰！"

"唰！"

"唰！"

"唰！"

四名瑶池派女弟子都出手了。胡高这家伙在几天前，竟然有胆量潜入瑶池派的外围，在一个温泉处偷看瑶池派的女弟子洗澡，不幸被瑶池派的弟子发现，已经逃跑了几天几夜，却不想还是被四名女弟子给追上了。

胡高不断闪躲，不断出手抵挡，没有下杀手，只是很不要脸地大声吼道："几位仙子，我对你们个个都是非常疼爱的，不忍心伤到你们，你们还是都从了我吧！"

听到胡高的话，这四名瑶池派弟子自然是大羞大怒，展开了更加猛烈的攻击，恨不得将胡高碎尸万段。叶天辰躲在古树上不禁失笑，忍不住想，如果胡高这家伙跟田剥光组合在一起，整个古武界的仙子们只怕都要遭殃了。

"无耻之徒，今天就要你的命！"

胡高的修为不低，并且瞬身之法非常快，尤其是那一根绿绳子，是一件不可多得的宝器,可以防御,也可以困住强敌。叶天辰猜测这根绿绳子起码也是武圣宝器,否则不可能有这样强大的威力,他要是被捆住,只怕也很难脱身。

四道剑光朝着胡高斩出,周围早就已经飞沙走石。瑶池派的传承也极其久远,从倾城月的实力就可以看出,瑶池派的传承强大,不能因为是一群女人就小看。古武界的女人绝对不可小视,据记载,人族的女人中可是出过帝者的。

四道强大的剑气将胡高围在中间,胡高不但没有闪躲,反而是一副舍身取义的样子,深深叹了一口气,看着天空说道:"哎,我本将心向仙子,奈何仙子负我情……"

"嘭!"

一声炸响,在四道强大剑气快要斩中胡高的时候,那根绿色的绳子将其快速包裹了起来,强大的剑气斩在上面,居然丝毫没有伤到胡高。

"妹妹们小心,这无耻之徒的手上有碧玉绳,能够防御,也可以作为杀器使用!"带头的女弟子见胡高祭出了一根绿色的绳子战斗,当下提醒道。

听到为首女弟子的提醒,其余三名瑶池派弟子都不禁快速后退了几步,而这时,那根碧玉绳也被胡高握在了手里,胡高依旧满脸堆笑地看着四名瑶池派的女弟子,说道:"四位仙子放心,我是不会出手伤你们的,因为我舍不得啊!"

"你……流氓,今天我秀颖不杀你,枉为瑶池派的弟子。"为首的女弟子有着武尊初期的修为,一剑朝着胡高劈了过去。

"轰!"

这一剑相当凶险,胡高差一点被劈中,要不是提前闪躲,这一剑下来,他就已经被劈成两半了,身后的一块巨大的岩石都被剑气击得粉碎,他回头惊讶地看着这一幕,然后满脸苦相地说道:"秀颖,你知道吗?其实我真的爱你,我最爱的人是你啊,我之所以偷看你其他的师姐妹洗澡,完全是想在众人中寻找你的身影!"

"你去死!"秀颖气得大怒,一掌拍向了胡高的胸口。

哪知道,胡高这家伙看着秀颖一掌拍过来,竟然不闪不避,仿佛已经做好了死的准备。

"无耻,下流,放开我……"

可是,就在其他三名瑶池派女弟子,包括站在古树上偷看的叶天辰,都对胡高的举动感到有些怪异的时候,碧玉绳已经将秀颖给捆住了。与此同时,胡高的右手已经抓住了秀颖的手腕,将上面的武道真力卸去,一下子印在了自己的胸口,继续无耻地说道:"秀颖,你感觉到了吗?我的心是为你而跳的,它跳得很厉害,因为你摸着它,这一刻,我愿意将自己交给你,愿意以身相许。"

"放开我,卑鄙……"秀颖不断挣扎,可碧玉绳是武圣境界的宝器,她只有武尊初期的修为,根本无力挣脱。

"放开我师姐!"

另外三人见秀颖被碧玉绳捆住,都手持飞剑,朝着胡高杀去。但是,她们的修为要比胡高低一些,胡高一掌拍出,便将剩下的三人打飞了。

"秀颖,我真的爱你,你能够感受到我剧烈的心跳吗?"胡高继续厚颜无耻地看着秀颖问道。

"要杀就杀,何必那么多废话,只要我活着,我就要杀了你这个无耻之徒。"秀颖大声地骂道。

"无耻?我是有牙齿的,并且还很整齐,很洁白,你可以体验一下……嘿嘿!"

胡高说话间,露出了自己一排整齐洁白的牙齿,翘起自己的嘴唇,竟然朝着秀颖的唇吻了上去,看得叶天辰都是一头冷汗。胡高这家伙简直无法用正常人的思维来判断,你不会知道这家伙的哪句话真,哪句话假,这就是一个好色无耻的主儿,完全没有节操可言!

第四十三章
【胡高拜叶天辰当大哥？】

"嘭！"

"噗！"

秀颖见胡高竟然吻向了自己，大急之下，想要强行挣脱碧玉绳的束缚，全力催动体内的武道真力。可是，这碧玉绳是武圣宝器，必须武圣境界的强者才有可能对抗，秀颖只有武尊初期的修为，是绝对不可能挣脱开的，这直接导致她将自己震伤了，也让胡高吓了一跳。

"没想到这秀颖这般刚烈，我倒想看看胡高这小子还能做出什么事情来……"叶天辰心里想到。

"你……"胡高一时间愣住了，笑容也凝固了，他没想到秀颖仙子会这样刚烈，宁愿震伤自己，也不愿意接受被自己亲吻。

"你可以动手杀我了！"秀颖仙子狠狠看着胡高说道。

"你这是何必呢？难道死也不愿意喜欢我吗？"胡高忽然很是严肃地看着秀颖说道。

秀颖愣住了，胡高这家伙平日里很无厘头，很难见到他正经的样子。当胡高突然一本正经，眼神中有着一丝落寞地看着秀颖的时候，突然让人觉得这家伙也不是什么坏人。

"我……"秀颖一下子愣住了，她的确从胡高的眼中看出了真诚，难道这家伙真的喜欢自己？

"恶贼，放开我师姐！"

就在胡高和秀颖四目相对，两人默默看着对方，不开口，不说话，气氛变得有些微妙的时候，一名瑶池派的女弟子站了起来，大声冲着胡高开骂。

"唰！"

一道剑光朝着胡高斩杀了过来，这一刻，胡高是严肃的，眼中也露出了一丝杀意，右手掌中幻化出了一道强大的武道真力，一下子就卡住了那名瑶池派女弟子的脖子。

"为什么？为什么要在最关键的时候打扰我？为什么不让我跟我心爱的人把话说完？"胡高严肃无比，眼中杀意弥漫，冷冷地看着那名瑶池派的女弟子吼道。

"啊……"那名弟子感觉自己的脖子都快要被扭断了。

"不要，胡高，不要……"

秀颖也是一惊，没想到胡高会突然大怒。她虽然知道胡高是一个流氓，可是，这个家伙很少动手杀人，他不是一个滥杀无辜的人，一直一副嬉皮笑脸的样子，此时忽然大怒，眼中杀意很浓，不由得让人感到震惊。

"嘭咚！"

那名瑶池派的弟子被胡高扔了出去，重重地砸在了不远处的一块岩石上，将岩石砸得粉碎，人也晕死了过去。胡高最后还是没有下杀手，眼中多了一丝伤感。

"胡高……"秀颖小声喊道。

"收！"

碧玉绳从秀颖的身上解开了，飞回到了胡高的手中，胡高背对着秀颖，挥挥手说道："你走吧，我现在什么也不想说。"

秀颖看了看胡高，皱了皱秀眉，然后说道："你偷看我们瑶池派弟子洗澡的事情，掌门是不会善罢甘休的，你好自为之吧！"

说完话之后，秀颖便带着另外三名受了重伤的瑶池派弟子离开了。胡高深深叹了一口气，仰天大呼道："为什么？为什么我胡高就得不到真正的爱情？为什么我这么英俊潇洒、玉树临风，就没有一个女人真心爱我？啊！"

"嘭！"

"嘭！"

"嘭！"

胡高发狂了，不断挥动自己的手掌，打得四周爆炸连连，周围数千米的范围内都被这家伙夷为平地了，看得古树之上的叶天辰非常无语。这家伙的性格简直比他自己还要难以琢磨，不知道他到底是真心喜欢秀颖，还是只是想要一段刻骨铭心的爱情。

"疯了，这种人我还是别接触了，比田剥光还要奇葩！"叶天辰叹了一口气，在心里想着，准备施展神行术离去。

"嗖！"

忽然间，一道绿光朝着叶天辰冲击了上来，叶天辰一惊，快速后退。他知道这是碧玉绳，武圣境界的宝器，要是被缠住，他可没有把握能够逃脱，当下快速地飞掠而去。

哪知道，刚刚转身，迎面就是一道强大的拳劲轰杀了过来，身后又是碧玉绳缠绕而上，叶天辰快速做出了反应，左手结印，泰阿剑祭炼而出，杀向了碧玉绳，右手握成拳，朝着前方挥了出去。

"嘭！"

一声巨响，叶天辰站在半空中，看着前方。他正前方是胡高，身后是泰阿剑跟碧玉绳在缠斗，叶天辰与胡高看着彼此，相互都有所戒备，却没有立刻动手，他们这是第一次见面，并没有什么深仇大恨。

"你躲在古树上看了这么久，难道不想下来认识认识我这个传说中的男人吗？"胡高看着叶天辰问道。

"没兴趣，我只是路过，看了一场好戏，现在准备离开！"叶天辰微微一笑说道。

"敢看我胡高好戏的人，那都是女人；男人，要留下命才行！"胡高笑着说道。

"那很不好意思，这个古武界想杀我叶天辰的人很多，却没有一个人成功，你一样也不会成功。"叶天辰摇摇头说道。

"嗯？你是叶天辰？"胡高一愣，不禁愣愣地看着叶天辰问道。

"行不更名，坐不改姓！"叶天辰继续笑着说道。

胡高一下子愣住了，上下打量着叶天辰，然后又回忆了一下嵩山派和五毒门追杀叶天辰时贴出来的画像，才确定站在他面前的人就是叶天辰。

"老大，收我做小弟吧，我对你的敬仰之情犹如滔滔江水连绵不绝，又犹如黄河水泛滥而一发不可收拾啊！"

叶天辰万万没有想到，胡高竟然一下子扑倒在了自己的脚下，做出一副非常崇拜的样子。叶天辰当下想要后退，但因为感觉到胡高身上没有半点杀气，终究忍住了。这家伙到底想要干什么？

"你小子离我远一点，我跟你不太熟，想要一战的话，你也不是我的对手，拜拜！"叶天辰后退了几步，将泰阿剑收回了自己的丹田之中，然后快速御气飞行而去。

胡高一愣，赶忙追在叶天辰的身后，用十分崇拜的声音喊道："老大，叶天辰，你是我的偶像啊，斩下五毒门的五毒七子，杀了御剑门的两位弟子，最让我敬仰的是你竟然拿到了倾城月仙子的肚兜，我简直是崇拜死你了！"

一瞬间，当胡高准备再往前追的时候，叶天辰已经站在了他的面前，用那种很是无语、想要掐死胡高的眼神看着他。胡高这家伙太不靠谱了，要是被他这样一路嚷嚷下去，五毒门和御剑门得罪了就得罪了，倾城月只怕就算在天涯海角，也会立刻冲出来追杀自己，这可不是一个好惹的女人！

"老大，你终于回来了，是不是肯收下我这个小弟了？嘿嘿！"胡高很是无耻地看着叶天辰笑着说道。

"做我的小弟？我可是得罪了很多大势力，天天过着被高手追杀的日子，随时都会没命的。"叶天辰严肃地看着胡高说道。

"真的吗？"胡高皱了皱眉头问道。

叶天辰点了点头，他看着胡高这个表情，以为这家伙是害怕了，一本正经地说道："像你这样的大好青年，有着广阔的前途，跟着我，只会早死！"

"太好了！太刺激了！老大，你是不知道，我被老家伙用阵法困了几十年，好不容易能够驾驭碧玉绳，老家伙才放我出来。可是，我感觉这个世界实在是太无聊了，没有刺激的生活，没有爱我的美女，我感觉整个世界的阳光都不那么灿烂了。直到我听说了你的事情，我就发誓，一定要跟你结拜成兄弟，一定要跟着你混，打遍那些道貌岸然的强者，收尽那些娇滴滴的女仙子！"胡高举起拳头，大声冲着天空说道。

叶天辰听到胡高的话之后，无语到了极点，只想一巴掌拍死胡高。

第四十四章
【跟胡高还是胡搞了】

叶天辰看着胡高,对这小子已经彻底无语了。就自己现在在古武界的名声,不知道多少人敬而远之,他居然还硬往跟前凑!

"你小子脑子进水了是不是?五毒门、御剑门、嵩山派,这三个古武界的大门派都在追杀我,你跟着我混,难道不怕死吗?"叶天辰没好气地看着胡高问道。

"不怕,我爷爷从小就教导我,死有轻如泰山,有重如鸿毛,我……"胡高做出一副大义凛然的样子说道。

胡高的话还没说完,就被叶天辰给打断了,连叶天辰都知道,这句话应该是"死有重如泰山,轻如鸿毛",这都能被胡高给念反了,这家伙简直不靠谱到极点。

"打住,你小子太不靠谱了,让你跟我混,我没把你害死,你恐怕都先把我给害死了!"叶天辰摇摇头说道。

"老大,我怎么会害你呢?我们结拜了之后,就是生死兄弟了,为兄弟,两肋插刀,为女人,插你两刀……嘿嘿!"胡高也意识到自己说漏嘴了,赶忙尴尬地笑笑。

"算了,我们相识一场,也不是敌人,还是各走各的路吧!"叶天辰无语地看着胡高说道。

胡高见叶天辰转身又要走,当下沮丧地大声说道:"我的大哥名叫叶天辰,是古武界中出名的大人物,力战五毒门、御剑门、嵩山派,并成功逃脱,最让我骄傲的是,他的手里有倾城月仙子的肚兜……"

"轰!"

一道强大的拳劲砸来，胡高大惊，赶忙快速躲开，而这个时候，叶天辰已经出现在了他的面前，冷冷地看着他。

"嘿嘿，老大，我是真心想跟着你混，你要是看得起兄弟我，我们现在就可以立誓结拜！"胡高嘿嘿笑着说道。

"我可是跟万里淫贼田剥光结拜过的，你要是再跟我结拜的话，整个古武界都会唾弃你、追杀你，你小子的好日子就到头了。"叶天辰严肃地说道。

"不怕不怕，能够跟田剥光大哥成为兄弟，也是我的荣幸啊！"胡高兴奋地笑着说道。

叶天辰满脑袋黑线，自己当时跟田剥光结拜，也是一时兴起，并没有想到后果，胡高这家伙倒好，明知道田剥光是整个古武界武道者追杀的淫贼，还敢跟其扯上关系。不过，胡高虽然是个奇葩，但也算是一个顶天立地的汉子，敢作敢当，只是跟田剥光一样，好色了一些。

叶天辰没有说话，转身就御气飞行而去。胡高一愣，以为叶天辰还是不想跟他结拜，当下又张嘴大声吼道："我的老大是叶天辰，他手里有倾城月仙子的……"

"你小子再敢乱吼，我保证让你一辈子说不了话！还愣着干什么，走吧！"叶天辰瞪了胡高一眼说道。

"走哪儿去？"胡高一愣，有些不明白地问道。

"去继续得罪几大门派，继续被人追杀！"叶天辰没好气地说道。

"好嘞！"胡高哈哈大笑起来，非常兴奋地说道。

虽然答应了胡高让他跟着，但这家伙"洗剪吹"的发型实在是让叶天辰有一种想要远离的冲动。

"我说你小子，能不能把你这个"洗剪吹"的发型改变一下？"叶天辰看了一眼胡高问道。

"这可不行，大哥，其余的事情我或许可以答应你，但唯独这件事不行！"胡高一本正经地说道。

"为什么不行？"叶天辰有些不明白。

"因为我这个发型，跟我爷爷的发型是相匹配的，我们爷孙俩的造型持久不变，总能让人一眼就认出来，多帅气！"胡高自信地说道。

听完这话，叶天辰是彻底无语了。真是服了这一对爷孙俩，胡高这家伙奇葩，其爷爷胡了更是大奇葩，这爷孙俩如果一起行走江湖的话，不知道会闹出多少鸡飞狗跳。

"兄弟，你跟我结拜，你爷爷知道吗？"叶天辰忍不住问道。

"不知道，不过我相信他也会很高兴的，说不定我爷爷也会跟你结拜的，你所做的事情，太让我们崇拜了！"胡高嘿嘿笑着说道。

"啊？算了吧，希望这辈子都不要见到你爷爷！"叶天辰赶忙说道。

胡高就已经很难缠了，他爷爷会奇葩到什么样的地步，叶天辰简直不敢想象。

"大哥，这就是你的不对了，我爷爷虽然没有我长得帅气，但在年轻的时候也是一个帅哥，并且他这个人是很不错的，只是有时候喜欢给我弄弄发型……"胡高认真地看着叶天辰说道。

叶天辰已经彻底不想说话了，只得继续施展神行术朝着前方飞掠而去。胡高用上了吃奶的劲儿，催动了体内大部分武道真力，才勉强赶上。他忍不住问道："老大，你这是什么神术？速度居然如此之快，比我的凌空步还要快上几分啊！"

"这是神行术。"叶天辰开口说道。

"神行术？就是传说中最强大的御气飞行之术，修炼到大成境界的话，一念能够到达万里的神行术吗？"胡高惊讶地问道。

"如果你有兴趣的话，我可以传授给你，能不能够修炼得成，就看你自己了！"叶天辰笑着说道。

"大哥，我不是那个意思，我的凌空步速度也不慢，只是我体内的武道真力没有你强大，否则未必会不及你的速度。我只是在想，倘若能够将神行术修炼到大成，到那个时候，我偷看美女洗澡，谁能追得上我呢？"胡高嘿嘿笑着说道。

叶天辰忍不住狠狠敲打了一下胡高的头，这家伙简直是太欠揍了。听着他前面的话，叶天辰还觉得胡高这小子虽然不靠谱，但还挺有志气，哪知道，这家伙的重点居然不是提升战力，而是想要偷看美女洗澡的时候不被抓住。

"哇，老大，你下手太狠了吧，万一将我帅气的头型给敲坏了怎么办，轻点儿，轻点儿。"胡高揉着自己的脑袋说道。

接下来，叶天辰和胡高没有再说话，两人全力朝着天数奇门的方向飞掠而去。

"喂,老大,停下来,停下来,有好戏看!"胡高忽然停下了自己的脚步,喊住了叶天辰。

"什么好戏?又是女人洗澡吗?这种无聊的事情,你想看就看,我先走了!"叶天辰没好气地看着胡高说道。

"不是,不是,老大,我胡高也是一个正直的青年,怎么可能随时做这种无耻的事情呢?下面是豪杰山,知道吗?"

"豪杰山?"叶天辰疑惑了起来,古武界中有这样一座山吗?怎么以前没有听南渊梦她们提起过呢?

"是的,我听说这一次散修中的白松举行了一个什么年轻一辈豪杰聚集大会,像是想要搞出点什么动静来似的……"胡高点点头说道。

"这跟我有关系吗?跟你有关系吗?我看你小子还是想要去结交那些美女仙子吧?"叶天辰瞪了胡高一眼说道。

"老大,结交美女仙子,只是其中的一件事情,关键是我听说白松的爷爷白彦武,这段时间像是跟什么大势力来往频繁,在帮忙寻找什么东西……"胡高皱了皱眉头说道。

"这跟我也没什么关系!"叶天辰转身就要离开。

"哎,白彦武是散修中的跟我爷爷实力相当的高手,能让他为之效力的势力肯定不小,似乎跟消失了几百年的杀血组织有关……我还真想下去看看。"胡高有些郁闷地说道。

"唰!"

叶天辰出现在了胡高的身边,皱着眉头思索了一下,看了一眼胡高说道:"走吧,下去看看!"

第四十五章
【最强散修的孙子】

当叶天辰和胡高降落在地面上之后,发现在不远处的山涧,已经聚集了很多武道者,大多是散修中的年轻一辈。

"大哥,我们等下过去……嗯?你是谁?"胡高转身想要跟叶天辰说话的时候,发现叶天辰已经不见了,站在他身后的竟然是一个满脸络腮胡子的大叔。

"我就是你大哥叶天辰!"满脸络腮胡子的大叔看着胡高笑着说道。

胡高疑惑地看了一眼叶天辰,然后惊讶地说道:"老大,你这不是易容术吧,整个人身上的气势都变了,根本就看不透啊!"

"这一点我还是很有自信的,就连毒天奇跟贝冷石都没有看穿。我这不是易容术,是变骨术!"叶天辰微笑着说道。

"变骨术?真是太厉害了!"胡高愣愣地说道。

"走吧,我不能太早暴露,否则就听不到什么有用的信息了。你跟那白松是认识的吧?"叶天辰看了一眼胡高问道。

"嗯,不过关系不太好,这家伙为人太过阴险狡诈,几次想要谋夺我手上的碧玉绳,要不是我防备得好,可能已经被白松夺去了!"胡高点头说道。

"你等下尽量套取这家伙的话,我想要知道他爷爷到底在为杀血组织做什么事情。"叶天辰开口说道。

"我明白!"胡高认真地点了点头说道。

商量妥当之后,叶天辰跟胡高朝着山涧中人多的地方走去。

"这白松怎么还不来,他到底想要干什么?"

"这小子说召集我们散修年轻一辈,说是有好事情要宣布,真不知道是什么好事情。"

"这家伙不会是在耍我们吧？"

几名武道者嚷嚷了起来，他们已经在这里等了很久了，白松这家伙还没有出现，自然引起了大家的不满。叶天辰大概扫视了一下，这里的人大多是散修武道者，修为基本都在武王境界，有几个要强大一点儿，在武尊初期，人数在一百名左右。这么看来，古武界中的散修还真是一股不弱的势力，不可小看。

"最近古武界有什么大事件啊？我都闭关一年多了，到现在才出来。"

"大事件，说出来怕吓死你！"

"吓死我？不会吧，倒是说说看！"

"古武界进行了执掌者的选举，毒天奇和贝冷石两人狼子野心，幸亏一剑道长与风起扬出手，才将这两个野心勃勃的魔头给镇压住了，否则，古武界将会有一场大难。"

"还有一个人你忘记提到了，他可是这四个人之后最出风头的一个。"

"我知道你说的叶天辰，这个不知死活的家伙，居然敢跟田剥光结拜，还得罪了五毒门和御剑门，在四名武圣强者大战的时候也敢去插一脚，要不是风起扬一念之差，救了这小子一命，他早就神形俱灭了！"

"不过，这家伙敢跟武圣境界的强者动手，也算是一种气魄了！"

"嘭！"

话语中有些赞许叶天辰的那名武道者，话音刚落，一道强大的掌力就拍落了下来。这名武道者一惊，想要躲闪，却发现自己根本无法动弹，惨叫了一声，被一掌拍成了肉酱，落得个神形俱灭的下场。

在场所有人都大惊失色，快速后退。只见一名穿着白色道袍，手里拿着一根笛子的年轻武道者飘飞了下来，冷冷地开口说道："像叶天辰这种人人得而诛之的无耻之徒，如果还有人敢赞许他，就是这个下场！"

来人非常嚣张跋扈地看着所有人，眼中毫不掩饰高傲和不屑，似乎这里就是他的天下，没有人敢违抗他的意思。

"老大，这个人就是白松。别看他一副英俊才子的样子，为人相当阴险狡诈，不可一世。"胡高小声对旁边的叶天辰说道。

"他这是欠收拾的，等一会儿，我会让他好看的！"叶天辰微笑着说道。

“最好不过，这家伙太嚣张了，不收拾不行！”胡高也狠狠地说道。

这个时候，白松走到了山涧中最高的岩石上，很快就有两名散修为其端了一把椅子放在身后，白松坐在上面，嘴角带着一丝自以为是的笑容，看着下面所有人说道：“这一次召集大家来，是有一件好事情宣布。”

“白松，到底是什么事情快说吧，我们没有闲工夫跟你耗着。”

“对，我们已经在这里等了快两个小时了，你才出现，是不是太不把我们这些人放在眼里了？”

来这里的人都是战力强大之辈，他们会到这里来，显然不是因为白松，而是因为他的爷爷白彦武。白彦武是散修中最强之人，就实力而言，比胡高的爷爷胡了还要厉害一些。

白松狠狠看了一眼说话的几个人，但还是忍住了，虽然他刚才已经来了一个下马威，不过，在这里也有战力跟他旗鼓相当甚至比他强大的人，他还要利用他们帮自己办事，还是不要把场面弄得太僵比较好。

“我所说的好事情，就是这个。”白松说着，手里出现了一块晶莹剔透的石头，散发着强大的精纯力量，每个人都能够感觉到那块石头散发出来的强大真力。

“灵石！是灵石！”

“这可是修炼至宝啊，整个古武界也找不出多少来！”

“地球早就不适合修行了，要不是古武界有大阵守护，还有稀薄的灵气存在，恐怕早就连武道者都不存在了！”

“如果能够得到一块灵石修炼，很可能一下子突破一个大的境界！”

叶天辰也是第一次见到“灵石”，他以前听南渊梦等人提起过，但一直没有见过。灵石在早就不适合修行的地球上已经寥寥无几，当白松拿出那块只有拳头大小的灵石时，叶天辰也感觉到了一股汹涌澎湃的力量。灵石为天地之精华，武道者修炼必备的东西，如果有灵石，以自己的天赋和悟性，能够让修为突飞猛进吗？

“没错，这就是所有武道者梦寐以求的灵石，找遍整个地球都不见得能够有一百块，不是至强者，是绝对无法拥有的。”白松得意地大声说道。

“到底有什么好事情，你就宣布吧，难不成每个人都发一块灵石？”有人开口问道。

"这当然是不可能的事情,但是,现在有一个得到灵石的好机会,就摆在你们面前,不知道各位有兴趣吗?"白松冷冷地一笑问道。

"每个古武者都想要灵石,我们当然有兴趣,你就别卖关子了,快说吧!"

"好,大家都是爽快人,叶天辰的事情你们都知道,我要你们杀了他,凡是能够斩杀掉叶天辰的人,就可以得到我手中的灵石。"白松狠狠地开口说道。

白松的话一出,很多人都觉得很疑惑,包括胡高在内,他忍不住用神念传音对叶天辰说:"大哥,你跟这白松有深仇大恨吗?"

"我跟这白松素不相识,这家伙怎么会引诱这么多散修强者杀我呢?"叶天辰也很疑惑地说道。

第四十六章
【嚣张的白松】

"白松,你让我们杀叶天辰,莫非跟叶天辰有什么深仇大恨?"其中有人开口问道。

"这件事情你们就不必知道了,总之,谁能杀掉叶天辰,这块灵石就属于他!"白松冷笑着说道。

"听闻你爷爷白彦武前辈正在寻找一样东西,不知道我们能否效劳?"

"还是算了吧,你们现在能做的就是拿叶天辰的人头来换我手中的灵石,至于我爷爷寻找的东西,你们几个加在一起也办不到,散了吧!"白松就像一个至尊一样发号施令,没有将在场的散修武道者们放在眼里。

"太目中无人了,他以为他是谁!"

"白松太嚣张了,居然敢这样指挥我等。"

"还是算了吧,他身后有白彦武撑腰,自然敢这样放肆,我们不搭理就是了!"

在场的众多散修武道者心里都有些不痛快,倘若是白松的爷爷白彦武在此地说这些话,在场的人可能会慑于他高深的修为,不敢有什么怨言。然而,白松这个年轻一辈居然敢不把在场所有人放在眼里,这就让人有些气愤了。在场众人,大多跟白松同辈,甚至还有修为比他高深、年龄比他大的前辈,他现在都敢这样放肆,如果修为再强大一些,不知道会跋扈到什么地步。

"哼,我虽然也很想得到灵石,不过,我不想受人约束和指使,告辞!"一名散修武道前辈冷哼了一声说道。

白松皱了皱眉头,冷冷地说道:"身为散修之中的一员,你以后也得不到我爷爷的庇护!"

那名散修武道的前辈看了一眼白松，最终还是很有骨气地离开了。

成为散修的人，大多数都是因为不喜欢受到约束，想要自由修炼，才会选择不加入某个门派，现在让他们听从白松的使唤，很多人都接受不了。因此，没过多久，在场的散修就剩下不到二十人了，这还包括叶天辰和胡高。见此景象，白松气得浑身颤抖，他狠狠地开口说道："这些人敢不听我的话，总有一天，我会让他们都跪地求饶！"

"白公子不要生气，我们留下来的人，都是想要为你效力的，只要你一句话，我们就是翻遍整个古武界，也要斩杀叶天辰。"

"没错，叶天辰大闹了古武界，得罪了几个强大的门派，就算现在不死，也活不久了！"

留下来的散修武道者，大多数都是见利忘义、心狠手辣之辈，为了得到一块小小的灵石，甘愿受他人驱使，已经将自身的尊严都放弃了。

"好，只要你们斩杀了叶天辰，我一定不会亏待你们！"白松狠笑着说道。

"白公子，有件事情我不明白，以你的修为，绝对能杀了叶天辰，为什么不亲自出手呢？"有不明白的人开口问道。

"叶天辰不过是一只东躲西藏不敢出现的老鼠，我只是找不到他罢了，他要是敢出现在我面前，我一只手就可以捏死他！"白松不屑地说道。

"一只手捏死叶天辰，怎么四大武圣境界强者大战的时候，不见你出现呢？你这么牛气，你爷爷知道吗？"

一个不和谐的声音响起，白松狠狠皱了皱眉头，十多名散修武道者都朝着身后看去，只见一名年轻武道者跟一名满脸络腮胡子的中年男人一起走了过来。

"我当是谁？原来是胡高，你这么不知死活跑到这里来，嫌命长了吗？"白松出言不逊地说道。

"老子爱上哪儿上哪儿，你管天管地，还能管老子拉屎放屁不成？"胡高没好气地说道。

"你……胡高，你要搞清楚，这里是我的地盘儿，要不是老爷子一直叫我不要杀你，你早就没命了！"白松气得双眼快要冒火了，盯着胡高吼道。

胡高不屑地看了一眼白松，也找了一个位置，坐在一块岩石上，打了一个哈欠说道："这是你的地盘儿吗？你白松算老几？你也太看得起自己了吧？"

白松和胡高本就是仇人，当然，是白松先惹事的，白松为了夺取胡高身上的碧玉绳，三番两次设计陷害胡高，要不是胡高机警，早就没命了。

"胡高，你知道你让我生气了吗？"白松冷冷地看着胡高问道。

"你生不生气关我屁事啊，你算哪根葱？"胡高冷笑着说道。

"你现在交出碧玉绳，跪在一边儿去等死，还来得及！"白松无比嚣张跋扈地看着胡高说道。

"有多远滚多远，老子胡高要在这里睡觉了，别打扰了老子的雅兴！"胡高也很拽地说道。

在场的人都愣住了，一时间不知道怎么办才好。胡高的爷爷胡了也是散修中数一数二的强者，就算没有白彦武那般强大，但在散修中也是有绝对威慑力的，所以留下来的这些散修武道者，尽管想要为白松效力，谋取一些利益，可当他们见到胡高出现的时候，也都不敢插手。

白松站了起来，冷冷的看了一眼胡高，坏笑着说道："老爷子交代过，让我不要杀你，却没说不让我打你一个半死，抢夺你身上的碧玉绳。而且今天我不用亲自出手，有他们就已经足够了！"

"他们？那你可以让他们试试看。"胡高还是一副无所谓的样子说道。

"你们杀了胡高，他身上有碧玉绳，谁杀了他就是谁的。"白松看着在场的散修武道者们说道。

"你们相信这个伪君子的话吗？如果我真的被杀了，他转眼就会杀掉你们，碧玉绳肯定是他白松的。"胡高躺在岩石上面淡然地说道。

"哼，我白松说话算数，谁杀了胡高，不但可以得到碧玉绳，还能得到一块灵石，这件事情的后果都由我白松一人承担！"白松冷哼了一声说道。

这时，有人蠢蠢欲动了，白松给出的诱惑实在是太大了，碧玉绳乃是武圣宝器，而一块灵石在现在几乎找不到灵石的地球上来说，有多珍贵，那就不用说了，足以让武圣境界的强者都出手。

"轰！"

有人出手了，一拳朝着胡高轰杀了下去。胡高皱了皱眉头，他知道这群人都是心狠手辣之辈，现在有一个人出手杀自己，剩下的人迟早也会出手。不过，他不怕，只要白松不出手，他便不会有事；就算白松出手了，自己身后还有老大叶天辰，以叶天辰的战力来说，灭杀白松应该不难。

"嘭咚！"

胡高脚下的岩石轰然碎裂，整个人腾空而起，十多名散修武道者朝着胡高冲杀了过去，将胡高围在中间。这个时候，胡高手中出现了一把剑，正是叶天辰得到的三把上古神剑之一的泰阿剑。早在到达这里之前，叶天辰就交给了胡高，让他防身之用。胡高的身上除了碧玉绳，没有称手的宝器，而碧玉绳使用起来不太方便。

"噗嗤！"

"噗嗤！"

一道道鲜血飞溅而起，胡高出手了，泰阿剑为上古十把神剑之一，威力巨大，他尽管没有掌握，可这种神剑自带一分神威，胡高用此斩杀同境界的敌手，易如反掌。

五具残缺不全的尸体掉落在地上，胡高站在人群中，杀意弥漫。对于这群想要围杀他的心狠手辣之辈，他肯定不会留手，这里的每个人都不是什么好东西，留手就等于是自己找死。

"这……胡高怎么突然这么厉害了？"

"他不是也只有武尊初期的修为吗？怎么一剑就斩杀了同境界的对手？"

"不，是他手中的那把剑，那把剑很强大，能够随着持有者的手势杀人！"

"哼，别以为得到了一把厉害的剑，就能逃出我白松的手掌心，你在我的面前，就是任我宰割的鱼肉！"

"啪！"

白松非常强势霸道，朝着胡高的脑袋一掌拍了下去，排山倒海的力量袭来……

第四十七章
【白松被打脸】

"胡高，天堂有路你不走，地狱无门你闯进来，今天我就在这里杀你，谅你爷爷也不知道！"白松面容狰狞地大笑着，无比得意与嚣张的一掌拍向了胡高的脑袋。

胡高下意识地后退，可他发现白松这一掌就像一个磨盘那般大小，任凭他的速度有多快，白松的掌力始终笼罩在他的头上，并且速度很快地朝着他镇压了下来。

"唰！"

坐以待毙当然是不可能的，胡高挥动泰阿剑，劈出了一道不弱的剑光，却还是没能挡住白松拍下来的手掌。他的修为比白松弱一些，想要抵抗白松这一掌非常艰难，不是每一个人都像叶天辰那般，天赋异禀，拥有跨阶而战的实力。

"你在我面前就是蝼蚁，我要杀你，无人能救！"白松见胡高拼命反抗也逃脱不了被自己一掌拍成肉酱的命运，当下更加得意地大笑了起来。在他看来，这里没有一个人是他白松的对手，他想要杀谁都易如反掌。

"嘭！"

一声闷响，在场的所有人都是一惊，白松这一掌拍击下去，胡高没能逃脱，站立之地瞬间崩碎了，激起了漫天尘埃，周围百米上下都看不见一点儿好的地方，足见白松这一掌的威力有多巨大。

"白兄好手段！"

"胡高这是不自量力，该死！"

"蚍蜉岂可撼大树，可笑可笑！"

在场的那些散修见白松这一掌威力如此巨大，胡高可以说毫无还手之力，纷纷拍起了马屁。

白松则紧锁眉头，冷冷地看着下方，心里充满了惊讶。自己这一掌起码用了七成的武道真力，以胡高的修为来说，是根本不可能挡住的，为什么他感觉有人在尘埃中挡住了他这一掌呢？莫非是胡高的爷爷来了？

想到这里，白松愣了一下，嘴角露出了一丝狠笑，将手中的笛子放在嘴边。他心里有些发憷，倘若真是胡高的爷爷胡了来了，那他可能会没命，以他的修为实力，想要胜过胡了是不可能的。这次，他是真的下杀手想要灭掉胡高，胡了来的话，肯定会出手，那他必须第一时间做出反应保命。

当下，白松左手中的印式一捏，一张符咒快速消失在了天空中，紧接着，一层武道之力加持在自己身上，保护着他。紧接着，白松张嘴射出了一道白光，将下方的尘埃快速逼退，他现在想要看看，是谁挡住了自己这一掌。

"嗯？"白松见到下方的情况，不禁皱了皱眉头。只见胡高这家伙还好好的，在他的旁边站着一名满脸络腮胡子的中年人，这个中年男人很是淡定地看着他。

"胡高没死？"

"怎么可能？白松可是有着武尊中期的修为，年轻一辈中算是数一数二的强者了，要灭杀胡高应该不难啊。"

"莫非胡高身上有什么秘宝，挡住了白松的一掌？是碧玉绳吗？"

"不，不对，是那名中年男子，是他挡住了白松的一掌。"

"这……这名中年男人……竟然也有着武尊中期的实力，他是谁？"

在场的年轻散修都忍不住议论了起来。

要知道，在这个不适合修行的地球上，在灵气越来越稀薄的古武界，能够到达武尊中期的修为，那绝对算得上是了不起的，尤其是年轻一辈中，能够有这样实力的人，绝对是佼佼者。一个门派，要倾尽门派中所有的天材地宝，最强大的法诀仙经，才有可能培养出一名年轻的武尊中期强者。所以，在如今的古武界，除去那些掌门和老一辈的家伙之外，能够到达武尊中期的人物寥寥无几。在那群老家伙不出手的情况下，武尊中期的实力足以横行整个古武界。

"你是什么人？居然敢对我白松出手，活腻了！"白松冷冷地看着叶天辰问道。

"白彦武那个老家伙,没有教过你尊老吗?"叶天辰故意挑衅道。

"你……你敢出言侮辱我爷爷,就算你有武尊中期的修为,在我面前也算不得什么!"白松一下子站了起来,双眼血红地看着叶天辰吼道。

"你爷爷是谁?是我口中所说的老东西吗?你自己承认了?"叶天辰耸耸肩膀,淡然地说道。

"哼,哈哈哈哈,我白松从来不杀无名之辈,报上名来……"白松狠狠看着叶天辰问道。

"我的名字叫爷爷!"

"爷爷……"

"哎哟,老孙子,再叫一声,爷爷听着舒服啊!"叶天辰哈哈大笑着说道。

"你……我白松今天不杀你们两人,我誓不为人!"白松当下快速朝着叶天辰与胡高冲了过去。

"你本来就不是人,我还会让你变成死人!"叶天辰脸色一沉,冷静地说道。

对于白松,叶天辰肯定不会手下留情,准确的说,对在场的每一个人,他叶天辰都不会手下留情。自己跟他们无冤无仇,这些人居然都要出手杀自己,还有什么可犹豫的呢?

"老大,你真是太幽默了,没想到你比我胡高还能胡扯啊?"胡高简直哭笑不得,没想到一向正经的叶天辰居然气得白松差一点吐血,还一个劲儿地叫"爷爷"。

"你站一边去,提防其他散修出手攻击你,我来会会白松。"叶天辰看了一眼胡高说道。

"大哥,别把白松一下子打死了,你还要问他关于杀血组织的事情呢!"胡高提醒道。

"嗯!"

"啪!"

白松一掌拍击了下来,顿时整个地面都在颤抖,天空都在呻吟,这一掌他用了十成的武道真力,想要一击将叶天辰震杀。

叶天辰嘴角露出了一丝冷笑,白松的修为境界虽然在武尊中期,可刚才他对胡高出手的时候,叶天辰就看得清清楚楚,白松的修为境界是被人强行提升上去的,应该是白松的爷爷白彦武所为。说白了,白松武尊中期的修为不是他实打实修炼上去的,根基不稳。

"轰!"

叶天辰站在原地不动,一记金刚神拳迎了上去,看得白松和那群年轻散修都是一愣。面对白松这样强势的一掌,对方居然敢站在原地不动,就算他也有着武尊中期的修为,难道想要凭借这样轻描淡写的一掌将白松击败吗?

"这名络腮胡子大汉败了!"

"还是白松技高一筹。"

"胡高和这名大汉都要神形俱灭在此,白松是真的怒了!"

"嘭咚!"

一声巨响,接下来的场景让这群站在白松那一边的散修们呆若木鸡。叶天辰还站在原地不动,白松却后退了十米之远,才堪堪稳住身形,并且,他的右手已经满是鲜血,整条右手臂都毁了,惨不忍睹,这就是跟叶天辰硬碰了一击的下场。

"啊……你……"白松又恨又怕,没想到自己出尽了全力的一掌,不但没有将眼前的中年男人震杀,还让自己受了重伤。

"我只是肉身比你强大了一点而已,你还有绝学神通没有施展,不如再试试看?"叶天辰依旧笑着对白松说道。

第四十八章
【魔 笛】

在叶天辰看来，白松那武尊中期的修为不是自己修炼上去的，根基不牢固，加上自己修炼的"金刚神拳"与"金刚不坏神功"，本身就是非常强大的神术绝学，全都被他修炼到了小成的境界，这两种神术相辅相成，一旦到了小成的境界，便能力压同阶强敌。击败白松，还用不着叶天辰拼命触动跨阶而战的境界。

"这……这怎么可能？"

"白松败了？"

"这名满脸络腮胡子的中年男人到底是谁？"

"以前也没听说过散修中有如此厉害的人物啊？"

在场的散修年轻一辈都大惊失色，他们没想到白松十成武道真力的一掌下去，不但没有击杀叶天辰，还被对方轻描淡写的一拳给轰退了。这不光是对白松肉身的重创，更是对他这个散修年轻一辈数一数二高手当众打了一记耳光。

白松狠狠看着叶天辰，咬牙切齿地问道："你到底是谁？"

"我是谁，你不需要知道，知道了，你会更惨，我倒是有一件事情想要问你！"叶天辰看着白松，依旧很淡定地问道。

"无论什么事情，我都不会告诉你，今天，你和胡高一定要死。"白松虽然眼中充满了惊讶，却还是很有自信地说道。

叶天辰皱了皱眉头，他忽然想起了刚才白松祭炼出去了一张符咒，那张符咒上面的神纹非常繁杂，此时，见到白松眼中尽管有些害怕，却还是很淡定的样子，叶天辰想到了什么，心里不由得一紧。如果他猜得没错，自己和胡高必须尽快离开这里，否则真有可能陷入危险。

"轰！"

出手了，叶天辰不再多说，双拳紧握，金光从双手中冲击了出来，不断闪烁，惊得白松不断后退。他能够感觉到，叶天辰的这双拳头，有着毁天灭地的力量，每一道拳劲打出，都会让他经历死里逃生的境遇。

"砰！"

"砰！"

"砰！"

一道道金色的拳芒不断朝着白松轰杀过去，白松早已满头冷汗，这种拳劲不是他能挡得住的，同时心里也羞愤不已，自己跟眼前这名壮汉一样有着武尊中期的修为，可在他的面前，只是一个回合而已，自己便没有了一战之力，实在是太丢人了。

"怎么会这样？一样的修为境界，为何那中年男人能够……"

"太强大了，这金色的拳芒，每一击都像有着排山倒海一般的力量，在场有几个能够挡得住？"

"同样的修为境界，却将其力压，这个中年男人太强大了……"

一些原本站在白松那边的年轻散修，都忍不住小声议论了起来，所有的目光都聚集在叶天辰的身上，因为他表现出来的战力实在是太强大了，将白松逼得不断败退，根本就没有还手之力。

这一刻，叶天辰没有说话，只是不断出拳轰杀白松。别人或许不知道，但他却猜测到了一二，白松之所以这样有恃无恐，就算是自己力压他，他也没有逃跑的意思，肯定是因为有后手和依仗。

"你们还愣着干什么？去杀了胡高，这边我来对付，我还有强大的神术没有施展！"白松一边闪避叶天辰的拳芒，一边冲着剩下的十多名年轻散修吼道。

那些散修回过神来，看了一眼胡高，全都做出了准备攻杀的架势。胡高一愣，将泰阿剑横在胸前，笑着说道："我说道友们，大家都是帅哥，家里也都有亲人，何必来送死呢？我胡高并不是嗜杀的人，也不想因为杀你们耽误了泡妞的时间，大家各自散去如何？"

"唰！"

"嘭！"

"轰！"

狂轰滥炸的攻击朝着胡高斩落了下来，胡高赶忙后退，他对泰阿剑的御使完全不能跟叶天辰比，怎么可能一瞬间杀掉十多名年轻散修，并且，这十多名散修中还有几名武尊初期的高手，甚至有一两个只差一步就能突破到武尊中期，不是那么好对付的。

"嘭咚！"

白松被叶天辰一拳打飞了出去，若不是关键时刻他手中的笛子震出了一道护体的光，白松已经死在叶天辰的拳头之下了。

"你跑不掉的，还是乖乖回答我的问题最好！"叶天辰冷静地看着白松说道。

"哼，哈哈哈哈，你上当了，我一路后退，并非是战力不如你，而是为了将你引到这个绝佳的地势之中来，你去死吧！"

白松猛然间冲上了天，叶天辰皱了皱眉头，看了看左右的地势，不禁一愣。不知不觉间，他和白松两人已经到达了豪杰山的山涧中，两边都是厚重的岩壁，只有一个向天的缺口可以冲出去。

可是，就在叶天辰准备冲出去的时候，白松已经飞到了山涧之上，左手拉着自己的宝器笛子，划出了一道强大的光幕，将山涧的出口给封住了。

"砰！"

叶天辰一拳砸在那光幕之上，不禁皱眉，因为这一拳过去，光幕纹丝不动，不知道白松手中的笛子到底是何物，居然有这么大的神力。

"不知死活，你知道我手中的宝器是什么吗？它就是让人心神涣散的七情六欲笛，到了这个地方，你就乖乖等死吧！"白松面容狰狞地大笑着吼道。

"嘀！"

"嘀！"

白松吹动了七情六欲笛，当那笛子发出声响的时候，整个山涧都在颤抖，不管是有灵性的草木也好，一片死寂的山石也罢，好像瞬间都活了一般，随着笛声的长短大小，不停颤抖。

"嘭！"

"嘭！"

"嘭！"

几声炸响，叶天辰被逼退到了山洞之中，那七情六欲笛就像有一股非凡的魔性，一下子就锁住了叶天辰的心神，顿时，叶天辰感觉他体内的武道真力都被禁锢住了，四肢百骸之中的精气也在流失，当下大惊，赶忙盘膝而坐，护住心神。

这一边，胡高跟十多名年轻的散修强者杀得天昏地暗，当胡高听到笛声的时候，脸色瞬间变得苍白，不由得大声冲着叶天辰喊道："老大，护住心神，不要迷失自我。这是魔笛，会震散人的神识，灭杀人的灵魂！"

"哈哈哈哈，胡高，整个山洞都被我封住了，谁也救不了他，你的话他是听不见的，你识相的话，就将碧玉绳和手中的神剑交出来，否则一个小时内，你的下场就会跟他一样。"白松得意地大笑道。

胡高狠狠咬了咬牙，想要冲过去帮叶天辰。可是，攻杀他的十多名年轻散修强者也不是吃素的，他们一个比一个强大，要不是有碧玉绳护住全身，有泰阿剑在手，胡高恐怕已经没命了。

七情六欲笛是上古遗留下来的魔器，是一件绝世凶魔之物。当年，这件魔器在整个地球上都掀起了血雨腥风，不知道灭杀了多少强者，最后，一位武圣后期巅峰境界的人物将这七情六欲笛永久封印了起来，却没想到，会被白松的爷爷白彦武寻得。魔笛再一次重现，必定遗祸人世间。

不管是世俗凡人还是强大的武道者，只要是人，就无法超脱七情六欲的控制，而这根魔笛就是从人性的根本进行摧残，只要你有七情六欲，它就能控制你的心神，抹杀你的灵魂。

"王八蛋！卑鄙无耻！敢不敢跟我胡高公平一战？"胡高气得浑身发抖，心里十分担心叶天辰，狠狠地看着白松吼道。

"不必了，反正你们两人都要神形俱灭在此，我没有闲工夫跟你们一战，我还要去灭杀叶天辰呢！"白松不屑地冷笑着说道。

这时，山洞之中，盘膝而坐的叶天辰忽然站了起来，看着面前的人，不禁伤感动容地说道："梦儿，你怎么在这里？你没死对吗？"

"天辰，我死了，我被那强大的凶兽所杀，整个村子里面的人都死了，他们都死了！"一个美得让人窒息的女子穿着一席紫色的衣衫，站在叶天辰的面前说道。

"梦儿,对不起,对不起,我不该离开你,我不该离开大家,否则,你们就不会让凶兽有机可乘,对不起……"叶天辰眼中流出了泪水,整个人浑身都在发抖,双拳紧紧握住,指甲都掐进了肉里,掐出了血,他却完全没有感觉。

第四十九章
【叶天辰活着的理由】

"为什么……为什么我那天要外出？为什么我不带上你？梦儿，对不起，对不起……"叶天辰痛心疾首地大声吼道。

"对不起？对不起有用吗？我们全村人的性命，能够因为你的一句对不起而回来吗？"站在叶天辰面前的绝世美女大声冲着叶天辰吼道。

"梦儿……你知道吗？我很想你，我很想念村子里面的每一个人，多少个夜晚，我在梦中惊醒，我醒来的时候，双眼不自觉地流泪，没有人知道我心里有多痛，有多恨，有多想回到末世星去为你们报仇！"叶天辰浑身颤抖地说道。

听到叶天辰的话，白松不由得皱了皱眉头，疑惑地说道："末世星？这是怎么回事？莫非这个中年络腮胡子不是地球上的人？这……不可能的，地球的上古传送阵早就被毁了，这里的武道者出不去，外面的武道者也进不来，除非有着帝者神通……"

白松很疑惑，虽然"末世星"三个字让他怀疑叶天辰不是地球上的武道者，但他并不能肯定，传送阵被毁，外面的武道者应该没有渠道进入地球才对。

这个时候的叶天辰已经完全被七情六欲笛给控制住了，这种魔音能够将人脑海中最深处的痛苦勾出来，只要是有七情六欲的人，都会受到它的影响和控制，尤其是内心深处蕴藏着巨大痛楚的人，很有可能被其引导入魔。

叶天辰的面前实际上什么都没有，只是他的情感被七情六欲笛给控制了，眼前出现了连他自己都无法分辨的幻觉，深深陷入其中，无法自拔。

"这有什么用，你去死吗？就因为你的疏忽，害死了我们全村所有的人，就因为你的大意，让我们阴阳相隔，再也没有在一起的可能！"站在叶天辰面前的绝世美女继续痛斥着。

"啊……梦儿，我好痛，我心里真的好痛，无数个夜晚我都睡不着觉，我都想着要为你们报仇，我……"叶天辰紧咬牙关，痛心疾首地看着前方说道。

"没用了，说什么都没用了，你我已经天人永隔，你害死了整个村子里面的人，男女老少，他们是那么的信任你，将生命托付给你，可是……"

"我会为你们报仇的，一定会为你们报仇的！"叶天辰大声说道。

"报仇？报仇有用吗？我们已经死了，而你也是村子里面的一员，为什么不选择下来陪我们？你是个懦夫！"绝世美女冷冷地看着叶天辰说道。

"我……我是懦夫？"叶天辰后退了两步，很是伤感地自问道。

"没错，你就是一个懦夫，害死了整个村子的人，却没有勇气自杀前来找我们，说为我们报仇，只是你想要苟且偷生的借口罢了。"

"不，不是的，死对我来说，早就不算什么了，我活着是想要为你们报仇，是因为我知道这方天地很大，说不定能找到办法让人起死回生。"叶天辰终于说出了他心里最真实的想法。

"笑话，太可笑了，这只是你贪生怕死，想要苟活下来的借口而已，算我看错了你，再见了！"

此时，站在叶天辰面前的绝美女子苦笑了一下，慢慢转身离开，留给叶天辰一个落寞的背影。这一刻，叶天辰感觉到了无助，感觉到了不被理解的绝望，感觉到了末世星整个村子死去的人们对他的怨恨。

"我想要寻找起死回生之法，来复活大家，但如果没有找到呢？他们若真的泉下有知，也不会理解的，肯定恨我入骨……"叶天辰落寞地自言自语道。

这一刻，叶天辰流下了泪水。在末世星的时候，他虽然是一个孤儿，但村里上上下下的人对他都很关心和照顾，他们就是叶天辰的亲人。然而，当亲人都不理解你的时候，这打击是极大的。瞬间，叶天辰觉得活下去没有意义了。

"梦儿，等一下！"叶天辰看着前方美女的背影喊道。

"我们不需要你的道歉，你的过错无法弥补！"绝世美女摇摇头说道。

"既然无法弥补，那就让我跟你们一起去吧，就算死，我也要跟你们在一起！"叶天辰说话间，已经右手成掌，缓缓朝着自己脑门拍去。一旦这掌拍下去。叶天辰便会彻底神形俱灭。

白松飘飞在山涧之上，见叶天辰缓缓举起了自己的右手，右手掌中武道真力澎湃，看样子是真的要动手了。他嘴角露出了一丝狠笑说道："哼，没有人能够逃脱七情六欲笛的控制，没有人是我白松的敌手！"

"嘭！"

话音刚落，山涧中传来了一声巨响，白松赶忙向下看去，只见叶天辰站立的地方出现了一个深不见底的大坑，看样子叶天辰一掌将自己打了一个神形俱灭。

"哈哈哈哈，胡高，你的帮手已死，你还是乖乖交出碧玉绳吧，我可以让你死得痛快一些。"白松大笑着冲胡高吼道。

"大哥……"胡高大怒咆哮了起来，全力御使碧玉绳和泰阿剑，不断厮杀，围住他的十多名年轻散修强者也都全力出手击杀胡高，不敢让其逃脱。

"胡高，今日就是你的死期，大罗神仙都救不了你！"白松得意地吼叫着，准备冲过去击杀胡高。

哪知道，就在白松准备移动的时候，他得意的脸色瞬间苍白，因为他的脖子处多了一道金光。

"你……"

"噗！"

白松刚说出一个"你"字，脑袋便飞了起来，被抛向了天空。与此同时，他脑袋以下的躯体被一脚踢了出去，砸在了围杀胡高的那群年轻散修中，惊得所有人都停了下来。

第五十章
【唯有一个"杀"字】

这一刻,在所有人的面前站立着一个浑身散发着金光的人,身上的金光就是一种震慑,透露出来的武道真力令人不敢直视。所有人都呆住了,任谁也没有想到,已经得胜大笑的白松脑袋会突然跟身子分家。

"老大……我就知道你没死,我就知道你不会死的!太厉害了!我崇拜你,你就是我的偶像!"胡高看着叶天辰浑身金光焕发,武道真力澎湃汹涌,逃脱了白松七情六欲笛的控制,高兴地大吼大叫了起来。

"你……你怎么……"白松的脑袋掉落了下来,被叶天辰拎在手中,一副惊恐无比、不可置信的表情看着叶天辰。

七情六欲笛虽然不是什么至强的宝器,却是一种连武圣境界的强者都能控制住的魔器,从来没有人能逃脱,他也是前不久才从爷爷白彦武那里学到了御使这杆魔笛的方法。如今,叶天辰竟然摆脱了七情六欲笛的控制,他刚刚明明一掌拍向自己的脑门儿,这一切到底是怎么回事?

叶天辰无视白松,在他眼里,白松早就已经是一个死人了,之所以还没有让其神形俱灭,是因为这个死人还有一些利用价值。他冷冷地看着下方,自言自语道:"倘若你们真的这样误解我,我就更加不能死了,我要让你们活着,要你们活着对我表示谅解,那个时候,我就算是死也满足了。从现在开始,这就是我叶天辰活着的动力,一天没让你们活过来接受我的道歉,我就不会死!"

"你……你到底是什么人?"白松听到叶天辰的自言自语,语气颤抖地问道。

"唰!"

叶天辰到了胡高的旁边，扫视了一下在场所有人说道："我就是跟你们无冤无仇，而你们却想要杀掉的人，我……来杀你们了！"

一瞬间，叶天辰将施展在自己身上的"变骨术"去掉了，瞬间恢复到了原本的身形和样貌，惊得周围的人都是一愣。很多人都下意识地后退，头颅被拎在叶天辰手中的白松更是吓得满头大汗，要是他的身体还完整的话，只怕已经是屁滚尿流了。

"叶……叶天辰。"

"这……叶天辰？"

"好大的胆子，明知道我们要杀你，你还敢闯进来。"

"既然你敢显出真身，那今天就是你的死期。"

这群年轻的散修强者着实被惊住了，谁也没有想到，这个满脸络腮胡子的中年男人竟然就是叶天辰变化而成的。

"噗！"

"嘭！"

天空中多了一团血雾，叶天辰出手了，一名散修强者的脑袋飞了起来，在半空中爆开了，神形俱灭。

"你们还愣着干什么，一起上，他就是叶天辰，杀掉他便能够得到灵石！"白松情急之下大声吼道。他知道，如果这里所有的年轻散修都死了，那他也是必死无疑。他已经输了，只剩下一颗头颅，施展不了神通，只有任其宰割的份儿，倘若这群人一起出手，斩杀了叶天辰，他白松还有救。

"唰！"

叶天辰出手夺过了胡高手中的泰阿剑，在胡高还没有反应过来的时候，他左手拎着白松的头颅，右手持着泰阿剑，冲进了那十多名散修中，每挥出一剑，就有一个人神形俱灭。

"轰！"

有人一拳朝着叶天辰轰杀了过来，叶天辰嘴角露出了一丝狠笑，顺手将白松的头颅抛向了天空，同样左手紧紧握住一拳，轰杀了过去。

"嘭！"

那名对着叶天辰挥拳的散修死了，连惨叫的机会都没有。

只是几个照面，叶天辰就斩杀了五位年轻一辈的散修强者，剩下的几人大惊失色,全都后退,将叶天辰围在中间,谁也不敢冲上去。

此时,白松的头颅从高空上落了下来,叶天辰看都没看头上,直接一剑刺了上去,泰阿剑从白松的发髻中穿过,差一点击碎头颅,白松吓得差点晕死过去,一句嚣张的硬气话都不敢说了。

"哼,叶天辰,你得罪了五毒门、御剑门,还不赶快逃命?"

"逃命?就算要逃命,也必须先斩杀了你们这几个无耻之徒再说。"叶天辰冷静地说道。

"你我素不相识,无冤无仇,没有必要生死相向,你走吧。"

"走?现在知道放我走了吗?想杀就杀,想走就走,你们当我叶天辰是什么?今天都给我把命留下。"叶天辰还是很淡定地说道。

"不知死活,我们只是想给你一个活命的机会,既然你不珍惜,那就怪不得我们了,看印!"

"轰隆隆!"

这时,在叶天辰的头顶出现了一方大印,这方大印通体紫色,四四方方,没有什么特别之处,却散发出了一种强大的紫色真力,快速镇压而下。

"嗖!"

一道精血喷射在上面,紫色大印又增大了不少,紫色的武道真力更加强大了,这是有人祭炼出了自己的本命精血,在催动这方大印。

"各位,你们还愣着干什么,还不快祭炼精血催动大印,震杀此人,否则神形俱灭的就是你我!"紫色大印的持有者在射出一道精血催动大印之后,对着其他几名散修大声说道。

"嗖!"

"嗖!"

"嗖!"

又是三道武道者的本命精血喷洒在紫色大印上,顿时,这方紫色大印一下子变得跟一座山那般大,轰隆隆镇压而下,散发出来的紫色真力震动得整个豪杰山都在颤抖。

"紫气东来,圣人见!"胡高忍不住开口说道。

"很强大的紫气,传说这紫气乃是天地万物根本气源,也是仙气所化,而现在却是邪恶之气,必然失败。"叶天辰冷静地看着高空上震落下来的紫色大印,自言自语道。

"轰!"

没有施展其他神术,叶天辰还是一记"金刚神拳"轰了上去,只不过这一拳他出了全力。这是他修为再次精进之后,第一次出全力施展"金刚神拳"。

"嘭咚!"

紫色大印四分五裂,四名剩下的散修强者倒地不起,口喷鲜血,眼中满是惊恐的神色。他们做梦也没有想到,四个人全力出手催动紫色大印都没有能够震杀叶天辰,反而被他给打破了,他们败了!

"噗!"

"噗!"

"噗!"

又是三个人的头颅粉碎,叶天辰泰阿剑的剑尖上绽放出了点点神芒,只要轻轻一点,便有一个人神形俱灭,十多名散修强者被叶天辰全部斩杀,只剩下一人,浑身发抖,眼神惊恐地看着叶天辰说道:"别、别杀我,我们无冤无仇……"

"无冤无仇?若不是我今天在此听到你们的谈话,他日在其他地方相遇,我岂不是危险了?对一个素不相识的人,你们为了利益都能下杀手,我岂可留你性命?"

"噗!"

叶天辰话音落下的同时,手中的泰阿剑也落下了,最后一名年轻散修的强者神形俱灭。

对于这些为了利益就想要取他性命的人,没有什么可多说的,唯有一个杀字。如果叶天辰不知道,日后,这些人一旦发现了他,就会无所不用其极地杀掉他。所谓明枪易躲,暗箭难防,留下这些恶毒之人,就是给自己留下无穷的后患。

"老大,你真是太厉害了,同样的武尊中期境界,居然能够完全力压白松,你是我的骄傲啊!"胡高哈哈大笑着说道。

"走吧,此地不可久留,很快就有强者到来,到那个时候,你我都走不了了!"叶天辰看着胡高说道。

"那……这家伙怎么办？杀掉吗？"胡高看了一眼白松的头颅问道。

"带上他的头颅，我还有事情要问清楚，走吧！"

说完话，叶天辰便施展神行术离开了，胡高将白松的人头拎上，也快速跟了上去。

第五十一章
【爷爷比孙子更心狠手辣】

就在叶天辰与胡高离开豪杰山不到半个小时，一个高大的身影出现在了那里，是一个平头老者，穿着一身灰色道袍，冷眼看了看四周，不禁沉声说道："聚集在这里的强大年轻散修一辈，神形俱灭了数十人，古武界好久没有这样的大事发生了。"

"这小子的确有些手段，我们追吧，你孙子应该还没死。"这时，从虚空中走出了一个浑身被黑袍包裹的人。

"不用了，他不会杀我孙子的，他已经知道我跟你们杀血组织的关系，他还要利用松儿提防我的袭击。"平头老者很是自信地说道。

"那走吧，继续去寻找我们想要的东西，这个东西比什么都重要！"黑袍人冷冷地说道。

"没错，一个孙子算什么，只要能够离开地球，进入到这方武道大世界，以我白彦武的天赋，到达帝者境界也不是妄想之事！"平头老者无比自信地说道。

黑袍人点了点头，然后消失在了虚空中。平头老者便是白彦武，在他身边出现的黑袍人便是杀血组织的老杀手，他们现在是一丘之貉，共同在寻找同一样东西。杀血组织想要借助白彦武这个散修第一强者的力量，而白彦武也从杀血组织那里得到了不少好处，例如地球上罕见的灵石，还有白松手中的七情六欲笛，都是杀血组织给的。

"一个蝼蚁而已，我没有那么多闲工夫跟你计较，倒是可以帮你加深一下在散修中的仇恨……"

白彦武说话间，眉心中射出了一道血光，将地上数十具年轻散修强者的尸身都给杀成了肉酱，这样一来，这些年轻散修的家人将会更加憎恨叶天辰。自己的后人不但落了一个神形俱灭的下场，连尸身都不完整了，这是多大的打击。

不得不说，白彦武也是一个极其狠辣的角色，他根本不在乎自己孙子的死活。此次跟杀血组织合作，他也是想要一搏，身为散修中的最强者，他何尝不想突破，何尝不想获得更强大的力量，何尝不想离开地球，进入到这方浩瀚的武道大世界。

叶天辰施展神行术，风驰电掣地朝着一处山脉狂奔而去，他现在不敢直接回天数奇门，只能先绕道。白松的爷爷白彦武是散修中的强者，修为高深，神通盖世，说不定有什么秘法能够追踪到他的踪迹，要是现在直接回到天数奇门，很有可能给这个只剩下四名弟子的门派带去一场灭顶之灾。

胡高紧跟在叶天辰身后，拎着白松的头颅，没有说话。此刻，他的心里是又惊又喜，惊的是老大叶天辰杀伐果断，将那群卑鄙无耻的散修全部斩杀了，喜的是狂妄嚣张的白松如今成了任其宰割的鱼肉。

大概疾行了一个多小时，叶天辰才停下来，降落在一条河流旁边，用河水清洗了一下自己的脸，盘膝坐在地上，屏气凝神，让自己的心沉静下来，静静地等待着胡高。

又过了快半个小时的样子，胡高才脸色苍白、气喘吁吁地降落在河边，上气不接下气地说道："老大，这神行术实在是太厉害了，你体内的武道真力就像永不干涸似的，无穷无尽，能够源源不断地使用神术绝学，我是拍马也赶不上啊，不如你收我为徒吧？"

"我说了，我们既然是兄弟，那么我会的绝学神术就不会藏私，可以传授给你，但你要想好了，学会了神行术之后，你跟田剥光之间的关系就剪不断了！"叶天辰看着胡高认真地说道。

"老大，说句实在话，我胡高这个人虽然有时候不靠谱一些，但绝对忠肝义胆，连你这样的大魔头我都敢结拜，何况是田大哥？说实话，你现在的名头可比田剥光大得多了！"胡高嘿嘿笑着说道。

叶天辰郁闷地摇摇头，不禁哭笑不得地说道："算是我的错，我忘了，你是一个流氓，田剥光是一个淫贼，你们两个正好臭味相投。"

"不是臭味相投，是英雄所见略同才对！"胡高坏笑着说道。

"休息一下吧,白彦武应该没有追过来,我们算是暂时安全了!"叶天辰放出强大的神念,搜索了一下四周说道。

"嗯?白彦武追杀我们?这……"胡高一惊,有些不敢相信地朝后面看了看。

叶天辰简单地一招手,形成了一个光幕,将他与胡高都笼罩在其中,然后告诉了胡高在他们离开的时候,白彦武已经冲向了豪杰山的事情。

原来,在叶天辰一拳将白松的右手废掉之后,白松就知道自己不是叶天辰的对手,所以他快速出手,祭炼出了一张符咒,那张符咒便是通知其爷爷白彦武自己所在地的。叶天辰的观察力何其敏锐,早就察觉到了,故此才会全力出手,将白松震杀。

"看样子,白松是早有准备,这一切的幕后操控者,还是那个老不死的白彦武啊!"胡高狠狠地说道。

胡高说到这里,狠狠看了一眼自己手上的人头,白松早就被叶天辰吓得晕死了过去,加上只剩下一颗头颅,唯有一丝神念不灭,已经是半死不活的状态了。

"嘭!"

将白松的人头像踢皮球一样踢到一边,胡高不爽地说道:"老大,干吗不杀了这个王八蛋?这么卑鄙无耻的人,留着绝对是祸害!"

叶天辰愣了一下,看了一眼胡高,然后开口说道:"不着急,我还有话要问他,留着他有用。"

"嗖!"

一道武道真力打在了白松的头上,叶天辰将白松弄醒了。白松醒过来的时候,快速看了看四周,发现自己并没有得救,当下面若死灰,因为他看到了盘膝坐在河边的叶天辰,也看见了想要将其碎尸万段的胡高。

"你现在还有机会,说吧,为什么要杀我?你爷爷白彦武在寻找什么东西?"叶天辰淡然地看着白松问道。

"你们逃不掉的,我爷爷已经过来了,你们都得死。"白松咬牙切齿地说道。

"放屁,就凭他个老不死的,是我胡高的对手吗?你个猪脑子也不好好想想,如果他真地追杀来了,我们还能逃到这里吗?"胡高像看傻子一样看着白松说道。

"你们……"白松大惊失色。这里距离豪杰山近万里,如果爷爷真的追踪到了叶天辰与胡高,以他的修为,早就赶上来,斩杀了这两个人,救下自己。而现在却没有,他的脑袋还在叶天辰和胡高的手里,这就说明了一点,爷爷白彦武并没有追踪到叶天辰两人的踪迹。

"我没有那么多耐心,我有很多事情要去办,那群站在你那边的散修已经神形俱灭,我现在杀了你,也不会有人知道是我干的,如果你说实话,我可以考虑不让你这么惨……"叶天辰站了起来,右手已经握拳,等待着白松的回答,如果答案无法让他满意,等待白松的不会是什么好结果。

第五十二章
【逼问白松】

"你们不能杀我，你们也不敢杀我，杀了我，你们一样要神形俱灭！"白松见叶天辰握拳朝自己走过来，有些胆颤心惊地说道。

"不杀你，是因为你有利用价值；杀你，是因为你没有利用价值。如今你什么都不肯说，那就是没有价值，对于没有价值的东西，留着有什么用呢？是你，你会留着吗？"叶天辰依旧很淡定地看着白松问道。

对于叶天辰来说，杀不杀白松都没什么太大的问题，关键是从白松的口中得知有用的信息。为什么白松要召集古武界年轻一脉的散修杀自己？他爷爷白彦武在为杀血组织办什么事情？

风起扬离开的时候曾经对叶天辰说过，古武界的血雨腥风即将来临，平静了近千年的地球可能又要风起云涌了，杀血组织与九幽地府这两大可怕的传承再现，绝对不是只想要重出江湖那么简单，肯定有大阴谋。

叶天辰跟这两大邪恶传承的人都交过手，断然不敢轻视，深知这两大传承的实力强大。跟这两大邪恶传承为敌，要说叶天辰一点压力也没有，那是不可能的。不过，在他的字典里，从来就没有"懦弱"这两个字，男子汉大丈夫，生来就当顶天立地，死也要站着死，这就是叶天辰的人生信条。

叶天辰很清楚，不管有没有机会离开地球，他既然已经成为了武道者，跟杀血组织与九幽地府这两大传承拼个你死我活是迟早的事，他现在能做的，就是在抓紧时间提升自己修为的同时，多掌握一些杀血组织和九幽地府的信息，希望有朝一日能派上用场。

"大哥，跟这王八蛋多说什么，先把他的脑袋当球踢几圈再说！"胡高说着话，一脚便将白松的头颅踢向了叶天辰。

"嘭！"

叶天辰也抬脚，一脚将白松的头颅又踢向了胡高。胡高坏坏一笑，右脚踩在河边的一堆牛粪上，正对着白松的脸就是一脚。

"啊……呸！呸！胡高，我要将你碎尸万段！"白松脸上满是牛粪，臭不可闻，生气地冲着胡高骂道。

"碎尸万段？我看你还是先顾忌自己的命吧！老大，我可先说好了，这家伙的脑袋上满是牛粪，太臭了，等下我可不带着走，要么直接一脚踏碎，要么扔进这河里洗一洗。"胡高做出一副非常嫌弃的表情说道。

"这倒可以，扔进河里洗一洗的话，到时候被什么臭鱼烂虾吃了，也省得我们动手了！"叶天辰点点头说道。

"你……叶天辰，你得罪了五毒门、御剑门，大闹嵩山派，还敢跟田剥光结拜，你今天这样对我，古武界的散修群体也不会放过你的，你的命长不了！"白松大声冲着叶天辰骂道。

"我的命长不长得了，你管不着，但你的命长不了，我是能够掌控的。胡高，给我踢过来，我试试一剑能不能准确将这颗狗头均匀劈成两半。"叶天辰非常淡然地说道。

"好嘞大哥，要是劈中了，我就以身相许；要是你劈不中，你怀里倾城月仙子的肚兜就是我的了！"胡高无耻地笑着说道。

"呸，你小子太恶心了，我的取向很正常，踢过来吧……"叶天辰无语地骂道。

"砰！"

胡高出脚了，一脚踢中了白松，将其踢向了叶天辰那边，而叶天辰的手中已经握住了泰阿剑，剑光点点锋芒显露，武道真力澎湃而出。叶天辰不是开玩笑的，是真的准备一剑劈开白松的脑袋。

"唰！"

这一次，叶天辰没有用武道真力，而是实打实地一剑劈了下去。白松吓得脸色苍白，额头冷汗直冒，在剑锋快要斩中他的时候，终于顶不住大声叫道："别杀我，别杀我，我说，我什么都说……"

"啊……"白松的话还没有说完，叶天辰这一剑还是劈了下去，白松发出了一声凄厉的惨叫。

胡高以为叶天辰真的一剑劈了白松，结果跑过去一看才发现，叶天辰这一剑并没有要了白松的命，而是斩下了白松的右耳。

　　"啪！"

　　一个耳光打在了被吓得晕死过去的白松脸上，白松懵懵懂懂地清醒了过来，看到叶天辰和胡高还站在自己面前，知道自己还没死，却也被吓得半死了。

　　"你还没死呢，装什么死！说！"胡高不爽地看着白松吼道。

　　"说什么？"白松还抱着侥幸心理，假装不明白地问道。

　　"唰！"

　　叶天辰可没有那么多耐心，又是一剑下去，将白松的左耳也削了下来。又是一声杀猪一般的惨叫，叶天辰只是淡然地说道："我的忍耐是有限度的，杀不杀你对我来说，影响都不大，我连五毒门和御剑门整个门派都敢得罪，你以为我不敢杀你吗？"

　　"我……我说！"白松知道叶天辰不是闹着玩的，他知道自己踢到铁板了，叶天辰软硬不吃，只会按照自己的原则和道理办事。

　　"你为什么要召集年轻散修一辈的人杀我？"叶天辰开口问道。

　　"我也是受人指使的，我是接到了爷爷的命令，说是要杀掉一个叫叶天辰的人。"白松回答道。

　　"是否跟杀血组织有关？"叶天辰继续问道。

　　"应该有些关系，这些年来我爷爷一直在闭关，自从上次一名黑袍人冲进了我爷爷闭关之地后，爷爷便出关了，那名黑袍人似乎就是杀血组织的老杀手。"白松不敢有所隐瞒。

　　叶天辰点了点头，他果然猜得没错。杀血组织沉寂了几百年，培养出了十名杀术高深的种子选手，刚准备复出就被叶天辰斩杀了一名，这还让杀血组织如何树立威信？白彦武成为了杀血组织的合作者，肯定会为杀血组织办事，杀血组织几百年没有出世过，自然没有白彦武这个散修第一强者的消息灵通，也没有他的人脉广泛，杀血组织利用白彦武，利用散修人群来杀自己，也是意料之中的事情。

　　"第二个问题，你爷爷白彦武在为杀血组织寻找什么东西？"叶天辰看着白松问道。

“这个我不知道。”白松说道。

“真不知道？”叶天辰不相信地问道。

“真不知道，有些事情也不是我可以参与和知晓的。”白松点点头说道。

“嘭！”

叶天辰不是好糊弄的，他一脚踏在了白松的脑袋上，白松惨叫了起来，大声喊道：“饶命，饶命啊，我是真的不知道，你杀了我也还是不知道啊……”

“老大，看样子他是真的不知道，白彦武那个老王八蛋心狠手辣，连自己的亲孙子都没来救，有些事情不让白松知道也正常。”胡高见白松死到临头还说不知道，以为白松是真的不知道。

“是吗？我原本以为他知道，如果真的知道的话，便可以饶他一命，既然什么都不知道，那就去死好了！”叶天辰说话间，泰阿剑的剑尖已经刺中了白松的额头，慢慢地朝着里面推进，要将白松杀个神形俱灭，魂飞魄散。

“啊……别、别杀我……别杀我……我……”白松恐惧到了极点，惨叫着吼道。

第五十三章
【武圣墓穴】

“老大，这王八蛋是真的不知道，你……”胡高愣住了，他的确没有想过真的杀掉白松，让其神形俱灭，毕竟白松的爷爷白彦武是散修中的第一强者，实力还在自己的爷爷之上，真要杀了白松，白彦武肯定不会善罢甘休，到时候爷爷肯定会有大麻烦，胡高是在为自己的爷爷担忧。

胡高和胡了这对爷孙俩，尽管是古武界出了名的奇葩，嬉笑怒骂，没心没肺，可是，他们爷孙俩相依为命，感情非常深厚，那种感情是说不清楚的，超越了生命。

“他知道才能活着，不知道就必须死，我们带着一个废物人头干什么？有什么意思？”

一边说着话，叶天辰一边慢慢地将泰阿剑的剑尖朝前推进，越来越多的血迹从白松的额头中冒出来。

“啊……”白松大叫着，脸色苍白到了极点，那种死亡即将来临，神形俱灭，永世不得超生的感觉，实在是太恐怖了。

“再见了，什么都不知道的白大公子。”叶天辰看着白松，微笑着说道。

“不，不，不要杀我，我说，我说！”白松终于完全崩溃了，心理防线再也绷不住了。在叶天辰的面前，他想要隐瞒任何东西都是不可能的，毕竟生命只有一次，武道者也不例外，死了就什么都没有了。

叶天辰拔出了泰阿剑，打出了一道武道真力，将白松额头之上的伤口封住了，不然，他头颅中的精气会快速流失，到时，就算他没有出手杀白松，白松也会神形俱灭。

“说吧，你爷爷在为杀血组织寻找什么东西？”叶天辰很是淡定地问道。

"我、我真的不是很清楚，不过，我有一次无意中听到了爷爷跟黑袍人的谈话，好像提到了上古传送阵。"白松有些疑惑地说道。

"上古传送阵的碎片？"胡高赶忙问道。

"好像是吧，但上古传送阵被毁了将近一万年，被分成了三块碎片，说不定这三块碎片都已经成了粉末，哪儿还找得到！想要借此离开地球，进入这方武道大世界，那是痴心妄想，不可能的事情！"白松没好气地说道。

"啪！"

胡高一个耳光打在了白松的脸上，像爷爷教训孙子似的说道："你懂什么，老子一把屎一把尿把你喂大，你怎么这么不长进？上古传送阵是无坚不摧的，就算被毁掉了，也不可能化为粉末，只要找到三块碎片，就有希望重组传送阵，借此离开地球，进入武道大世界中。蠢货，我真是白当你爷爷了，你也不配做我的孙子。"

白松听到胡高的话，见胡高那猥琐的表情，气得七窍生烟，就算现在只剩下一颗头颅，无法施展神术绝学，也恨不得一口咬死胡高。

"算了算了，我就不跟你这个孙子计较了。"胡高还做出一副大人有大量的样子说道。

听到的结果跟叶天辰预想的差不多，杀血组织要白彦武帮忙寻找的东西果然是上古传送阵的碎片。谁都知道地球早就不适合修行了，剩下的古武界范围也在逐渐缩小，当有一天古武界中连稀薄的灵气都没有了的时候，整个地球将再也不会出现新的武道者，现有的武道者也会逐渐地一个个坐化，到那时，地球上再也没有修行之人，所有人都会陷入生老病死的循环。

想要摆脱这种境地，唯一的办法就是重组上古传送阵离开地球。越是强者，越是传承久远的大势力，越会想到这一点。

上古传送阵碎片有三块，叶天辰手里有一块，那是他、天霜儿、南渊梦三人在日不落山中死里逃生带出来的。那是最凶险的一次，里面的力量简直不可抗，这算是第二块传送阵碎片。

第一块碎片，天霜儿的师父，也就是天数奇门的祖师爷"神算子"算到，应该是当年杀血组织用卑鄙的手段，暗杀了已经濒临坐化阶段的青松前辈之后，将其偷走了。

至于第三块碎片在何处，那就不得而知了，相信杀血组织要寻找的就是这第三块。

关于第三块传送阵碎片，神算子坐化之后，叶天辰第一时间让天霜儿占卜过，一点线索都没有。叶天辰当然不想让杀血组织得到第三块碎片，现在他和杀血组织各有一块，算是打了个平手，谁得到第三块，谁就能掌握主动权，甚至掌握地球上所有修行之人的命运。

"嘭咚！"

忽然间，一声惊天巨响，山摇地动，叶天辰与胡高差点站立不稳。这个声响是从前方传来的，就像天塌了一般，叶天辰和胡高两个人都是一惊。

"怎么回事？像是火山爆发，好强大的力量！"叶天辰忍不住惊讶地说道。

"火山爆发？火头丘，哈哈，老大，我们两个要发财了，好运气，好机缘啊！"胡高突然大笑了起来。

"嗯？什么意思？"叶天辰看着胡高，不明白地问道。

如今，叶天辰面临几方大势力的追杀，连散修第一强者白彦武都得罪了，可谓处处险中险，还有什么好运气可言？

"难道是武圣大墓裂开了？不可能，不可能的……"白松也大惊失色地说道。

"武圣大墓？"叶天辰皱了皱眉头问道。

胡高已经高兴得手舞足蹈了，当下召唤出碧玉绳，将白松的人头捆绑起来，收入了自己的体内，然后兴奋无比地说道："老大，我们朝东边冲过去，边走边说，晚了，可能就被别人抢先了！"

叶天辰见胡高已经全力施展凌空步飞掠而去，愣了一下之后，立刻施展神行术跟上。两人并排而行，都将速度提升到了极点。一路上，胡高兴奋不已地向叶天辰讲述着关于武圣大墓的事情，听得叶天辰惊讶不已。

原来，在距离这条河流不远的东边方向，有一个名为火头丘的地方，是一片广阔的平原上隆起的小山丘，只因为这小山丘通体火红色，远远看去，就像是火烧起来似的，所以被人命名为"火头丘"。

大概在十年前，有人见到火头丘中有异象飞出，就像有仙禽居住在里面似的，不断冲击出来，惊得一些强者前去观望，居然发现这火头丘是一位武圣巅峰强者的墓穴，不知道经过了多少万年的演变，守护大阵松弛了。眼看武圣巅峰强者的传承就要再现，无数修行者都心动了。要知道，这位武圣巅峰强者的墓穴说不定有几万年之久了，可以追溯到地球的上古时代，如果能得到他的传承，说不定会修为大增，里面有武圣宝器、强大的修炼法诀，甚至是上古遗留下来的延年益寿的仙经也说不定，怎么能叫人不动心？

可是，当有强者想要强行攻打进去的时候，才发现，这武圣强者的墓穴守护无比强大，强行攻打只会将其毁掉，还会受到反噬。当年，贝冷石和毒天奇也去过，都是无功而返。有人断言，二十年之后，这武圣的墓穴会自主打开，到时里面的传承会再现，却没想到，才过了十年，这武圣墓穴就打开了。叶天辰和胡高距离这火头丘也不过百里之余，对于武道者来说，也就是眨眼便到的功夫，怎么能不去看看呢？

"好一个武圣墓穴，我不求得到里面的传承至宝，只想去看一看，多了解一些地球上古的秘辛。我总觉得，曾经的地球远不是我们想象的那么简单。"叶天辰认真地说道。

"老大，有顺手牵羊的事情，我们还是可以干一干的，不能白跑一趟不是！"胡高嘿嘿地坏笑着说道。

第五十四章
【两个道姑】

火头丘,位于地球嵩山古武界的一处平原地带,这处平原方圆上万里范围,唯独这火头丘一处凹凸不平的地方。却没有人想到,这火头丘会是一位武圣强者的墓穴,不知道在此埋藏了多久,可能是几千年,也可能是几万年,甚至是几十万年。年代追随得越久远,对现今的武道者们来说,意义就越重大,对他们的诱惑也越大。

因此,这个武圣墓穴成了很多人觊觎的地方,就算那里有守护大阵在,无法硬闯,每天还是会有强者前去,一旦有机会,他们就会毫不犹豫地冲进去,抢夺这位上古武圣强者的传承,探索更多的上古地球的秘辛。

"等会儿到达武圣墓穴之后,如果守护大阵真的开启了,我一个人进去就行了,你在外面等着,如果两个小时后我没有出来,你就走吧!"叶天辰想了一下,看着胡高说道。

"老大,你这是什么意思?怕我胡高是贪生怕死之徒?怕我会跟其他前来争夺武圣传承的人结怨吗?"胡高有些不高兴地问道。

"你放心,如果我能活着出来,必定会带出武圣的传承,那些都是你的!"叶天辰认真地看着胡高说道。

"不行,我们是兄弟,有福同享,有难同当。我胡高最讲义气了,一定要一起进去,一起出来!"胡高斩钉截铁地说道。

叶天辰摇了摇头,他知道胡高的性格,这家伙看起来不靠谱,实际非常讲义气。不过,叶天辰并不打算让胡高进入武圣墓穴,尽管他一路上没有对自己说太多武圣墓穴的强大之处,可叶天辰明白,这个武圣墓穴不是那么好进的,很可能有进无出。

一个强大的武圣巅峰境界强者的埋藏之地,里面必定阵法重重,杀机遍地,不管谁冲进去,都有可能神形俱灭。叶天辰不想胡高冒这个险,毕竟胡高的修为要低一点,轻易入内,危险性更大,而且到时候,他可能没有余力照顾胡高。

　　"老大,我什么事情都可以听你的,但这件事情不行,我们是兄弟,必须战斗在一起,生死都是兄弟。"胡高无比认真地说道。

　　叶天辰的心里有一丝感动,在这样一个弱肉强食的世界,能够有真爱你的人,有真正的兄弟和朋友,那是比什么都值得高兴的事情。

　　"好,就让我们两兄弟一起共闯武圣墓穴,得到强大传承,探知上古地球的秘辛。"叶天辰紧紧握了握拳头说道。

　　"好!"胡高也高兴地吼道。

　　"唰!"

　　"唰!"

　　两道剑光突然劈来,叶天辰和胡高快速的闪开,停住了往前疾飞的脚。火头丘已经隐约可见了,就在前方,却被人拦了下来,阻拦他们二人的还是两名穿着道袍的女子。

　　"为何拦路?"叶天辰冷静地问道。

　　"哼,任何人都不准靠近火头丘。"其中一名道姑冷哼了一声说道。

　　"我们无稽仙姑将要进入武圣墓穴探索,闲杂人等不得靠近!"另一名道姑也大声说道。

　　"'无鸡仙姑'?这名字取得真好,一看就是女的,好名字,好名字啊,比我胡高这个名字还要霸气。"胡高哈哈大笑着说道。

　　"你……没想到还是两名无耻之徒,那就休要怪我们心狠了!"

　　"没羞没臊的东西,拿命来!"

　　两名道姑听到胡高的话之后,都又羞又怒,持剑朝着叶天辰和胡高冲杀了过来。

　　"嘭!"

　　"嘭!"

　　胡高出手,他的修为在这两名道姑之上,两掌便将两人打得倒退了回去,嘴角还带着一丝坏笑说道:"不知道你们是哪个道观的,身上还挺香的,你们'无鸡仙姑'的名字取得不错,不知道她听说过我胡高没?"

"你……淫贼,擅闯我们道一观的地盘,还敢出言不逊,有种就跟我们来!"

两名道姑非常强势,见不是叶天辰和胡高的对手,转身就走。叶天辰和胡高相互看了一眼,快速跟了上去。看样子已经有人到了火头丘,并且抢先一步进入了武圣墓穴,这可不行,前面就算是龙潭虎穴,他们两个也要闯一闯,总不能眼睁睁看着别人带走武圣传承。

跟在那两名道姑身后,叶天辰与胡高没有出手,毕竟进入到武圣墓穴要紧,没有必要耽误时间杀人。

"道一观是个什么地方?"叶天辰看着胡高问道。

"我也不知道,应该是一群女道士的道观吧。古武界中这样的地方不少,三五名武道者成立一个道观,或者是一个门派,占据一个地方,便是他们的地盘了!"胡高也疑惑地说道。

"不对,看那两个道姑刚才的剑道之力,很是不凡,这道一观应该不是一个简单的地方,等下我们还是小心为妙!"叶天辰皱了皱眉头说道。

"管它是什么地方,我胡高不能白来,武圣墓穴就算再厉害,也得走上一遭!"胡高大声说道。

当叶天辰和胡高两人到达火头丘的时候,那两名道姑已经不见了,只见一群人飘飞在火头丘的上方,屏气凝神地看着,没有一个人动手。

"一,二,三,四,五,来得可真快啊,这么一会儿功夫,就有五个人赶到了!"胡高数了数围在火头丘上的人数说道。

"小心一点,跟在我身后,这五个人都有着武尊中期的修为,看来地球的古武界也是卧虎藏龙,很多实力强大的人隐藏了起来,如今一个个都出现了,地球真要大乱了吗?"叶天辰忍不住开口说道。

"放心老大,我这个人的做人信条是,能打就打,打不过就跑,跑不过就装死。"胡高嘿嘿笑着说道。

"嗯?你小子刚才不还说无论怎么样,都要进入武圣墓穴一看究竟的吗?要兄弟伙一起上的啊?"叶天辰一愣问道。

"老大,你听错了,我胡高是那种人吗?就我武尊初期的修为进去,恐怕多半是个死,再说了,那五个人个个都是狠角色,我就不参与了。我们是兄弟,我要是真有个三长两短,你不是得痛苦一辈子啊,我这也是为了你着想不是？"胡高无比无耻地说道。

"你……你小子……"

叶天辰无语到了极点,但他数落胡高的话还没有说完,一道强大的掌力就拍了过来,直接拍向了叶天辰的脑袋。叶天辰皱了皱眉头,他还是第一次见到这般强势的人,不问青红皂白就想杀他一个神形俱灭,当下也不示弱,右手紧紧一握,一拳就轰击了过去。

"嘭！"

武道真力四散,叶天辰转身看着火头丘上的五个人,对他出手的是一名道姑模样的女子,长相不算差,年龄大概在三十岁左右,一双眼睛冷冷地看着叶天辰,带着惊异的神色！

第五十五章
【强者依次挑战】

"你想杀我？"叶天辰冷冷地看着那道姑问道。

"大胆淫贼，竟敢擅闯我道一观的地方，还出言侮辱我观弟子，该神形俱灭！"那名道姑狠狠地看着叶天辰说道。

"哦，我猜到了，你就是那个什么无稽仙姑吧？这就不是我说你了，看你的年龄也不过三四十岁，长得也算很漂亮，怎么说话这么粗暴啊！女人嘛，要懂得享受，粗暴的事情男人来做就行了！"胡高嘿嘿笑着，看着那无稽仙姑说道。

"你……找死！"

那道姑这下是真的被激怒了，连叶天辰都佩服胡高这家伙的勇气，这种心狠手辣的女人，他都敢这样调戏，真是色字头上一把刀，不怕死的唯胡高啊！

"唰！"

无稽道姑手中的拂尘一抖，顿时，一股强大的武道真力镇压向了胡高。胡高尽管嘴上挑逗，表情玩味，却一点也不敢大意。刚才叶天辰已经说过了，这五个人的修为实力都在武尊中期，实在是深不可测，他只有武尊初期的修为，根本就无法与之大战。

"嘭！"

胡高倒退了两步，幸运的是没有受伤，他修炼的凌空步也是一种很强大的步伐，关键时候能够躲过致命的杀招。

"啪！"

无稽道姑随意展开了杀招，又是一掌拍向了胡高。这一掌力道非常强大，在胡高刚刚站稳身形的时候就拍了过来，胡高根本就来不及躲闪，只能硬接，此时，叶天辰已经挡在了胡高的面前，同样是抬手一掌，一股强大的武道真力迎了上去，挡住了无稽道姑的一掌。

"哼，原来修为不低，难怪有恃无恐，敢闯进来！"无稽道姑收手冷哼了一声看着叶天辰说道。

叶天辰愣了一下，嘴角露出了一丝笑意。他看了一眼这五个人，这五人的修为境界都不比他低，但也不比他高，只要不是一起出手，他应该可以应付得过来。而这五个人的装束各异，看样子也不是一路人，一起出手的几率不大，而且，他们应该都想保存实力，进入武圣墓穴。

刚才的无稽道姑就是这样，尽管她想出手杀掉叶天辰和胡高，却也不敢肆无忌惮地全力大战，万一其他四人偷袭怎么办？再说，武圣墓穴非等闲之辈能够出入，不保存足够的战力，可能会自己害死自己。

"五位，我们也是见到这武圣墓穴开启，想来一观，并没有要争夺宝器和传承的意思，只是想要看看这到底是怎么回事？诸位不会不乐意吧？"叶天辰微笑着说道。

"不想争夺宝器和传承，那你来此干什么？"背后背着一把大刀的壮汉冷声问道。

"你来干什么，我就来干什么，可否？"叶天辰微笑着说道。

"这武圣墓穴甚是凶险，不是一般人能够进入的，我看两位施主还是退去吧，不要枉送了性命！"一名穿着破旧袈裟的和尚，看似慈悲为怀地对叶天辰说道。

"武圣墓穴即将开启，只有五个人的位置，想再增加一人，我们都不会答应，除非你能在战力上胜过我们。"最后那名浑身穿着银色盔甲的人大声说道。

叶天辰愣了一下，这五人的修为境界都不低，武圣墓穴就要开启了，他们肯定不希望自己和胡高进去，就算进去了，也有可能突下杀手。他自然不会害怕这些，只是，在未知的环境中，少一层危险是最好不过的，起码不要跟这五个人当众翻脸。

"五位道友，我说了，我不会争夺宝器，也不会贪恋传承，只是好奇想要进去看看，还希望五位给个位置，行个方便。"叶天辰微笑着说道。

"我说了,胜得过我们五人再说!"

"轰!"

穿着银色盔甲的人一拳朝着叶天辰砸了下来,一道银色的拳芒冲破空间袭来,非常强大。叶天辰忍不住皱了皱眉头,这个浑身被银色盔甲笼罩的人只露出了一双眼睛,他身上的战衣是一件不凡的宝器,修为战力更是惊人。

心里想着,叶天辰手上出拳也没有慢下来,他右手紧紧一握,缓缓朝头顶挥了上去,打出了一道金色拳芒,迎上了盔甲男人砸落下来的银色拳头。

"嘭咚!"

一声闷响,叶天辰脚下一沉,双脚陷进去了两厘米,心里不由得一惊。他使用的是金刚神拳,并且肉身每天都在淬炼,这穿着银色盔甲的男人战力还真是强大,能够到这个程度,不简单啊。

那边的银色盔甲男人也并不好过,他右手的虎口已经被震裂了,内心远不像表面那么淡定。自己身上穿着的是一件坚不可摧的盔甲宝器,并且他最擅长近身战,肉身竟然没有眼前这个年轻人强悍,着实让他没有想到。

"如何?"叶天辰微笑着问道。

"在我这里算过关,看你们的了!"穿着银色盔甲的男人冷冷地说道。

"刚才我已经出过手了,你们三人想要他上来的话,我不反对,但你们要知道,武圣墓穴中的宝器和传承,只有些许,不够分的……"无稽道姑坏笑着说道。

"我来,武圣墓穴就要开启了,废话不要那么多!"身后背着一把大刀的壮汉说话间,已经朝着叶天辰一刀劈了下来。

叶天辰嘴角露出了一丝笑容,轻轻地一掌将胡高推开,浑身刹那间充斥着金色的光芒,他这是以"金刚不坏神功"护体,硬接这壮汉的一刀。

"嗯?"

"要硬接吗?"

"我倒想看看他的战力有多强大?"

飘飞在火头丘上面的其余四人都露出了诧异的神色,谁都没有想到,叶天辰会硬接这一刀。

"嘭咚！"

狂暴的刀气落下，叶天辰脚下一沉，双脚又陷进去了大概十厘米的样子。背刀壮汉的这一刀威势不小，叶天辰体内已经气血翻涌，差点就被震伤了。不过，他还是接了下来，并且是没有还手的接了下来，这让背刀大汉眼中露出了惊异的神色，其余四人也觉得有些震撼。谁也没有想到，叶天辰不闪不避，真的硬接了这背刀大汉的一刀。

"你能够硬接我一刀，已经说明了你的战力不在我之下，你有资格上来争得一个位置！"背刀大汉倒也直爽，见叶天辰挡住了自己的一刀，看着叶天辰说道。

"慢着，我们还有两个人没有出手，光头陀大师，您说呢？"无稽道姑微笑着看着那穿着破旧袈裟的和尚问道。

"阿弥陀佛，武圣墓穴本来就不是属于哪一个人的，贫僧也无意争夺里面的传承，只是想要见识上古武圣的威严罢了！"名叫光头陀的和尚高呼佛号说道。

"大师，这可是一个弱肉强食的世界，一味的慈悲为怀，只会枉送性命！"穿着银色盔甲的男人冷冷地说道。

"如果大师愿意让出自己的位置，让这个人进去，我们也不反对。"无稽道姑冷笑着说道。

光头陀大师看了一眼其他几人，愣了一下，又看着叶天辰说道："施主，我本无意跟任何人相争，却偏偏执念想要见识见识武圣古墓中的威严，只有得罪了！"

"大师不必客气，你酝酿了这么久，出手吧！"叶天辰微微一笑，对这位光头陀和尚并没有什么好感，他总觉得这个和尚并不像表面上看起来那么慈悲为怀。

光头陀点了点头，双手合十，缓缓张开，一个金色的佛手印出现在了他的手中，佛手印不断扩大，最后竟然大如磨盘，轰隆隆朝着叶天辰镇压下来。

叶天辰皱了皱眉头，他不光感觉到了这佛手印的强大，更有一种心神都被锁住，仿佛死了才能解脱的感觉。这种感觉尽管是一闪即逝，却也大大影响到了叶天辰的判断。当他回过神来的时候,那磨盘大的佛手印已经到了他的头顶,避无可避。

　　说什么慈悲为怀,说什么普度众生,叶天辰在心里冷笑,这光头陀和尚看似慈眉善目,实则阴险毒辣,只怕比其余四人还要狠毒得多,只是伪装得太好了。说一套做一套,表面上说不想争夺武圣墓穴中的东西,出手的时候却是杀招尽显,想要一招将叶天辰打个神形俱灭,可见这老和尚也不是什么慈善之辈,叶天辰在心里更加多了几分防范!

第五十六章
【婴儿天功,黄金童姥】

"大师好手段!"银色盔甲男子淡然地说道。

"佛门手段果然博大精深,简单的一个神术,便能震住这片天地,大师佛法研究得够精深的啊!"无稽道姑不知道是赞美还是讽刺地说道。

"佛手印,本是佛门降魔绝学,不光有着巨大的镇压之势,还能扰乱人的心神,度化人的本性,一旦被打中,就算不神形俱灭,也会皈依我佛了吧!"背刀大汉皱着眉头看着光头陀说道。

"三位施主过奖了,我只是想要这名年轻的施主知难而退,并没有伤他之意!"光头陀还是一副很慈悲的样子说道。

叶天辰在心里冷笑,知道这光头陀是一个表里不一之人,狠毒的心肠隐藏得非常深,也不说穿,毕竟,如果他跟这五人一起进入武圣墓穴,既要互相提防,随时可能爆发大战,也不排除必要的时候相互合作。

面对虚伪光头陀镇压下来的佛手印,叶天辰面色凝重。这老和尚的修为不低,并且他的佛门手段很厉害,尽管叶天辰没有修炼过佛手印这样的神术,但他得到了《易筋经》的传承,《易筋经》不光是古往今来被誉为最强大的修炼法诀,更是佛门最高深的法诀。叶天辰记得在《易筋经》中,有一句对佛手印的注解,便是:佛门手印罩天地,降妖伏魔震乾坤!

由此一句话,足以看出这佛手印的强大之处。光头陀这是想要将叶天辰彻底灭杀,叶天辰自然不会坐以待毙,全身的金光护体已经收敛了下去,整个人瞬间从地面冲了上来,运转体内强大的武道真力,"啪"的一掌拍击了出去。

顿时,天空之上出现了很多手掌,数不清的武道真力朝着镇压下来的佛手印轰炸了上去,惊得无稽道姑四人倒吸了一口凉气。他们年龄都不大,却都到达了武尊中期的修为境界，足见天资不凡，也看得出来，叶天辰使用的这一手段跟光头陀使用的佛手印有着异曲同工之妙，却又比光头陀的佛手印来得强大几分。

"砰！"

佛手印碎了，光头陀后退了几步，有一种想要吐血的冲动。他受了轻伤，整个人却惊讶无比地看着叶天辰，用一种不敢相信的语气问道："你……你怎么会佛家神术？"

"没有什么好奇怪的，你还想再试试吗？"叶天辰对这个老和尚没有什么好印象，不禁冷声问道。

"大慈大悲千叶手，你竟然会佛门绝学，真是小看你了！"光头陀狠狠看着叶天辰说道。

"看样子你也不想出手了，我可以上来了吧。"叶天辰微笑着说道。

这火头丘已经在不断颤抖了，看样子武圣墓穴要不了多久就会开启，再不冲上去，寻找一个好位置，等下可能就要落后了。对于武圣墓穴之中的一切，叶天辰都非常好奇，到了这里，如果无法进去一观，叶天辰会很不甘心。

"老大，小心一些，这五个人都不是什么好角色，还是让我跟你一起进去吧，相互有个照应！"胡高见叶天辰要飞上去，当下神念传音道。

"不行，你就待在外面，里面实在是太危险了。"叶天辰当下神念传音对胡高说道。

"大哥……"胡高还是想要一起进去。

"你听我说，你待在外面，我们才能相互照应。其余四人我不知道，可这无稽道姑是有手下在外面的，我们进去之后，这些人很可能会有所行动，只有你在外面阻止他们，我才能在里面全身而退。你小子放心，有顺手牵羊的机会，我不会放过的！"叶天辰认真地说道。

"这……那老大你小心一些。"胡高想了一下说道。

叶天辰微微一笑，他是不想胡高进去冒险。胡高只有武尊初期的修为，就算有碧玉绳在手，能够自保，也不一定能够逃脱其余五人的杀招，加上武圣墓穴中充满了太多的未知危险，没有那个必要让胡高跟着一起进去冒险。

"唰！"

哪知道，就在叶天辰准备冲上火头丘的最高处，占据一个位置的时候，一道金光袭来，叶天辰快速闪躲，差一点被打中。他皱了皱眉头看着上方，只见一名十一二岁孩童模样的人，手里持有一把黄金铜，冷冷地看着叶天辰说道："你想上来占据一个位置，还没有问过我答不答应呢？"

"我说小屁孩，几位叔叔阿姨都输了，你这样站出来，就不怕被打屁股吗？我看你还是乖乖下来，让胡高叔叔陪你一起玩得了！"胡高见是一名十一二岁的孩子，便调侃地笑着说道。

"轰！"

黄金铜直接朝着胡高砸落了下来，胡高一惊，赶忙出动碧玉绳抵挡，一声巨响，碧玉绳虽然挡住了黄金铜的威势，胡高却差一点被打得跪在地上，心里大为惊讶。没想到这名看上去只有十一二岁的男孩，实力居然这般强大，连他胡高都不是对手。

"出言不逊，敢对我黄金童姥这般说话的人，都得死！"

那名孩童说话了，声音却老气横秋，感觉起码要近百岁，这人修炼的是什么神功绝学，居然可以做到如此这般？

"砰！"

叶天辰轰出了一拳，挡住了黄金童姥的黄金铜，微笑着说道："还是继续让我接你的神术吧，这武圣墓穴我是进定了！"

"年轻人，你虽然有些实力，却太狂妄了。我黄金童姥活了近百年，一直都在古武界潜心修行，很少出来，难怪很多年轻后辈都将我忘记了，更忘了我的威名！"黄金童姥冷冷地看着叶天辰说道。

"你就是黄金童姥？"

"传说修炼婴儿天功的那个人？"

"你不是早就死了吗？怎么……"

无稽道姑、背刀大汉、穿着银色盔甲的男子，包括隐藏得很深的光头陀和尚，都惊讶地看着黄金童姥，他们似乎也没有想到，眼前这名十一二岁的孩童居然就是当年修炼了婴儿天功，名声响彻整个古武界的那个人。

"婴儿天功？你就是当年的那个魔头……"胡高狠狠看着黄金童姥吼道。

"怎么？难道你认识我？"黄金童姥一愣，看着胡高问道。

"何止认识，我对你的印象可深了，深到想要杀了你！"胡高紧握双拳，有一种想要立刻冲上去，跟这个黄金童姥同归于尽的冲动。

第五十七章
【胡高和黄金童姥的仇怨】

黄金童姥愣了一下，然后像是想起了什么，也瞪大双眼看着胡高，用一种死气沉沉的语气问道："你就是二十年前一脚踢中我命根子的那个小杂种？"

"你总算是想起来了，还我父亲命来！"

胡高一声大吼，发疯一般地冲向了黄金童姥，手中的碧玉绳展开，快速朝着黄金童姥捆绑了过去。与此同时，胡高也一拳砸向了黄金童姥的头颅，要将其杀个神形俱灭。

叶天辰和胡高尽管刚接触不久，却也是第一次见到胡高这般愤怒，这家伙是个天生的乐天派，很少跟人动怒，这么看来，这黄金童姥和胡高之间的恩怨恐怕不小。

"嘭！"

黄金童姥似乎也对胡高恨之入骨，黄金铜挡住了胡高的碧玉绳，同时也一掌拍向了胡高，将胡高震退了回去。胡高的修为只在武尊初期，与黄金童姥这个老怪物相比，的确差上一截，加上这个老怪物活出的年岁也要比胡高久远一些，不管是战力还是战斗经验，胡高都无法跟其相提并论。

胡高被一掌击退，却还是不要命地冲了上去，那种气势让无稽道姑等人都是一惊。这简直就是不要命的打法，对方这是想跟黄金童姥同归于尽啊，两人到底有多大的仇才会这样。

"咚！"

"噗！"

胡高这次被打飞了出去，嘴里喷出了鲜血，却还是不要命地再次杀向黄金童姥,已经有些失去理智了。叶天辰见状皱了皱眉头,冲到胡高的面前,将其拦了下来。

"老大,你让开,我今天一定要杀了这个老怪物。"胡高愤怒到了极点,冲着黄金童姥吼道。

"小杂种,不怕死你就过来,我也找你好久了!"黄金童姥一样恶狠狠地看着胡高说道。

"胡高,冷静一点,你放心,只要有机会,我一定帮你杀了这个老怪物,但不是现在。"叶天辰小声对胡高说道。

"老大,这个老怪物当年杀了我的父亲,我跟他的仇恨不死不休。这么多年来,我一直在寻找这个老怪物,今天终于找到了,我怎么可能放过这个机会?"胡高紧握拳头狠狠说道。

"以你我现在的修为实力,就算一起上,也不见得能杀了这个老怪物,就算可以杀掉,剩下的这四个人就会坐以待毙吗?他们肯定会趁着我们跟老怪物大战的时候出手,到时候,我们都得死。"叶天辰认真地看着胡高说道。

"就算是死,我也要杀了这个老怪物。老大,这是我的个人恩怨,你就不要参与了!"胡高看着叶天辰说道。

"你说什么胡话!我们是兄弟,你的事情就是我的事情,你跟这个老怪物有不共戴天之仇,那我和他就也有生死之仇。但是,你想要跟这个老怪物同归于尽,我是不会答应的,不值得,杀他也不急于这一时!"叶天辰斩钉截铁地说道。

"老大……"胡高一愣,觉得叶天辰说得有些道理,只是心中那口恶气难平。

"放心,只要有机会,我肯定会将这个老怪物斩杀掉!"叶天辰严肃地说道。

"唰!"

一道金光袭来,黄金童姥见叶天辰与胡高小声说话,想要突下杀手,将两人一起灭杀。叶天辰早就料到这个老怪物心狠手辣,当下便一拳轰了过去,金刚神拳涌动出一道强大的拳劲,将黄金童姥的黄金铜挡住了。

"老家伙,我看你是不想进入这武圣墓穴了。"叶天辰冷冷地看着黄金童姥问道。

"你这是在威胁我？不自量力！"黄金童姥冷声说道。

"就是在威胁你！老家伙，你已经百岁寿元，在这个不适合修行的地球，已经没有多少岁月了，上古武圣强者墓穴难得开启，这是你唯一的机会。而我呢，还年轻，我可以等待，也可以不用进入这武圣墓穴，以你我的修为，大战三百回合也不见得能分出胜负，你是想现在就大战，让其他人渔翁得利吗？"叶天辰看着黄金童姥，微笑着问道。

黄金童姥皱了皱眉头，看了看旁边的无稽道姑等人，将手中的黄金铜收起，冷冷地说道："你说得没错，一切恩怨还是等我从武圣墓穴中出来再说吧！"

叶天辰微微一笑，没有说话。他知道黄金童姥这样的老狐狸只要稍微提点一下，就会明白其中利害关系。武圣墓穴就快打开了，或许这是唯一能够进入其中的机会，错过了就不知要等到何时了，他们若此时在这里大战，最大的受益者就是其余四人，他们肯定会率先一步冲进武圣墓穴，甚至在关键时刻对他和叶天辰两人下毒手，那可就真的很冤了。

"老怪物，我一定会亲手宰了你，以报当年的杀父之仇。"胡高怒不可遏地看着黄金童姥吼道。

"哼，小杂种，当年你一脚踢中我的命根子，害得我婴儿天功被散，二十多年来没有半点进步，此仇我也一定会报的！"黄金童姥也恶狠狠地看着胡高说道。

原来，黄金童姥所修炼的是一门魔功，名为"婴儿天功"，这种邪门的功法每炼深一层，就需要十名至阴婴儿的精血，依次往上叠加，非常狠毒。这是一门传说中能够使人返老还童的邪恶法诀，每十年蜕变一次，就像年轻了十岁一样。偏偏就在当年，黄金童姥无意中抓住了胡高，那时的胡高已经有些天不怕地不怕了，竟然敢趁着黄金童姥练功到关键的时候，一脚踢中了黄金童姥的命根子，使得黄金童姥全身的精气疯狂外泄，差点神形俱灭。

逃出去的胡高被黄金童姥追杀，也就是在这个时候，胡高的父亲赶到，大战黄金童姥，却不敌被杀。要不是胡高的爷爷胡了及时赶到，胡高肯定已经被杀了。黄金童姥逃走，一消失就是将近二十多年，这些年来，胡高一直跟着爷爷生活，尽管生活得很快乐，却一直没有忘记这深仇大恨，不断在寻找和打听黄金童姥的下落，却不曾想，在这里遇到了。

"老怪物，我们等着瞧，我暂时不跟你这个阴阳人计较，等你从武圣墓穴中出来，再杀你！"胡高不屑地说道。

"你……"黄金童姥差点被气得吐血。

"轰隆隆！"

突然间，整个火头丘都颤抖了起来，无稽道姑五人相互看了一眼，快速后退，占据着最有利的位置，叶天辰也冲了上去，站在穿着银色盔甲男子的旁边，严肃地看着下方。那里有一个类似于尖塔一样的东西，是封印住火头丘武圣墓穴的中心点，如今这个尖塔在颤抖，看样子是因为时间长了，封印大阵有所松动导致的。

"几位，这封印大阵已经松动，我看不如我等合力将其打开，至于能否得到墓穴之中的传承，那就各凭手段了，如何？"穿着银色盔甲的男子看了看所有人问道。

"好一个各凭手段，我赞成！"背刀大汉霸气地说道。

"我也没有意见。"光头陀还是一副慈眉善目的样子说道。

"既然你们都没有意见，也算我一个吧。"无稽道姑说话间看了一眼叶天辰。

"武圣墓穴之中的传承我是不会放弃的，我会出一份力！"黄金童姥不屑地说道。

"那你呢？"穿着银色盔甲的男子看着叶天辰问道。

"一样！"

第五十八章
【武圣墓穴裂缝开】

"既然大家都没意见，那我们就合力打开这武圣墓穴，进去之后，不管里面是有宝器也好，有法诀传承也罢，大家都各凭手段！"穿着银色盔甲的男子大声说道。

"好！"

火头丘不停颤抖，整个山丘的封印大阵都在一点点松动，却始终没有裂开缝隙，足见这座封印大阵的强大之处。这个火头丘的封印大阵越是强大，越能说明这个武圣墓穴不一般。

六道强大的武道真力一起朝着火头丘的中心点轰击而去，一声巨响，火头丘的强悍封印大阵受到了攻击，波动很是强烈，却也相当牢固，竟然震慑出来了一丝反弹之力，差一点将叶天辰六人击中。

"好强大的封印！"背刀大汉忍不住开口说道。

"真不知道这下面葬的是哪位强者，岁月流逝，转眼万年，封印居然还这般强大，让人心生敬畏！"穿着银色盔甲的男子也感叹道。

"太好了，太好了，哈哈哈哈，我终于等到了！"黄金童姥兴奋得全身都在颤抖。

"黄金施主不知道为何这般高兴？"光头陀看了一眼黄金童姥问道。

"老和尚，难道你真的不明白吗？这下面的封印大阵越是厉害，这武圣墓穴越是难以进入，就说明这里面埋葬的强者越是深不可测，里面的宝器和传承越是强大。这对我们来说，难道不值得高兴吗？"无稽道姑冷笑着说道。

叶天辰愣了一下，看了看在场的其他五人，又看了一眼胡高，害怕这家伙控制不住，会冲上来再次袭杀黄金童姥，赶忙开口道："我说几位，这武圣墓穴的封印尽管在颤抖松动，但依我来看，没个十年八载，是不可能出现裂缝的。而这里的动静，恐怕还会惊动比我们更强的武道者，若他们赶到，还有我们的份吗？"

"你想说什么就说吧，不用拐弯抹角！"无稽道姑不屑地看了一眼叶天辰说道。

"我倒是不想拐弯抹角，奈何有些人耍小聪明，根本没有出全力，这样是打不开武圣墓穴的。我会再次出手，倘若有人还不想进入的话，可以继续保留战力，反正我年轻，有时间，耗得起！"叶天辰说话间看了一眼其余五人。

那五人相互看了一眼，这时，叶天辰率先出手了，一记金刚神拳砸了出去，一股金色的武道真力幻化成一条金色的龙，朝着火头丘中心点的封印轰去。与此同时，其他五人也出手了，都施展出了各自的绝学，一起轰炸火头丘中心处的封印。

"嘭咚！"

这次火头丘的颤抖没有反弹出什么强大的杀伐之气，而是裂开了一个缝隙，能够供一个人侧身通过。缝隙中冲出了一股股强大的灵气，令人震撼而心旷神怡。在这个灵气日渐干涸的古武界中，几乎已经找不到这样灵气充足的地方，却没有想到这武圣墓穴中还封印着这样充足的灵气，太让人惊讶了。

见火头丘的封印出现了裂缝，黄金童姥第一个怪叫了一声，生怕被其他人抢先，在原地留下一道残影，冲进了裂缝，无稽道姑、背刀大汉、穿着银色盔甲的男子也都相继冲了进去，剩下留在外面的只有光头陀和叶天辰两人了。

"施主，这可是一份大机缘啊，为什么还不进去？再不进去就要被其他人抢先了！"光头陀慈眉善目地看着叶天辰笑着说道。

"不着急，大师你着急吗？"叶天辰淡然地一笑问道。

"我有什么好着急的，我是出家人，早就看透了世间的一切名利。"光头陀双手合十说道。

"是吗？倘若里面有武圣宝器，甚至是上古长生成仙的仙经呢？大师就不想得到吗？"叶天辰故意问道。

"生生死死，死死生生，一切都有定数，我佛讲究的是慈悲为怀，普度众生,众生皆为仙,众生都长生,我等佛门弟子甘愿在地狱为众生诵经!"光头陀一副无比庄严的模样说道。

"大师真是佛法高深,那就让我陪着大师一起等候吧,如果大师等不急了,可以先进去,我随后就到!"

叶天辰说完话之后,竟然转身飞到了胡高的身边,他也不理会光头陀是否会立刻冲进去,更对之前冲进去的几人毫不在意,一副很是悠闲的样子。

"老大,你怎么不进去啊?机会难得,废了这么大的劲儿……"胡高见叶天辰竟然不着急进入武圣墓穴,赶忙说道。

"不着急,你身上不是有酒吗?拿出来我们哥俩一人先喝一坛子再说。"叶天辰打断了胡高的话笑着说道。

"这……"胡高愣了一下,从身上拿出了两坛酒。

在这里遇到黄金童姥,却不能杀之,胡高的心里很不痛快,正好喝酒浇愁了。

"大师,要不要喝一口?"叶天辰拎起酒坛子,看着依旧站在火头丘之上的光头陀问道。

光头陀抿了抿嘴巴,看了一眼叶天辰手中的酒坛子,咬牙说道:"多谢施主好意,我乃出家人,不喝酒,不吃肉!"

"那就没有办法了,这么美味的酒只能我们哥俩享用了!"叶天辰笑着打开了酒坛子,咕咚咕咚地喝了起来。

胡高不明白为什么叶天辰要这样做。黄金童姥几人已经第一时间冲了进去,生怕被其他人抢先得到墓穴中的宝器和传承,为什么叶天辰费尽力气打开了武圣墓穴,却没有抢先进去呢?如果他想要第一个进入,应该不难,神行术独步天下,被誉为天地间最快的御气飞行之术,绝对不是浪得虚名。

大概半个小时之后,光头陀终于忍不住冲进了那裂缝,进入了武圣墓穴。叶天辰却还在淡然地喝着酒,脸上带着淡定的笑容,急得胡高在一边不知道怎么办才好,忍不住开口说道:"老大,现在那五个人都进去了,我可以说了吧?你要是再不进去,我们就白白来这里一趟了,武圣墓穴中的东西都要被他们抢光了!"

"你小子就不要着急了,先进去的不一定先得!"叶天辰自信地笑着说道。

"老大,你的意思是?"胡高皱了皱眉头问道。

"你小子难道看不出来吗,光头陀不是一个善茬,他比任何人都想要先一步进入到武圣墓穴,为什么最后却没有动？"叶天辰看着胡高问道。

　　"为什么？难道他怕其他人跟他大打出手？"胡高疑惑地说道。

　　"错,在这里的几个人,战力修为都相当,只要不是群起而攻之,没有人会害怕跟其他任何一个人大战。光头陀不抢先进入,并不是他不在乎武圣墓穴中的传承,也不是他心胸大度,而是在等！"叶天辰斩钉截铁地说道。

　　"等？"胡高更加摸不着头脑了。

第五十九章
【他的性格很刚毅】

"没错,光头陀就是在等,他在等前面冲进去的人打破武圣墓穴中的禁制,扫除墓穴中的危险,然后再进去。那个时候,无稽道姑等人或多或少都会消耗一些战力,这不是更加有利于他光头陀得到里面的宝器和传承吗?"

叶天辰早就看出了这一点,所以在火头丘武圣墓穴被打开了一丝缝隙之后,并没有第一个冲进去,而是眼睁睁看着其他人捷足先登。至于光头陀和尚,叶天辰一开始就对他没什么好印象,在他看来,这个光头陀是不是个和尚都难说,很可能是他得到了某种佛门强大的传承,才假冒和尚。他对叶天辰出手的时候,尽管用的是佛门神通,却有着恶魔一样的狠辣,所以叶天辰才故意让胡高将酒坛子拿出来,试探试探这个心狠手辣的假和尚。

"所以,大哥是看出光头陀有问题,才不率先冲进武圣墓穴的吗?"胡高恍然大悟地说道。

"对了一半,至于另一半原因,我跟他一样,也是在等,在等无稽道姑几人扫除前路上武圣墓穴的危险。"叶天辰喝了一口酒笑着说道。

"那现在光头陀冲进去了,说明无稽道姑四人已经破除了前面的禁制,进入了武圣墓穴的中心处吗?那我们赶快进去吧!"胡高有些着急地说道。

叶天辰站了起来,探出了强大的神念,然后摇摇头说道:"还要再等一会儿。"

"老大,再等就来不及了,我们不能眼睁睁看着这五人得到武圣墓穴中的传承。而且,他们肯定不会放过我们的。"胡高当下就准备往墓穴中冲去,却被叶天辰拦了下来。

"光头陀等不及,那是因为他既想等到无稽道姑等人打破禁制,扫除危险,自己好坐收渔翁之利,又害怕被无稽道姑等人抢先得到了宝器和传承。我们不能着急,要进去也要在最恰当的时机。"叶天辰认真地看着胡高说道。

"最恰当的时机?"胡高愣了一下,还是有些不明白。

"等着吧,我估计这坛子酒喝完,也就差不多了!"叶天辰出奇得有耐心,干脆盘膝坐在地上,喝起了酒。

尽管胡高心里很是疑惑,但他还是选择相信叶天辰,压制住自己急躁的心情,坐在叶天辰的旁边喝酒。

这一坛子酒,一喝就是整整一个小时,差不多快见底的时候,胡高真的有些忍不住了。无稽道姑那五人都是武尊中期修为的强者,他们进去已经快两个小时了,只怕已经将里面的宝器和传承都瓜分一空,快要出来了吧。

但再看看叶天辰,一点动静也没有,还在那儿一口一口地喝酒,一副很享受的样子,似乎连进入这武圣墓穴的想法都没有了。

"老大,我们……"

"嘭!"

就在胡高话还没有说出口的时候,火头丘内部传来一声巨响,像要炸开锅了一样,颤抖不已。等胡高转身看向叶天辰的时候,发现叶天辰已经不见了,他坐着的地方只剩一个空酒坛子,随后是叶天辰传来的神念传音。

"兄弟,你就在外面等我,注意安全,能够顺手牵羊的话,我不会客气的!"

听到叶天辰的话,胡高嘿嘿一笑说道:"老大,我就知道你跟我是同道中人,顺手牵羊这种好事情还是会做的,真是英雄相惜啊!"

叶天辰没有听见胡高的话,要不然,准得被他弄得哭笑不得。当他冲进这个武圣墓穴的时候,发现墓穴中竟然空空如也,就像进入到另一个世界一般。这里面没有石室,也没有隧道,就一个偌大的空间,里面充满了浓郁的灵气。

"嗯?"

叶天辰进去之后,看了看四周,当他看向最前方的时候,不禁皱了皱眉头。只见无稽道姑、光头陀、黄金童姥、穿着银色盔甲的男子和背刀大汉都盘膝坐在那里,似乎在修炼,他们想将这浓郁的灵气吸纳进体内,进行炼化,转化为武道真力。而在他们的最前方,立着一块巨大的石碑,石碑上只有一个血红大字——"禁"。

"好神秘的世界，好强大的力量，这到底是何人的墓穴？"叶天辰忍不住自言自语道。

巨大的石碑就像屹立在苍穹之间，顶起了整个世界，叶天辰强大的神念探去，感觉到了一股深不可测的强大武道真力，不敢轻易将其撼动。忽然间，叶天辰脑海中经文浮现，《易筋经》的强大法诀不停闪烁在他的神识中，叶天辰心念一动，消失在了原地。当他再次出现的时候，他已经盘膝坐在了巨大石碑的顶端，双手捏着不同的印诀，闭上双眼，浑身散发着强大的武道真力。

当叶天辰盘膝坐在石碑之上的时候，那五人都睁眼看了一眼叶天辰，眼中有着杀气，却很快都收敛了下去，各自不停吸收着浓郁的灵气，淬炼己身，运转强大的法诀，以求突破。

不知道过了多久，突然间，无稽道姑五人相继睁开了眼睛，这时他们发现，叶天辰依旧盘膝坐在巨大的石碑上，浑身上下没有一点武道真力的波动，只是那样平静地坐着，就像睡着了一般。

"哼，看样子，这里的灵气不适合他！"无稽道姑冷哼了一声说道。

"不是任何人都像你我一样，有这等天赋修炼的。"黄金童姥得意地说道。

"阿弥陀佛，这位年轻的施主坐在你我头上，我们还是让他先下来吧，不打破这巨大的石碑，就无法真正进入到这武圣墓穴，我们没有多少时间耽误了！"光头陀看了一眼其他四人，似有深意地说道。

其余四人相互看了一眼，随后几乎是同时和光头陀出手，打出了一股强大的武道真力，朝着巨大石碑顶端的叶天辰轰击而去。这哪儿是想将叶天辰打下来，分明是想要将叶天辰杀个神形俱灭。

"去死吧，我等下再出去宰了另一个兔崽子，以报我当年之仇！"黄金童姥狠狠地说道。

"呲！"

猛然间，叶天辰睁开了眼睛，双眼中射出了两道金色的神芒，直接杀向了黄金童姥。同一时间，泰阿剑、鱼肠剑、轩辕剑出现在了叶天辰的面前，各自散发着一缕威压之力，挡住了无稽道姑五人的偷袭。

"这……"

"三把上古神剑，他竟然有此奇遇？"

"阿弥陀佛，这位年轻施主真是一个福泽深厚之人呐！"光头陀说话间，双眼中满是狠毒之色。

"砰！"

"砰！"

两声炸响，黄金童姥被击飞了出去。他狠狠看着从石碑上一跃而下的叶天辰，尽管他没有被击伤，却也感到了耻辱。叶天辰不过二十多岁，他黄金童姥却活出了百岁寿元，竟然会被一个后辈击退这么远，差一点受伤，脸面往哪儿搁？

叶天辰从石碑上飞下来，双手结印，三把上古神剑回到了他的体内，而在他的额头上慢慢浮现出了一个太极八卦的图案，金色的武道真力汹涌澎湃。

"这……难道这是传说中的……"

"怎么可能，这种神术早就失去了传承……不可能有人会……"

"此子大机缘大悟性，我真是小看他了……"

"八卦道印，镇！"

叶天辰一声大吼，那太极八卦的图案轰杀出来，不是针对某一个人，而是针对无稽道姑那五人，这份气势和霸气足以让任何人震惊。叶天辰这是以一人之力，镇压五名武尊中期修为境界的强者，放眼整个武道大世界，都不见得有几个人敢这样做。

"狂妄，他想以一人之力，镇住我们五人。"光头陀忍不住大声喝道。

"你们还愣着干什么，这个小兔崽子想要灭杀我们五人，一人独吞武圣墓穴中的传承，一起出手杀了他！"黄金童姥手中已经出现了黄金铜，趁机怂恿其他人一起除掉叶天辰。

第六十章
【可问过我答不答应吗？】

"小兔崽子，今天就是你的死期！"黄金童姥对叶天辰恨之入骨，见叶天辰居然敢以一人之力镇压他们五人，当下气得浑身颤抖地吼叫道。

"小施主太狂妄了，竟然想要在这里灭杀我等，那也别怪老衲斩妖除魔了！"光头陀尽管还是一副慈眉善目的样子，双眼却放出了狠毒的光，他对叶天辰也非常憎恨，只因为叶天辰看出了他的真面目。

"嘭咚！"

黄金童姥和光头陀两个人一起出手，都打出了一招至强的武道真力，去阻挡叶天辰的八卦道印之力。但两人的合力一击只是让太极八卦图案在半空中稍微停滞了一下，之后仍旧缓缓镇压了下来，惊得无稽道姑等人都是一愣。

叶天辰这是何等的战力？他也只有武尊中期的修为而已，但表现出来的战力却非常惊人，一个人就能够力敌光头陀和黄金童姥两个人的力量，简直是太不可思议了，刚才的叶天辰还没有这样强大的战力，此刻怎么会这般厉害？难道他在巨大石碑上得到了什么感悟，修为境界再次精进了？

"这小子真是异数！"穿着银色盔甲的男子忍不住说道。

"我怎么越来越看好他了呢？"背刀大汉也笑着说道。

"你们两个还有心思在这里说风凉话，他这是要一起镇压我们，还不出手？"无稽道姑冷声说道。

"他的修为境界并没有突破，战力却更上一层楼，有些不可思议。"穿着银色盔甲的男子是第一个跟叶天辰过招的人，他对叶天辰的战力还是有所了解的，现在见叶天辰战力超越了修为境界，感到十分惊奇。

"刚才我们突袭出手,有个别人甚至想要趁机杀了他,如今他反过来对我们出手,那也无可厚非。"背刀大汉倒也直率。

"你们两个到底什么意思?等死吗?"无稽道姑没好气地说道。

无稽道姑、黄金童姥、光头陀这三人,跟叶天辰已经有了恩怨,他们自然不会像背刀大汉还有穿着银色盔甲的男子那样,和叶天辰只是平常意义上的争斗,一般不会起杀心,他们三个现在恨不得立刻将叶天辰碎尸万段,神形俱灭的那种。

"出手吧,我们必须尽快打破这块石碑,见见这墓穴的主人。"穿着银色盔甲的男子想了一下说道。

"能够超脱修为境界提升战力的人,古往今来能有几人?此子倘若成长起来,必定震苍穹,动乾坤!"背刀大汉似有深意地说道。

"嘭!"

"嘭!"

"嘭!"

无稽道姑、背刀大汉,还有穿着银色盔甲的男子,三人一起出手,打出了一道强大的武道真力,阻挡太极八卦镇压下来的图案。

这次,叶天辰打出的八卦道印被挡在了半空中,停滞不前,他飘飞在半空中,双手拍击而出,一道道强大的金色武道真力不断朝着太极八卦图案灌注而去,下方则是无稽道姑五人在抵挡。

战力远超修为境界,这在修行之人身上几乎是不会发生的事情,却在叶天辰身上发生了,这让无稽道姑五人感到震撼无比。尤其是现在,叶天辰以一人之力对抗他们五人,居然没有落败,简直不可思议,他们可都有着武尊中期的强大修为,难道叶天辰比他们还要强上几分吗?

当然,不能说叶天辰现在以一人之力对抗无稽道姑五人,就有着比他们每个人都强大的战力,这只是一招的比拼。

"小杂种,你以为一个人能够胜过我们五人吗?你这是找死!"黄金童姥狠狠地看着叶天辰说道。

"施主,这就是你的不对了,大家一起进入这武圣墓穴,都是想要一看究竟,瞻仰上古武圣强者的荣光,你居然想要杀我们,那就怪不得我们了!"光头陀紧接着说道。

"哈哈哈哈,不需要你们为我拉仇恨,好一个冠冕堂皇的老怪物,好一个假慈悲的老秃驴,明明是你们先出手想要杀我,现如今竟然说是我对你们起杀心,真是好恶毒的心肠。"叶天辰忍不住大笑着说道。

"说那么多干什么,你挡在石碑前,挡住了我们的去路,就得死!"无稽道姑皱了皱眉头大声说道。

说话间,无稽道姑、光头陀、黄金童姥这三人都加大了武道真力的催动,现在,他们也不想什么保留战力了,先解决叶天辰这个心腹大患再说。而背刀大汉和穿着银色盔甲的男子,都只是出手抵挡太极八卦图案的馈压,并没有出杀招。

"道貌岸然,冠冕堂皇,想要杀我,没那么容易!"

叶天辰大吼了一声,全身金光万道迸发而出,同时双拳不断打出武道真力,一条条金色巨龙不断冲击太极八卦的图案馈压下去。到了这个份儿上,唯有全力出手,否则就是一个死字。

"嘭咚!"

一声巨响,整个火头丘震动不已,要不是有强大的封印阵法在此,恐怕整个火头丘,包括武圣墓穴都会被毁掉。叶天辰从高空飘落下来,嘴角有着血渍,很显然是被武道真力震伤的。以一人之力抵抗五名武尊中期修为境界的强者,多少还是有些吃力的,可看到叶天辰受了伤,无稽道姑、光头陀和黄金童姥三人居然没有一个冲上去,都冷冷地看着前方,叶天辰身上散发出来的气势、表现出来的战力让他们心惊。

能够进入到武圣墓穴之中的六个人,都有着武尊中期的强大实力,在不适合修行的地球上,在灵气稀薄的古武界,都算得上是一等一的强者。叶天辰以一人之力独战五人,尽管没有进行生死之战,不过也挡住了其他五人的武道真力,这份实力足以让任何人不敢轻举妄动。

"老怪物,老秃驴,老巫婆,你们不是想要杀我吗?过来跟我一战!"叶天辰大声喝道,尽管嘴角留有血渍,却丝毫没有影响到他的气势,浑身都是金色的武道真力,他已经施展出了金刚不坏神功,哪怕是力拼,也想将这三个卑鄙无耻的小人斩杀在此。

无稽道姑、黄金童姥、光头陀三人相互看了一眼,心里既气愤,也有些无可奈何。气愤的是他们跟叶天辰有着一样的修为境界,叶天辰却这般不将他们放在眼里;无可奈何的是,五个人的合力一击都没有将叶天辰杀掉,如今叶天辰散发出来的武道真力强大无比,谁也不敢轻易冲上去一战。倒不是不敢一战,而是这武圣墓穴中有着太多的未知数,谁能担保其他人不会暗下杀手?一句话,他们都想要在保存战力的情况下,除掉其他人。

"轰隆隆!"

就在这个时候,墓穴突然剧烈颤抖。

"小兄弟,这武圣墓穴诡异非常,我看我们还是先放下暂时的恩怨,一起向前探寻的好!"背刀大汉看了一眼叶天辰劝说道。

"在这里打打杀杀,根本得不到武圣墓穴中的宝器和传承,没有一点儿好处。"穿着银色盔甲的男子也开口说道。

"那就暂时罢手,你的命,我迟早会来取的。"无稽道姑狠狠看着叶天辰说道。

"小兔崽子,暂时让你多活几个小时。"黄金童姥也冷冷地看着叶天辰说道。

"阿弥陀佛,我跟施主并没有什么仇怨,只要施主没有杀我等之心,老衲也想息事宁人。"光头陀又是一副慈眉善目的样子说道。

"你们想杀就杀,想不杀就不杀,可问过我答应吗?"

叶天辰态度刚毅,浑身金光闪烁,慢慢朝着无稽道姑、光头陀、黄金童姥三人走去。他就是这样的性格,怎么可能任人宰割?无稽道姑三人心狠手辣、卑鄙无耻,刚才还想杀他一个神形俱灭,现在又想暂时休战,哪有这样的好事?叶天辰的人生信条是,命运永远掌握在自己的手里,不可能被他人掌控,无稽道姑三人说得好像他们要叶天辰生就生,要叶天辰死就死一般,却不知道叶天辰是一个只认理不认人的主儿!

第六十一章
【光头陀的惨叫】

任谁也没有想到，叶天辰会突然变得这般强势，无稽道姑等人都愣住了，叶天辰这是想要干什么？真的要以一己之力大杀无稽道姑、黄金童姥、光头陀三人吗？

"那你还想怎么样？"无稽道姑气愤地问道。

"怎么样？你们对我怎么样，我都要一一还回去！"叶天辰斩钉截铁地说道。

"狂妄！难道你真以为我们怕了你不成？"黄金童姥冷冷地看着叶天辰说道。

"你不怕我，难道我还怕你吗？老家伙，我迟早都要斩了你！"叶天辰面色严肃地看着黄金童姥说道。

"施主，冤冤相报何时了，我并不想杀你，但你如果一直这么咄咄相逼，那就怪不得老衲了！"光头陀一双眼睛狠毒地看着叶天辰说道。

"老秃驴，冠冕堂皇，假慈悲，恶毒心肠，我最想杀的就是你！"叶天辰怒喝着光头陀说道。

"你……你出言侮辱老衲，老衲可以忍，但你羞辱佛门，那就不可饶恕了！"光头陀已经按耐不住自己的愤怒，准备对叶天辰出手了。

"好大的一顶帽子！羞辱佛门，我看你这样的人得到佛门的传承，那才是最大的耻辱。"叶天辰冷毅的双眸紧盯着光头陀喝道。

"轰！"

光头陀出手了，他知道叶天辰已经看出了他的本性，会给他带来麻烦，想趁机将叶天辰抹杀。对于能否得手，光头陀并不担心，他的想法是，就算叶天辰能跟他一战,不还有无稽道姑和黄金童姥吗? 只要他们肯出力,相信杀叶天辰不难。

"嘭咚!"

叶天辰和光头陀硬对了一击,两人都皱了皱眉头,然后快速冲向对方。叶天辰化为了一道金光,而光头陀身后则出现了一个神秘的螺纹盘,上面布满了各种各样的神纹,非常繁杂和深奥,也带着一丝神秘无尽的力量。难怪这个老秃驴有恃无恐,原来是有这等宝器傍身。

"砰!"

"砰!"

"砰!"

叶天辰和光头陀的大战爆发,金刚神拳不断挥击而出,步步紧逼,而光头陀则以佛手印对抗,一时间,整个空间中都充满了拳影和佛手印,到处都弥漫着强大的武道真力。

这一刻,叶天辰才真正感觉到光头陀这个老秃驴的修为深不可测,他得到的某种佛家传承也非常高深。尤其是他身后那个神秘的螺纹盘,每一次似乎都能将自己轰击出去的武道真力卸掉,并不断给光头陀注入强大的武道真力,以让他能够持续大战,这螺纹盘到底是何宝器?

剩下的四人全神贯注地看着上方叶天辰与光头陀的大战,四人心里都暗自惊讶,因为叶天辰和光头陀大战表现出来的战力绝对不比他们弱,尤其是叶天辰,刚才以一人之力对抗五人打出了武道真力,还受了伤,现在却猛烈大战光头陀,步步前进,威猛无比,丝毫没有落于下风。

"好强大的武道真力!"背刀大汉忍不住说道。

"他的体内就像有用之不竭的力量,大战了这么久,每一拳打出的武道真力丝毫没有减弱的趋势。"穿着银色盔甲的男子紧盯着叶天辰说道。

无稽道姑和黄金童姥二人都皱起了眉头,他们都想要灭杀叶天辰,现在叶天辰表现出来的战力越是强大,就越让他们感到不安。

"嘭!"

"扑哧!"

叶天辰一拳轰杀过去,光头陀躲闪不及,被武道真力扫中了左肩,一片血花飞溅了起来,整个人大惊失色,快速后退,同时对着无稽道姑与黄金童姥喊道："你们两个还愣着干什么，还不趁机出手灭了这个小畜生，等着他杀了我之后来杀你们吗？"

"老秃驴，今天就是你的死期，我要为佛门除害！"叶天辰眼神坚毅无比地喝道。

"砰！"

"砰！"

"砰！"

叶天辰不断挥拳，金刚神拳每打出一道武道真力，就是一条金色的龙朝着光头陀袭杀而去。光头陀除了闪躲和不断催动身后的螺纹盘之外，再也没有其他方法应对，他已经被叶天辰的金刚神拳打得有些崩溃了，没了还手之力。

"你们还不出手，要等到何时？"光头陀大声冲着无稽道姑和黄金童姥吼道。

无稽道姑与黄金童姥相互看了一眼，都朝着叶天辰冲了上去，准备一起出手灭杀叶天辰。

"啪！"

就在此时，一道巨大的闪电降落了下来，劈在了巨大的石碑上，惊得无稽道姑和黄金童姥两人都停止了行动，就连背刀大汉和穿着银色盔甲的男子，都紧紧盯着那块石碑。

"啊！"

一声惨叫，光头陀整条左臂都被打飞了，鲜血直喷。叶天辰杀到了爆狂，他一旦出手，就不会留情。

"轰隆隆！"

屹立在这片神秘空间中的石碑，与此同时也不断颤抖了起来，上面那个血红的"禁"字，也在颤抖不已，就像快要冲出来了一般，看得无稽道姑等人忍不住后退了几步，他们不知道会有什么事情发生。

"嗖！"

"嗖！"

"嗖！"

"嗖！"

"嗖！"

"嗖！"

六道血光袭杀而出，分别杀向了叶天辰等六人，威压巨大无比，给人一种不可抗之感。无稽道姑等人赶忙后退，各自施展绝学神术，挡住这道血光，而在半空中大战的叶天辰与光头陀也是大惊，不得不腾出手来抵挡血光。

血光消失后，无稽道姑、穿着银色盔甲的男子、背刀大汉、黄金童姥都是脸色苍白，他们差一点被重伤，心里也震撼到了极点。只是一道血光，就让他们六名武尊中期修为境界的强者差点重伤垂死，这是何人发出的强大神术？

再看叶天辰和光头陀，叶天辰盘膝飘在半空中，胸口处有一个大洞。他正在一点点修复自己的伤势，刚才那道血光来得太快太强大了，他本就在大杀光头陀，来不及闪躲，所以被击中，差点神形俱灭。

至于光头陀，哪儿会料到石碑上的"禁"字会突然发出这样强大的杀伐之力，他距离石碑最近，根本就没有闪躲的机会，要不是身后强大的螺纹盘，只怕已经神形俱灭了，现在能剩下一颗头颅，已经算是万幸了。

"救我，道姑救我，童姥救我！"光头陀的头颅滚落在无稽道姑和黄金童姥的旁边，急切地寻求救助。

"老和尚，不是我不救你，而是我没有多余的力量，武圣墓穴中太凶险了！"无稽道姑看都不看光头陀一眼说道。

"你……童姥救我，我帮你一起灭杀你的仇敌。"光头陀赶忙看向黄金童姥说道。

黄金童姥看了一眼光头陀，嘴角忽然露出一丝狠笑，眼中满是狠毒地说道："那是自然，我现在就来救你，让你超脱！"

说话间，黄金童姥探出一只手，慢慢朝光头陀抓去，其中一根手指插进了光头陀的头颅，光头陀惨叫道："啊，你想吞掉我的神念，继续修炼你的婴儿天功，好狠毒！"

"老和尚，你已经没救了，怪只怪你自己太大意，没有躲开那道血光，倒不如成全了我，武尊中期强者的神念一定非常美味。"黄金童姥说话间已经将手指全部插了进去。

"啊……不要，不要……"光头陀惨叫着，他做梦也没有想到，杀他的人，竟然会是刚才跟他联手，想要灭杀叶天辰的黄金童姥。

第六十二章
【武圣墓穴之主】

"啊……你太狠毒了，我做鬼也不会放过你的！"光头陀知道自己死定了，大声冲着黄金童姥吼道。

"哼，只可惜你即将神形俱灭，连做鬼的机会都没有！"黄金童姥冷哼一声，手指轻轻一震，光头陀的头颅便爆开了。

黄金童姥的婴儿天功是一种极其狠毒和残忍的魔功，就算是在这个弱肉强食的武道世界，也没有多少人会去修炼，因为从第一层练习开始，就需要十名婴儿的神识，一点点将其炼化在自己的体内，每上升一个境界，就要多加十名婴儿，非常残忍。黄金童姥不知道已经将婴儿天功修炼到了第几层，现在能够吞噬其他武道者的神念，看来应该是到了一定的火候。

"你居然杀了他，真是够狠毒的！"无稽道姑冷笑着对黄金童姥说道。

"狠毒？如果是我只剩下一颗头颅，你会救我吗？换做他，一样会对我们下杀手，你不会真的以为他是一个有慈悲心的和尚吧？"黄金童姥不屑地说道。

"这武圣墓穴中太诡异了，我看我们还是小心一点比较好，保住大家的命就是保住自己的命，不要再内讧了！"穿着银色盔甲的男子开口说道。

"刚才那道血光很是强大，绝对有着濒临武圣境界的力量！"背刀大汉面色凝重地说道。

"老怪物，要不你上去斩杀了那小子吧，他醒过来之后，不会放过你我的。"无稽道姑看了一眼飘飞在半空中，运转武道真力疗伤的叶天辰说道。

黄金童姥皱了皱眉头，看着无稽道姑笑着说道："你想让我当出头鸟，到时候我跟这个小兔崽子两败俱伤，你再好杀掉我们？"

"你这是哪里的话,我们都想宰了这小子,我怎么可能对你出手呢?"无稽道姑笑着解释道。

"只可惜我没有这么多时间,我刚刚吞噬了一个强大的神念,必须进行炼化,否则就白费了!"黄金童姥无视无稽道姑说道。

无稽道姑狠狠看了一眼黄金童姥,又看了看飘飞在半空中的叶天辰。她现在很想趁机将叶天辰杀个神形俱灭,却又不敢冲上去。刚才叶天辰表现出来的战力实在是太强大了,先是以一己之力力敌五名武尊中期强者的攻击,尽管受了轻伤,却没什么大碍;紧接着是大战光头陀,无比刚猛;就算受到了血光的突袭,也躲过了,只是受了伤。现在叶天辰看似受了重伤,但谁敢保证,这个堪称异数的小子,没有更加狂暴的战斗力呢?

无稽道姑想得到这些,黄金童姥自然也想得到。光头陀意外落了个神形俱灭的下场,剩下想要杀叶天辰的就只有她和黄金童姥了,至于穿着银色盔甲的男子和背刀大汉,这两个人都在按照武道世界的法则走,跟叶天辰没有什么大仇怨,没有必要的话,是不会出手的。如果她和黄金童姥两人不一起出手,任何一个人单独大战叶天辰,胜算也不会高,还很有可能被另外一个人坐收渔利,他们不得不有所顾虑。

"你想要杀我,就冲上来,何必畏畏缩缩!"猛然间,叶天辰睁开了眼睛,眼中两道金光迸出,冷冷地看着无稽道姑喝道。

"好大的口气,好狂妄!在场的几个人,哪个不是你的前辈?你一个后生晚辈,别以为到了武尊中期就敢目中无人!"无稽道姑狠狠地看着叶天辰说道。

"那又如何?我起码敢作敢当,不像你们这些鼠辈,想要杀我,却不敢冲上来,还想帮我拉仇恨。我相信剩下的两位不是那么容易被怂恿的,你还是不要白费心机了!"叶天辰淡然地说道。

"你……"无稽道姑气得肺都要炸了,浑身颤抖地看着叶天辰说不出话来。

"欺软怕硬,揭穿了你们的丑恶嘴脸,就这般恼羞成怒,那就一战吧!"叶天辰大声喝道。

到了这一刻,也不必给这些卑鄙小人留什么颜面了。

"一战就一战,难道我会怕你不成?"无稽道姑抖动手中的拂尘,准备大战叶天辰。

"嘭咚！"

哪知道，就在这个时候，一声巨响，屹立在这片空间中的石碑碎裂了，那一个血红的"禁"字居然慢慢脱离了出来，成为了一个血人，站立在叶天辰等人的面前，发出了一声怒吼：

"尔等蝼蚁，敢擅闯武圣墓穴，皆为死罪！"

轰隆隆的声音作响，叶天辰五人顿时感觉体内气血翻涌，武道真力四处乱窜，赶忙运转真力稳住心神，不被这股魔音扰乱了神识。他们没想到石碑中竟然还有一个血人，这个血人看上去非常瘆人，就像一个活生生的人被扒了皮一样，看着非常恶心。

"我想知道这是何人墓穴？"穿着银色盔甲的男子硬抗着这股强大的威压，冷冷地看着血人问道。

"你们这等蝼蚁不配知道，滚！"

血人大怒，张嘴吼出了一个"滚"字，顿时，一股排山倒海的武道真力向叶天辰五人冲击了过来。他们没有丝毫犹豫，全力抵抗。这个血人相当强大，论单个战力，还在他们每个人之上，这个时候若不一起出手，所有人都要死在这里。

"嘭！"

几人同时出手，挡住了血人镇压过来的武道真力，同时暗自心惊，这个血人到底是何修为战力，为什么他发出的武道真力这般强大？

"这个怪物的战力起码在武尊后期，甚至是武尊后期的巅峰境界！"背刀大汉沉声说道。

"我建议我们五个人一起出手，灭杀这血人，当然，如果你们还想要各自为战的话，那就一起死！"穿着银色盔甲的男子看着无稽道姑和黄金童姥两人说道。

"咯咯，原来修为都在武尊中期，不过还是五只蝼蚁罢了，要不是墓穴已经经历了五万年的岁月，除了帝者，何人能入？"血人无比狂妄地吼道。

听到血人的话，叶天辰等人都是一惊，五万年？这火头丘的武圣墓穴至今已经有五万年之久了吗？那不是堪堪能追忆到上古去？那这是何人的墓穴？这个血人在此守护了多久？也有五万年了吗？血人活出了五万年的光景，等同帝者？

"这是何人墓穴？你又是谁？"叶天辰沉声问道。

"我说了，尔等蝼蚁根本不配知晓，不过，你们就要神形俱灭了，告诉你们也无妨，我名为血荒，这座火头丘的武圣墓穴之主是紫竹大圣！"血人无比高傲地说道。

"什么？紫竹大圣？"无稽道姑忍不住惊讶地说道。

"这……"

"不可能，不可能是紫竹大圣，传闻这位武圣后期巅峰的强者，在十万年前就已经坐化了，地球上留下了他太多的传说，有据可查，你休想蒙骗我等。"黄金童姥斩钉截铁地说道。

"哼，你们皆是蝼蚁，能够知晓的东西太少了。紫竹大圣差一步就能成为帝者，只可惜时不待他，否则，他必定能够统领武道大世界数万年。"血人冷哼说道。

第六十三章
【五人大战血荒】

要知道，整个武道大世界中，修士数以亿万计，其中天之骄子众多，各种强大的血脉传承更是数不胜数，更有妖族和太古异族这样本身就受上天眷顾的种族，哪一位强者不是一路厮杀到达巅峰境界？在这个过程中，注定了是白骨累累、尸山血海，陨落了无数天才，神形俱灭了太多强者。所以，紫竹大圣在几十万年都不曾出现过一位帝者的时代能够到达那样的境界，可以说是天纵奇才了。

根据古武界流传下来的记载和传说，十万年前，紫竹大圣已经活出了近两万年的寿元，这对一个没有到达帝者境界的人来说是非常了不得的，也就是在这个时候，紫竹大圣消失了。没有人知道他去了何处，都以为这位盖世无敌的武圣即将坐化，去寻找一个最佳之地埋藏自己辉煌的一生，却不想，紫竹大圣将墓穴选在了这火头丘中，倘若真如血人所说，紫竹大圣五万年前才坐化，那就是说他活出了七万年的寿元，那不是比一个帝者还要久远？这怎么可能？

"放屁，我压根儿就不相信这是什么紫竹大圣的墓穴，照你这么说，紫竹大圣岂不是比帝者还活得久远，简直是大笑话。"背刀大汉不相信地说道。

"蝼蚁就是蝼蚁，你们能知道什么？这个武道大世界不光有人族，还有妖族和太古异族，它们天生就比人族强大不知道多少倍，就算到了如今恐怕也不例外。妖族的天王，太古异族的至尊，人族的大帝，这些都是宇宙至强者的称谓，而古往今来，人族的大帝都在为人族的存活努力，甚至有大帝一直征战到死的那一刻，就算不死，也已经遍体鳞伤，怎么可能活得出七万年的寿元！"血人完全是一副说教的语气。

背刀大汉听得一愣，似乎这血人说得有些道理。当初人族势弱，被太古异族和妖族宰割鱼肉，为了摆脱这种境地，人族先烈们不惜粉身碎骨寻找修炼之法，终于，强大的帝者出现，为人族的存活打开了一条血路。可另外两大种族没有善罢甘休，尤其是太古异族，它们生而至尊，一直都是这个武道大世界的主宰，一直以人族为奴役和食物，怎么可能就此妥协？加上族内也有无敌寰宇的至尊，怎么可能就此罢休？大战爆发，人族的大帝为了保护人族，一直征战到死的那一刻。

"不可能，没有人能够活出七万年寿元，这在武道大世界中都没有记载。人族大帝为人族征战一生，弄得遍体鳞伤，先天受损，活不出七万年的寿元可以说得通，但是，紫竹大圣还没有成为帝者，连最起码的三万年寿元都活不出来，怎么可能活出后面的四万年？"穿着银色盔甲的男子绝然不信。

"你们不相信也没有办法，这武圣墓穴的封印大阵松动了，正好用你们五个人的血肉来填补，那样，我又可以继续守在这里了！"血人皱了皱眉头，冷冷地看着叶天辰等人说道。

"隆！"

突然间，四周全部变成了血红色，惊得叶天辰等人立马运转体内的武道真力，暗中戒备。血人自称血荒，它的战力深不可测，散发出来的武道真力一次比一次强大，而且，这里若真是紫竹大圣的墓穴，定有很多宝器，更要小心翼翼。

"嘭咚！"

血荒转身，一掌打向了身后的巨大石碑，原先石碑只是裂开了，它从石碑中钻了出来，现在却被血荒一掌打落了大半，出现了一杆大戟。大戟锈迹斑斑，不知道经历了多少岁月，似乎一碰就会变成碎片。

"戟来！"

血荒一声大喝，那根插在石碑中的大戟"砰"的一声巨响，就从石碑中激射而出，化为一道神光落在了血荒的手中。血荒手握大戟，没有看叶天辰五人，而是有些动情地看着大戟，自言自语道："好久都没有饮血了，今天让你饮这五人血。"

"唰！"

一股强大的武道真力注入到锈迹斑斑的大戟之中，那杆大戟竟然爆发出了一股强大的神光，直冲高空，重新变得光亮如新，神力涌动。

"好强大的力量。"

"好强大的铁戟。"

"不知道经过了多久的岁月，还有澎湃的神力涌动，着实不简单。"

"如果这里真是紫竹大圣的墓穴，那将会有很多意想不到的东西，也会有很多意料不到的杀机。"

血荒手持铁戟杀来，无比强大，每一次铁戟落下来，都是一股排山倒海的武道真力。叶天辰等人已经来不及思索和商议，各自施展神术绝学，大战血荒。他们都明白，想要以一己之力胜过血荒是不可能的，这个时候必须合作。

"噗！"

血荒非常勇猛，一时间杀得叶天辰等人不断后退，可进入墓穴中的路早就消失不见了，没有退路，也不可能从内部破坏这强大的阵法，唯有斩杀血荒，一直向前，才有可能找到出路。

"砰！"

叶天辰五人被血荒一杆大戟打退，皆面色凝重地看着杀过来的血荒。他们都没有想到，血荒的战力这般强大，挥动宝器铁戟一点也没有消耗武道真力的感觉，这样大战下去，他们迟早会死在这里。

"你们两个肉身强大，近身战血荒，我们三人远距离用神术将血荒拖住！"背刀大汉看了一眼叶天辰和穿着银色盔甲的男子吼道。

叶天辰和银色盔甲男子互相看了一眼，分别化为一道金光和银光，朝着血荒杀去。而背刀大汉也拔出了自己背后的大刀，无稽道姑挥动拂尘，黄金童姥祭炼出了黄金铜。这一刻，谁都不敢大意，也不敢有所保留，再不一条心出手，就只有等死了，如今不是想着武圣墓穴之中还有什么宝器和传承的时候，先想着怎么保命再说。

背刀大汉果然战斗经验丰富，他看出了血荒的战力尽管在他们之上，可如果不是手中的铁戟，也不会这样强势和生猛。叶天辰与穿着银色盔甲的男子施展瞬身之术，近身攻杀血荒，一时间让血荒无暇顾及其他，每次都只能先出手挡住叶天辰两人，才能挥动大戟杀向背刀大汉三人。这样一来，血荒的攻击就没那样的强烈了，等于是有力量无法集中使用，给了其他人攻杀的机会。

第六十四章
【道姑和老怪物互咬】

叶天辰与穿着银色盔甲的男子的近身攻击牵制住了血荒，让血荒无法发挥出铁戟的真正威力，让叶天辰五个人都是轻松了不少。

"无稽道姑，黄金童姥，你们二人到现在还不觉悟吗？"背刀大汉边说边挥动自己的大刀宝器，劈出了一道强大的刀气，斩向血荒。

"你这是什么意思？"无稽道姑冷冷地问道。

"我们不太明白。"黄金童姥也冷笑着说道。

"到了这一刻，你们还想保存战力，难道你们有把握战得过血荒？他们两人近身战牵制了血荒的战力，却不可能灭杀血荒，只有我们三人合力一击，才能办到，时间不多了！"背刀大汉沉声说道。

原来，无稽道姑和黄金童姥两人就算到了这生死危机的关头，还是只想着自己，还想着保留战力，等到血荒被杀之后，进入真正的武圣墓穴，抢夺宝器和传承的时候，能够有更大的优势。如果正如血荒所说，这里是紫竹大圣的墓穴，那就更不得了了，这位"一步大帝"留下的传承肯定不凡，任何人都想要一看究竟。

"唰！"

"唰！"

叶天辰和穿着银色盔甲的男子同时出手，催动体内的一股强大武道真力，形成一个绳子的形状，朝着血荒捆绑了过去，将血荒的下半身和双脚都给禁锢住了，等待着背刀大汉、无稽道姑和黄金童姥三人出杀招。

"你们还在等什么，想一起死吗？"穿着银色盔甲的男子大声冲着无稽道姑三人吼道。

背刀大汉、无稽道姑、黄金童姥三人相互看了一眼，最终三个人出手了，施展出了各自的绝学神术，催动了最强大的武道真力，斩杀向无法全力施展力量的血荒。

三道强大的武道真力袭杀向血荒，血荒怒吼了一声，想要挣脱叶天辰和穿着银色盔甲男子的束缚，却一时间无法办到，只能挥动手中的铁戟，挡在自己的面前。

"嘭咚！"

巨响震天，整个火头丘都在颤抖连连，只怕若不是这里封印强大，早已夷为平地了，哪儿会是这么一点小动静。在无稽道姑、黄金童姥、背刀大汉三人的杀招杀到的时候，叶天辰和穿着银色盔甲的男子同时松开了控制的力量，快速闪躲开了。

血荒站立之处爆出了一团血雾，非常浓重，一时间充满了整个空间。叶天辰等人面色凝重地看着那团血雾，他们不知道血荒是否被斩杀了，谁也不敢靠近。

"血荒死了吗？"无稽道姑冷声问道。

"我可以肯定的是他被我们三人的杀招斩中了，却不知道死了没有。"背刀大汉皱了皱眉头说道。

"被我们三个人合力一击击中，就算不死，也差不多了，没什么大威胁了！"黄金童姥自信地笑着说道。

"哗！"

那团血雾爆开了，准确地说，是炸开了，一杆铁戟杀了出来，强大的神力波动斩向叶天辰五人。

"出手！"背刀大汉一惊，当下大声吼道。

这一刻，再也没人敢儿戏了，也没人敢保留战力了。血荒没有死，掷出了强大的铁戟，要将他们五人一起杀个神形俱灭，这是何等的强势，再不一起联合出手，那就真的是此命休矣了！

"当！"

背刀大汉一马当先，率先冲了出来，挥动手中的宝器大刀，硬撼住了那杆铁戟。不过，铁戟的威势实在是巨大，背刀大汉吃力不住，不断后退，还是挡不住铁戟的神威。无稽道姑和黄金童姥都冷冷地看着，这两个心肠狠毒的人已经没救了,他们到现在都没有共同合作的意识,还想着能坐收渔利,等下好争夺宝器和传承。至于穿着银色盔甲的男子,没有宝器,他一直以近身战为主,他身上的盔甲就是宝器。

"我来助你!"叶天辰大吼一声,手中出现了泰阿剑,化为一道金光,挡在了铁戟面前。

背刀大汉看了一眼叶天辰,哈哈大笑道:"小兄弟好胆识,好义气,就让你我来灭杀这血荒如何?"

关键时刻才能看出一个人的人品和心性,背刀大汉尽管对叶天辰也出手过,但那都是武道世界最基本的规则,怪不得任何人。叶天辰的刚毅和战力已经让背刀大汉佩服,现在自己独自挡住铁戟,没有一个人上前,叶天辰却敢冲上来,着实让背刀大汉佩服这位小兄弟的胆识。

"好,有何不可!"叶天辰也大笑着说道。

"咚!"

血荒从血雾中冲了出来,浑身鲜血直滴,站在半空中,探出两只巨大的血手掌,朝着背刀大汉和叶天辰抓去。

"唰!"

"唰!"

叶天辰心念一动,鱼肠剑和轩辕剑祭炼而出,杀向了血荒拍下来的两只巨大的血手掌,展现了他强大的御剑之术。

"三把上古神剑,三把上古神剑啊!"黄金童姥见叶天辰祭炼出了三把神剑,双眼放光,无比激动地说道。

"真是便宜了这小子,他真是好机缘!"无稽道姑愤愤不平地说道。

"你们两个就不要吃不到葡萄说葡萄酸了,还是一起斩杀血荒吧,这武圣墓穴中太诡异了,不知道还会有什么变数,难道你们真想等死?"穿着银色盔甲的男子冷冷地看着无稽道姑和黄金童姥说道。

"这是我的事情,你管得着吗?"黄金童姥不屑地说道。

"没错,那小子得罪了我无稽道姑,我迟早要杀了他。"无稽道姑冷笑着说道。

"你要杀他没什么问题,可他身上的三把上古神剑是我的,不然,我不会对你客气的。"黄金童姥转眼就对无稽道姑开咬道。

"老怪物，你以为你能跟我抢吗？我现在就可以让你神形俱灭。"无稽道姑狠狠看着黄金童姥说道。

"你试试看！我刚才吞噬了光头和尚的神念，现在正想试试修为有没有精进！"黄金童姥也做出了一副要生死大战的样子。

见无稽道姑和黄金童姥狗咬狗，穿着银色盔甲的男子摇了摇头，一闪消失在了原地。

"好剑好剑，三把上古神剑重现世间，都是我的了！"血荒兴奋地大叫着，依然旧势不减地探手抓向了鱼肠剑和轩辕剑。

"只怕你拿不走！"

叶天辰冷哼了一声，催动体内的武道真力，令鱼肠剑与轩辕剑发出了强大的剑气，斩向了血荒落下来的两只血手掌。

"噗！"

"噗！"

上古十把神剑，每把都有着不可抗的力量，加上叶天辰修为境界的增加，能够发挥出神剑更大的威力，血荒的肉身还没强悍到能够硬撼神剑的地步，所以两把神剑直接将血荒的双掌斩落，之后便回到了叶天辰的身边，一起大战铁戟。

"嘭！"

有了鱼肠剑和轩辕剑的加入，加上背刀大汉的宝器大刀，硬生生将铁戟打飞了回去。铁戟倒飞而去，就像有灵性一般，"嘭"的一声又插在了巨大的石碑上，散发出令人不敢轻视的神光，却没有再发动杀伐之气。

第六十五章
【半截青石碑】

血荒冷冷地看了一眼铁戟，不禁带着一丝冷笑说道："你始终不为我所用，难道还想等着你的主人活过来吗？痴心妄想！"

"轰！"

穿着银色盔甲的男子已经飞到了血荒的头顶，一拳轰杀了下来。现在铁戟不听血荒的指挥，血荒的双手又被鱼肠剑和轩辕剑斩断，这是击杀血荒的最好机会，错过了，可能就要面临更大的威胁。

"想杀我？你不能，你们不配！"

血荒大声吼叫着，他断掉的双手瞬间连接在了一起，一掌拍向了上空。

"嘭！"

穿着银色盔甲的男子与血荒硬对了一拳，被打飞了出去，在半空中几个翻身，才稳住身形，但也没有受什么伤。他眼中充满了战意，也有着一丝愤怒，他没想到到了这个地步，血荒的战斗力还如此强大。

"现在是灭杀血荒最好的时机，不能错过！"背刀大汉说话间已经手持宝器大刀冲了过去。

叶天辰愣了一下，也施展神行术冲了过去。此时，三把上古神剑已被他收回了丹田之中，他右手紧紧一握，一股强大的武道真力注入其中，金刚神拳展现，远距离一拳轰杀了过去，在背刀大汉还没有冲到血荒面前的时候，叶天辰的金色拳芒已经到达了。

"嘭咚！"

血荒后退了两步，血红的双眼恶狠狠地看着叶天辰，它大概没有想到，自己居然会跟叶天辰打个平手，同时惊讶地说道："金刚神拳？你得到了《易筋经》的传承吗？"

"《易筋经》传承？"无稽道姑大惊道。

"怎么可能？这小子身上有《易筋经》的传承？"黄金童姥更是瞪大双眼看着叶天辰问道。

"唰！"

背刀大汉赶到，双手握住宝器大刀的刀柄，斩出了一道划破天空的刀气，誓要将血荒劈成两半不可。血荒皱了皱眉头，抬手想要召唤铁戟，却发现铁戟像被某种力量控制住了一般，纹丝不动。

"嘭！"

血荒躲过了背刀大汉的刀气，一双眼眸冷到了极点，看着只剩下一半的石碑，狠狠地说道："你当年不肯收我为徒，还说我心肠狠毒，会祸乱古武界，将我封印在石碑中，我为你守了这么多年的墓，却还不让我随心所欲地驱使铁戟，你比我狠毒多了！"

没有人知道血荒在跟谁说话，只知道它说话的时候，杀意浓重了很多倍，像是跟那石碑或者是跟某人有着深仇大恨一般。

"我们一起灭杀它，再看看石碑之后究竟有什么。"背刀大汉看了一眼叶天辰和穿着银色盔甲的男子说道。

"哗！"

一根巨大的金铜砸落了下来，朝着血荒的头颅击去。任谁都没有想到，黄金童姥出手了，这个老怪物居然会出手，这让叶天辰、背刀大汉还有穿着银色盔甲的男子都是一愣。

"几位就不要跟我争了，我刚刚吞噬了老秃驴的神识，婴儿天功大增，要是能再吞噬这个血荒的神识，我的修为肯定会更上一层楼，到时候也可以多出一份力，帮你们彻底打碎那石碑！"黄金童姥冷笑着对叶天辰几人说道。

"老怪物，你这是要抢猎物啊，刚才你怎么不出手？"无稽道姑也飞了上去，冷笑着看着黄金童姥说道。

"此一时彼一时，各位不会跟我争吧？让我来杀这血荒，你们还可以保留一些战力，何乐而不为呢？"黄金童姥镇定地说道。

"反正我没什么意见。"无稽道姑转身飞向了只剩下半截的巨大石碑。

"既然你想杀血荒，让给你好了！"背刀大汉笑着说道。

"我还是去研究一下如何打碎剩下的半块石碑，否则连出路都没有。"穿着银色盔甲的男子说话间也飞向了石碑。

叶天辰则看了一眼黄金童姥，微微一笑说道："别羊肉没有吃成还惹得一身骚！"

黄金童姥没有理会，他现在哪儿顾忌得到跟叶天辰几个人争斗，只一心想要吞噬血荒的神识。刚才他吞噬了光头陀的神识之后，顿时感觉自己体内的精力充沛了不少，就连干涸的丹田都重新有了生机，这让黄金童姥大喜。当年他被胡高一脚踢中了命根子，差一点走火入魔而死，至此之后修为再也没有精进，能够活到现在已经很不易了，要是重新再有能够突破修为的机会，这个老怪物会不惜一切代价去争取。

现在见血荒没有铁戟在手，还被叶天辰几人给打伤了，战力大大下降，黄金童姥就想要出手，吞噬血荒的神识。

"轰隆"一声巨响，黄金童姥和血荒的大战开始了，叶天辰等人没有理会，因为血荒已经对他们造成不了什么威胁了。至于黄金童姥能不能顺利斩杀血荒，对他们来说也没有太大的关系，在无稽道姑看来，最好是黄金童姥和血荒同归于尽，反正对她来说，没有半点损失。

"这只是一块普通的青石巨碑罢了。"背刀大汉看着只剩下半截的巨大石碑说道。

"血荒从里面钻了出来，石碑断裂了半截，如今铁戟插在上面，神力涌动，似乎这半截石碑更加牢不可破了！"穿着银色盔甲的男子疑惑地说道。

"前面没有路，后面也没有路，不打破这半截石碑，我们就没法走下去，只能困死在此地。"无稽道姑紧锁眉头说道。

叶天辰走上前去，轻轻用手掌抚摸着青石碑的石面，他一点一滴地探出自己的神识进行探查，想要感知些什么，却没有半点发现。最终，叶天辰出手了，一道金色的拳芒砸在青石碑上，但结果让叶天辰非常震惊，除了感觉自己的右手臂有些疼之外，青石碑居然纹丝不动，连一点裂痕都没有。

"哼，没有那个战力，还敢胡乱出手，丢人！"无稽道姑没好气地冷笑道。

叶天辰没有理会，而是盘膝坐在了石碑的面前，一动不动。背刀大汉和穿着银色盔甲的男子都是一愣，不知道叶天辰想要做什么。

"这半截青石碑很不简单，似乎跟这片天地连接在一起。"穿着银色盔甲的男子皱了皱眉头说道。

"刚才血荒冲出来的时候，碎裂了半截，依我看，这块巨大的青石碑上下半截原本不是一体的，上面的半截应该是血荒淬炼上去的，下面的半截才是正主，才是这杆铁戟屹立之地。"背刀大汉看了看插在半截青石碑之上的铁戟说道。

"不管怎么样，打不碎这半截青石碑，我们就无法前行，也没有退路。"无稽道姑淡然地说道。

穿着银色盔甲的男子看了一眼铁戟，像是明白了什么，也盘膝坐在了地上。背刀大汉和无稽道姑愣了一下，也跟着坐了下来。他们在叶天辰盘膝坐在半截青石碑面前的时候，都发现了一点，想要打碎这半截青石碑，首先要使这杆神力无敌的铁戟离开青石碑。

第六十六章
【关键还在铁戟之上】

"轰！"

盘膝而坐的叶天辰眉心中冲出了一道强大的气息，慢慢地凝聚成一只金色的手掌，缓缓朝着半截青石碑上的铁戟抓了过去。

"唰！"

背刀大汉也出手了，右手的印式一变，丹田中冲出了一根透明的绳子，同样朝着那铁戟缠绕了过去。

"哗！"

穿着银色盔甲的男子则更加直接，一拳轰向了铁戟。

"啵！"

一声轻响，盘膝坐在最后面的无稽道姑手中的拂尘一抖，被她的武道真力催动着，拂尘不断变长，朝着青石碑之上的铁戟席卷过去。

同一时间，叶天辰四人一起朝着那铁戟出手了，似乎都想要将铁戟得到手。在大战血荒的黄金童姥转眼见到这番景象，狠狠地骂道："等我吞噬了这血荒的神识，就收服铁戟！"

"哼，这杆铁戟不是你们可以驾驭得了的，不过，算你们聪明，知道要击碎剩下的半截青石碑，必须要收服铁戟才可以。"血荒冷哼了一声说道。

其实，在刚才叶天辰一拳打在半截青石碑上的时候，他就已经感觉到非常奇怪了。在这之前，他已经探出了强大的神识，每一寸都探测过，并没有什么神奇的地方，跟普通的青石碑没什么两样。为什么一记金刚神拳足以粉碎一座山峰，却打不碎一块巨大的青石碑呢？

最终，叶天辰将目光落在了半截青石碑的铁戟上，这杆铁戟在血荒的手中，能够让血荒凭借武尊后期的修为力压叶天辰六名武尊中期的强者，甚至差一点横扫，足见其不凡。或许血荒没有发挥出铁戟最强大的威势，不然，叶天辰等人只怕已经死在这杆铁戟之下了。

　　青石碑非常普通，但那杆锈迹斑斑的铁戟插在上方，强大的神力涌动，让人有种不敢轻易靠近的感觉。既然青石碑没有什么不同之处，那么问题就应该出在铁戟上，它涌动出的强大神力护住了半截青石碑。

　　"你怎么还不去死，耽误了我收服铁戟，要是被他们收走了，我让你求生不得，求死不能！"黄金童姥大急，手持黄金铜猛烈地攻杀血荒。

　　血荒此时战力一点点减退，加上又没有铁戟可以驭使，而且身受重伤，哪儿是黄金童姥的敌手，只能不断闪躲。

　　叶天辰等人并不是单纯地以武力去收服铁戟，如果只是将铁戟拿到手中便可以解决问题，根本用不着盘膝而坐，收敛心神，煞费苦心地去催动武道真力跟自己的神念结合，一起朝着铁戟席卷过去。

　　这杆铁戟有着不可测的神秘力量，犹如一杆方天画戟，耸立在半截青石碑之上，散发着强大的神力，有一种天地之间为它屹立不倒的气势，非常的强大，轻易靠近，只怕会受到这杆铁戟的自主攻击。并且，使用武力将宝器拿到手，并不意味这你就能够控制住，关键是要将自己的武道真力和神念融入到宝器中，这样才能发挥出宝器最强大的力量，才算真正地收服宝器。

　　强大的宝器一般都有灵性，不是那么容易收服的，有些神器甚至会自主选择主人，倘若没有被认可，强行争夺，厉害的宝器是会发出杀招的，强夺的人不但得不到宝器，还可能送命。

　　这杆大戟就是如此，就算没有被血荒控制，也自主地散发出了一股股强大的神力，就连普通的青石碑受到铁戟散发出的神力庇护，也变得坚不可摧。这是何等的强大，就算是武圣境界的强者来了，恐怕也不敢直接去将铁戟拿到手里。

　　至于血荒，他不知道在青石碑中呆了多少岁月，受到铁戟的神力感染，可能多多少少跟铁戟有些心意相同，所以才能短暂地驭使它。

　　"嘭！"

一声闷响，叶天辰将自己的武道真力和神念结合，凝聚而成的金色手掌已经到达了铁戟的上方，快速抓了过去，铁戟颤抖震出了一股神力，挡住了叶天辰的金色手掌。

这个时候，背刀大汉凝聚武道真力的透明绳子、穿着银色盔甲男子的银色拳芒、无稽道姑的强大拂尘宝器一起朝着这杆铁戟席卷而去，他们想要各凭手段收服铁戟。谁都看得出来这杆铁戟十分不凡，若能将其得到手，战力将会得到很大的提升，没有人会不动心。

"嗡！"

面对叶天辰等四名武尊中期修为的强者，那杆铁戟震出了最强大的神力，将四人探出的神术都给挡住了，不过，只是挡在了它的面前，却没有将其震回去。

"这是怎么回事？"无稽道姑有些着急地问道。

"不知道，这杆铁戟实在是太强大、太神秘了！"穿着银色盔甲的男子面色凝重地说道。

"不管怎么样，都要将其收服，否则，我们就打不碎这青石碑，不要说得到墓穴之中的宝器和传承了，连出去都不可能！"背刀大汉沉声说道。

"铁戟感应到了我们的神念，它只是将我们各自的神术挡住，并没有震退回来，说明它这是准备选择一个主人！"叶天辰感应到了什么，开口说道。

"选择一个主人？太好了，一定是我，这杆铁戟一定是我的，你们谁也不要跟我争。"无稽道姑狠狠地看着叶天辰三人说道。

"是不是你不一定，还得看各自的手段。"背刀大汉也不愿放弃这杆强大的铁戟，说话间加重了武道真力的催动，想要强行将铁戟拴住。

"铁戟会自主认主，能不能得到就看各自的机缘造化了！"穿着银色盔甲的男子愣愣地看着铁戟出神说道。

"轰！"

黄金童姥一拳将血荒胸前打出了一个血窟窿，转眼见铁戟似乎要认主了，当下大急。这个老怪物是左右都想揽进自己的口袋，一个机会都不想放过，贪得无厌，当下打出了一股强大的真力，也夹杂着自己的神念冲向了大戟。

"噗！"

哪知道,在黄金童姥想要试试运气的时候,铁戟震出了一股细微的力量，斩断了黄金童姥的真力，压根儿就不给这个老家伙参与认主选择的机会。黄金童姥这一次是偷鸡不成蚀把米,不但无法得到铁戟,还被铁戟震出的神力重伤。血荒见机冲了上来，这是它唯一反扑杀掉黄金童姥的机会。

第六十七章
【是他！】

心狠手辣之人，必有心狠手辣之报，黄金童姥这一次是真的吐血了，被铁戟震出的神力所伤吐血，被气得吐血。

原本，黄金童姥大杀血荒，已经有了必胜的趋势，不出半个小时肯定能够将血荒灭杀，那样一来，他就可以再次吞噬一个强大的神识，说不定婴儿天功真的就可以突破了。哪知道，他人心不足蛇吞象，贪得无厌，还想争夺铁戟，结果落得这么一个下场。

现在黄金童姥不光被铁戟震出来的神力所伤，更面临着血荒反扑灭杀他的危险。

血荒怪叫了一声，似乎高兴得不行，也在嘲笑黄金童姥这个白痴，施展出自己的强大神术绝学，不断朝着黄金童姥震杀而去。黄金童姥被铁戟所伤，加上心里气得堵得慌，一时间战力下降，只能不断用黄金铜抵挡。战局一时间竟然扭转了，真是让人有些可悲可叹！

"老怪物，你这是自己找死啊，千万别被血荒所杀，否则还得劳烦我出手击杀血荒！"无稽道姑第一个嘲笑道。

"你……老巫婆，你要出手现在就出手帮我，我们一起灭杀血荒，否则，等我杀了血荒，你也是我黄金童姥的敌人，我不会放过你的！"黄金童姥一边抵挡血荒的袭杀，一边狠狠看着无稽道姑说道。

"哎哟，你这是威胁我啊，我好怕啊，只是我现在想要帮你也力不从心，铁戟还等着我收服呢！另外，我警告你，不要得罪我，你现在已经身受重伤，不是我的敌手，我不会介意多杀你一个。"无稽道姑露出了狠毒的蛇蝎心肠，冷眸散发着狠辣的光，看着黄金童姥说道。

一时间，黄金童姥还真不敢说话了，如今受伤最重的人就是他，加上现在血荒步步紧逼，他能不能成功灭杀血荒还是一个问题。就算灭杀了血荒，以他受伤的身体和消耗的战力，这里的任何一个人要灭杀他都不会太难，就算无稽道姑不出手，叶天辰也很有可能出手帮助胡高杀他，黄金童姥不得不担忧这个生死问题。

"哗！"

突然间，那杆铁戟之上散发出了一道光幕，将穿着银色盔甲的男子给笼罩住了，渐渐地，穿着银色盔甲的男子飘飞了起来，很顺利地朝着铁戟飘飞而去，没有受到丝毫阻挡，看得叶天辰、背刀大汉、无稽道姑三人都是一愣。他们心里明白，铁戟已经选择了它的主人。

"这位兄弟好机缘，这杆铁戟起码也是武圣境界的宝器，得到它能使你战力大增！"背刀大汉收回了自己的透明绳子，虽然有些落寞，却还是很淡然地说道。

"为什么会是他？为什么会是他？"无稽道姑愤愤不平，很是不甘心地问道。

"一切皆有机缘，命里有时终须有，命里无时莫强求，是他是他就是他……"叶天辰微笑着，也收回了自己金色的手掌。

"哼，你们两个倒是看得开，不也一样没有得到这杆铁戟吗？"无稽道姑没好气地说道。

"我们没有得到有什么关系，人人都得到，那还叫什么至宝？"背刀大汉淡然一笑说道。

"我们虽然没有得到，却总比有些人好，不但没有得到铁戟，还被铁戟所伤，现在生死未卜！"叶天辰看了看不远处，被血荒逼得节节后退的黄金童姥说道。

"小杂种，我迟早让你知道爷爷的厉害！"黄金童姥听到叶天辰的话，气得转身狠狠骂道。

"你还是不要嘴硬了，能活着再说吧！"

叶天辰懒得出手，他不是不想杀黄金童姥，而是知道胡高很想亲手杀了黄金童姥，有些事情，不亲手就无法真正释怀。

"唰！"

"唰！"

"唰！"

三道强大的神力涌动而出，全都斩向了天空，一时间将弥漫凝聚的血红之气全部都给杀开了，穿着银色盔甲的男子威武不凡，手持一杆大戟，冷冷地看着半截青石碑。

"多谢诸位相让，我何常得到这杆大戟，就让我来开路，看看这武圣墓穴到底有什么样的传承……"穿着银色盔甲的男子倒也爽快，大喝了一声之后，手持铁戟冲向了半截巨大的青石碑。

"嘭咚！"

一道真力打在了半截巨大的青石碑上，顿时将其轰得粉碎。何常得到这杆铁戟之后，战力大增，浑身上下都流动着强大的真力。此时的何常，气势最足，可见这杆铁戟真的不凡。

半截青石碑被击碎后，所有人都忍不住看向了前方，待到尘埃都消失殆尽，叶天辰、背刀大汉、无稽道姑、何常四人都不禁皱了皱眉头。只见青石碑后面是一个漆黑不见底的洞穴，就算探出强大的神念，也不知道洞穴里面是什么，什么地方是尽头，洞穴中也没有神力涌动出来，非常诡异。

"哈哈哈哈，打开了，终于打开了，我等了太久了，太久了……"

血荒欣喜若狂，它一直想要打碎青石碑见见武圣墓穴的真面目，可铁戟不肯认它为主，所以它一直没法得逞。后来，血荒想到了一个办法，那就是将自己和青石碑融合，一点一点让铁戟认可自己，只是没想到一晃就是这么长的岁月，到了今天还要依靠叶天辰等人的力量才能够将青石碑彻底打碎，见到武圣墓穴的另外一角。

"唰！"

血荒迫不及待地化为一道血光冲进了漆黑不见底的洞穴中，再也没有了声响。黄金童姥大大地松了一口气，赶忙运转武道真力疗伤，叶天辰四人自然也没有闲心去理会黄金童姥，都站在洞穴旁边，探出自身强大的神念，希望能够感知到一些什么东西，谁也不敢贸然入内。

大概过了将近一个小时，洞穴中没有传出什么异样的力量和声响，看样子血荒冲进洞穴后没有遇到什么危险。

"进去是我们唯一的路，进来的路已经消失不见了，我们只能从这里出去。"背刀大汉看了看周围说道。

"血荒冲进去了,没什么异样,看样子并没有太大的危险。"何常说道。

"我们还有得选择吗?一起进去吧,有什么危险也可以合力共击!"无稽道姑沉声说道。

叶天辰看了一眼身后不远处正在运转武道真力疗伤的黄金童姥说道:"我们要不要喊这个老家伙一起?尽管我现在很想杀了他。"

"这个墓穴充满了太多神秘,实在是太诡异了,我们还没有真正进入其中,就差一点没命,现在这种状态下,杀别人就等于杀自己,我看不如在得到了墓穴中的宝器和传承,出了这武圣墓穴之后再决战吧,这样来得有意义得多!"背刀大汉笑着说道。

"我同意!"

"我赞成。"

"可以!"

"既然你们都同意了,我黄金童姥没有不同意的道理,走吧!"

黄金童姥站了起来,尽管脸色有些苍白,看上去还有些憔悴,但这个老家伙的恢复力相当惊人。黄金童姥修炼的是魔功,加上战斗经验丰富,没那么容易死,将来胡高想要亲自斩杀黄金童姥,只怕不是一件容易的事情。

就这样,叶天辰五人怀揣着各自的心思,走进了真正的武圣墓穴。